風淼淼
身高：約185公分
等級：S⁺
水系靈能者。
后熠家的甜心寶貝，
熱愛對后熠丟水球，
幫他洗頭洗臉。

4
打殭屍
illust. Hibiki-響
Psychatog awaken
靈能覺醒
－傻了吧，爺會飛－

Contents

第一章　大美人風鳴

陽光、沙灘、海風舒適的吹著，沒有仙人掌。

風鳴像一條鹹魚躺在沙灘椅上，手上還捧著一個巨大的椰子，特別舒服。

這才是真正的度假日子、神仙生活啊，他上崗成為國家頂級公務員快兩個月，才享受到一點福利待遇。

這是太平洋赤道中心區的一座無人島，也是距離國家感應到的靈能波動區最近的熱帶小島。因為這個小島從天空中俯瞰是一個「心」型的樣子，風鳴就叫它小心島了。

不是小心的小心，是小小心的小心。

小心島上原本沒有人居住生活，雖然上面也有植被，屬於熱帶海洋性氣候，但因為是海底山峰的頂部，曾經有火山噴發的痕跡，再加上島上從十一月到次年四月為雨季，時不時就會有暴風雨出現，人類在這裡居住會非常不便。尤其是這座小島離其他島嶼和大一點的國家都很遠，要不是風鳴搧著翅膀在天空中找了大半天，也不會發現這個最多只有三個體育場大的小島。

找到之後就很舒適了。

從昨天知道要來這個區域等待祕境開啟後，風鳴就戴著墨鏡和口罩，去福城的超市和商場大肆掃貨了。他腦子裡想的都是魯賓遜漂流記、野外生存海島之行，買了一大堆帳篷、衣服、生活工具，廚房用具和各種調味料更是一布袋一布袋的買。

反正他的隨身空間已經變成豪華花園大別墅的大小了，風鳴覺得自己膨脹得可以裝下整個世界！

風鳴一膨脹，他的存款就疾速下降。當他光是買普通的食材和工具，在一天內就花掉了他一個月二十萬人民幣工資的時候，他終於清醒了過來。

看著空間裡堆成小山的米麵乾貨還有辣椒粉、麻椒醬、油醋，風鳴沉默了一下。回去的路上，他頭一次認真思考自己是不是真的有倉鼠或者松鼠的習性。

不過，所有的疑惑和心疼在他找到這個小島後都變成了美好。

這島上就是個無人小島，要什麼都沒有，都得自己重新開始製作，但是他風囤囤不需要啊！

在同行的朱雀組四個人震驚的目光中，風鳴上島第一天就拿出了豪華折疊太陽能帳篷、遮陽傘、太陽椅和燒烤架。

這些都不是重點，重點是，風鳴還掏出了一張豪華鳥巢型單人床。掏出來的時候，簡直要閃瞎朱雀組隊員的眼。

后熠看著那張由自己強烈推薦的鳥巢單人床，露出了一個謎之笑容。同來的池隊長雖然也讓副隊長烏不急揹了一大堆東西過來，但和風鳴這個準備得特別齊全的傢伙比，他這個精緻的隊長竟然也輸了。

烏不急看看自己揹著的超大背包，再看看輕裝上陣的后熠和風鳴，忍不住慢悠悠地嘆了一口氣：「……早知道小鳴你的空間那麼大，我就該讓你幫忙的。」

風鳴躺在沙灘椅上微笑，「我當時主動問了烏大哥啊，但是你說不用，你揹得動。」

烏不急翻了個白眼，和水千畝、龐超一起去搭帳篷了。

因為這次的祕境很可能是海底祕境，全程水域，所以青龍組的人只有后熠和風鳴兩個，朱雀組只留下一個正式隊員和十幾個後備隊員守著南邊區域，其他三個血脈善水的隊員和隊長池霄都來了。

烏不急是亞洲巨龜系的血脈，龐超則是帝王蟹系的異變覺醒，水千畝就有點奇葩了，這位是水稻變種的覺醒異變。怎麼說呢，能結出白米和紅米兩種稻米，白米可以補充靈力、治療傷勢，但紅米就很暴躁，據說是比豌豆射手還可怕的爆米。

防禦、攻擊、治療都有了，再加上池霄、后熠和風鳴三個神話系，國家爸爸覺得此行必然很穩。

風鳴也覺得很穩。不過，他看看一左一右——站在他旁邊，絕對不去幹活的兩位隊長，最終還是臉皮不夠厚，嘆著氣又從空間裡撈出了兩張躺椅，后熠和池霄非常自然地一人拿過一把躺椅，躺在風鳴旁邊。

當然，后隊的躺椅只差跟風鳴靠在一起了。

風鳴又掏出了三個大椰子，分給兩位隊長大爺。

於是，當空中響起直升機的聲音，一群同樣盯上太平洋祕境的西方人從直升機上下來的時候，看到的就是特別醒目，在小島上最好的沙灘區紮營的風鳴六人。

看到躺在那裡喝著椰子汁、曬著太陽的風鳴三人，鮑伯一瞬間以為自己走錯了地方。他身後的九個隊員也有點愣住，直到看到在搭帳篷的烏不急三人才有了一點真實感。

「隊長？」

鮑伯身後的一個金髮青年開口詢問，鮑伯搖搖頭。他淩厲的目光掃視了一遍小島的情況，比了個手勢：「去旁邊一千公尺處紮營。」

九位穿著一身作戰服、各自揹著大背包的青年隊員站直了身姿應好，就去旁邊紮營了。

鮑伯是想跟躺著的風鳴三人打探一下消息、說說話的，然而，這三個黑髮的亞裔躺在那裡的氣勢太強，直接給他一種生人勿近、老子不想跟你說話、莫挨老子的無聲排斥感，讓鮑伯決定先紮營，之後在晚餐時間和他們交流一下。

能在這裡的人，毫無疑問是為了亞特蘭蒂斯的祕境，在情況不明的時候，他不主張直接敵對。於是這些西方異能大兵就下飛機、搬好物資，安靜紮營了。

大約一個小時之後，又來了兩架直升機。

從其中一架直升機上下來的是和風鳴他們一樣黑髮黑眼的亞裔，其中有很明顯的忍者裝扮和陰陽師裝扮，所以是日國人。

另一架直升機上，則是下來了幾個穿著華麗的輕便騎士鎧甲和法師長袍的人。風鳴透過墨鏡用餘光掃到他們，倒是有點想坐起來。

這些人穿的騎士鎧甲和理查很像？

然後他被后熠拉下去了。

「別到處亂看，多曬太陽能長高。」

風鳴拿下墨鏡看他一眼，勾著嘴角笑起來：「我覺得理查的身材肯定沒你好。」

后隊嗤笑著看了風鳴一眼，「事實如此，還用你說。」

風鳴翻了后隊一個白眼，然後手就被后熠拉著，放到他的腹肌上。

觸感光滑結實，還滿好摸的？

摸完，風鳴才意識到自己被耍流氓了，因此改摸為掐，迅速收手，然後又忍不住摸了摸自己的小腹肌，突然感受到了同為男性的莫名心酸。

他想到前天晚上看到池隊的標準腹肌，覺得腹肌這小東西可能在針對他風鳴，不然他的身體強度夠高，每天也有認真鍛煉訓練，怎麼就只有四小塊呢？

風鳴吸了一大口椰子汁吹著風，想著要怎麼讓自己看起來更健壯一點。

就在這個時候，他聽到了兩三個輕巧的口哨聲。

風鳴三人還在躺椅上躺著沒動，完全無視了旁邊的動靜。

結果那些人似乎很不滿意風鳴三人的反應，一個身材高大又壯碩，肌肉鼓起，就像一頭熊的壯漢徑直走到風鳴前面，對他又吹了個口哨。

「美女，認識一下嗎？我叫金威廉。」

這個壯漢說的是英語，風鳴聽懂了，卻當做耳邊風。

叫誰美女？叫誰美女呢？長頭髮就是美女了？沒看見老子穿著沙灘短褲嗎！

金威廉完全沒想到自己主動上前問好，竟然被無視得徹底，他原本就有點黑的臉此時更難看了幾分。他可是國際最強異能傭兵隊「猛獸」的副隊長，靈能A級的火焰異能者，這些亞洲人未免也太不把他放在眼裡了。

金威廉直接彎下身，想要抓風鳴的手腕，然而他的手還沒抓到那個白膚長髮的美女，就忽然感到極強烈的殺意和危險。金威廉反應非常快地防禦後退，防禦的手臂還是感到一陣劇烈疼痛，整個身體被硬生生向後踢飛了五六步。

他心中震驚。他的身體強度是整個隊伍中最高的！連普通子彈都打不穿他的皮膚，竟然有人能夠一腳就把他踹開？

金威廉抬頭，看著那個從最右邊躺椅上坐起來的男人對他拉下墨鏡，露出冰冷的雙眼，吐出幾個英文音節。

「離我的甜心寶貝遠一點，不然殺了你喔。」

風鳴一口椰子汁噴出來，又灑了自己滿臉。旁邊不遠的池隊捏著椰子的手也用力了兩分，直接把椰子戳出一個孔，椰子汁流了他一身。

池隊：「……」我該離那個耍流氓的神經病更遠一點才對。

以及，池隊覺得他該爭取一下，讓風鳴進入他們朱雀組，免得被老流氓汙染。

在遠處偷偷摸摸地看著這邊情勢發展的其他勢力和小隊，看到后熠一腳就把金威廉踹退的樣子，頓時覺得自己偷偷圍觀的選擇無比正確。

很快，這些人就確定了后熠他們的國籍及身分。

池霄和后熠都非常具有代表性，作為華國最有名的兩位神話系靈能者，即便戴上墨鏡他們也能認出來。但比對了一圈資料之後，他們有點好奇中間的長髮美人到底是什麼身分。之前都不知道華國有特別厲害的長髮美人靈能者啊？難不成，美人是單純來解悶的？

雖然眾人在心中猜測紛紛，但那三位腿長身材好的大爺躺在那裡一動也不動，怎麼樣都不可能站起來，主動幫他們解惑或者介紹自己，於是這幾個小隊的人馬只能先在小心島上地勢環境還不錯的地方紮營，決定等紮完營，再探查其他隊伍的虛實。

來到這裡的人都不傻，大家的目標都是為了那個極有可能在太平洋深處出現的靈能祕境。他們每個隊伍幾乎都是所在勢力的最強梯隊，對祕境中的兩樣至寶勢在必得，所以在這個島上的其他隊伍都有可能是潛在的對手甚至是敵人，要互相防備。但在不知道祕境情況的前提下，也不能發生衝突，最好可以先表現出自己的友善和某支隊伍固定結盟，等找到了寶貝之後再互相捅刀嘛。

所以，在當天晚飯的時候，互相隔著安全距離的六個隊伍開始有人互相走動。因為來到這個島上的都是頂級靈能者，就算是之前沒有見過，但還是能認出對方。大家各自打個招呼，就算是表達善意了。

當然，華國的隊伍也有人負責出去打招呼，不過是最自來熟的龐超，很快就打探到消息回來了。

他蹲在三個躺椅旁邊報告。

「老大還有后隊，這次來的人都不簡單啊。我看到米國的S級閃電靈能者鮑伯、日國的大陰陽師霧島清波，還有『猛獸』和『殺戮者』這兩個國際頂級的靈能傭兵隊。這兩個隊伍的隊長也都是S級的靈能者，那個『殺戮者』的隊長甚至應該有西方神話傳說『水蛇許德拉』的神話系血脈。

然後就是歐洲的那一隊了，他們應該是魔法師和聖騎士的組合，有五個魔法師和五個聖騎士，我覺得他們應該有團體大招技能。」

龐超把看到的最基本消息告訴池霄三人，最後換回了池隊長十分淡漠的一個「嗯」字。

龐超雖然知道自家隊長總是這樣，但還是忍不住說一句：「他們應該也認出我們了。隊長，我們就在這裡等著嗎？」

池霄還在閉目養神，姿勢優雅：「祕境沒有開啟，自然要等。而且……就算他們知道了我們的身分又如何？」

風鳴在旁邊十分開心地補了一句：「反正也打不過。」

池霄就勾起了嘴角，但半途他又微微皺了皺眉，難得轉過頭提醒旁邊的風鳴：「你的身分有點麻煩。」

「別的不說，光是能活過三個月的混合系靈能者的特殊性就會讓很多人注意到他，想要從他身上得到一些可以研究的東西。」

風鳴顯然也想到了這一點，把墨鏡往臉上壓，聲音鬱悶：「麻煩也得下去啊，好歹也是國家爸爸給的任務，而且也得幫你們才行。大不了我注意一點，反正他們就算知道我的身分也不可能抓到我。」

就算真的打不過，他也可以特別驕傲地說，沒有任何人比他能跑、能藏！

池霄還是皺眉，不怕賊偷就怕賊惦記，能來到這裡的人總有一些不為人知的手段。

后熠就在這時笑了兩聲，開口：「抓不到你，也可能用其他方式偷偷藏你的頭髮或者吸你的血，所以最好的方法還是不要讓他們認出你來。認不出來，他們就不會盯著你不放，你想幹什麼都是自由的。」

風鳴覺得這番話有點道理：「那就再做點偽裝？可是那種面具偽裝只能堅持十二小時，不太能騙過他們吧？」

「所以，我有一個想法。」

后熠的聲音裡帶著得意和莫名的期待，風鳴一聽到他這個語氣就瞇起了眼睛，覺得這箭人又要作怪了。

果然，下一秒他就聽到后熠努力裝正經的聲音：

「你現在是長髮，之前在靈網上的那些照片全都是短髮，這就是最好的掩飾區別之一。那些外國人看我們都是臉盲，除非用專門的儀器比對，不然憑他們的肉眼肯定認不出你。他們也就是看翅膀認人，但你可以不顯現翅膀啊，你只要偽裝成一個水系的靈能者，就能大大排除他們的懷疑。

然後為了防止那些人偷拍你的照片，和他們得到的資料進行比對掃描，你只要在臉上化化妝就行了嘛，然後穿上風鳴絕對不會穿的衣服，他們要是能把你認出來，我就生吞榴槤殼。」

風鳴聽到這裡，還沒發現哪點不對，只是有些狐疑：「化個妝、換個衣服就能讓他們絕對認不出我？不會這麼神奇吧？」

后熠這時候暗暗搓了搓自己的手指，聲音非常嚴肅認真：「相信我，作為亞洲三大邪術之一，化妝術是一門頂級技巧。」

風鳴：「……」心裡有點動搖，「那你會化？」

后熠斬釘截鐵：「會！之前為了鳳俊俊的事業，我特地找專業的人學過。而且，我還把頂級防水化妝品帶過來了。」

第一美人鳳俊俊：「……那好吧。」

他確實不想讓人盯著他，多一事不如少一事，能偽裝解決的就靠偽裝解決。

於是后熠拉著風鳴站起來，往豪華折疊帳篷裡走。只不過在風鳴被后熠拉走之前，深知某人惡劣脾性的池隊伸手拉了一下風鳴的衣袖。在風鳴看過來時，他語氣很淡卻認真地道：

「如果你想要揍人，之後我可以幫忙。還有，不要勉強自己，我們都在，總會護著你。」

風鳴被鮫人隊長感動了，直接冒出一句魚粉常說的話：「池隊放心，魚粉永不言敗！」

池隊：「……好，加油。」

后隊：「……」

那一瞬間，他看著風鳴的眼神就像勤勤懇懇賺錢養家的老攻，看著當街出軌的作精媳婦。

風鳴被他的眼神看得牙疼，不得不說出射日群組的粉絲口號：「箭射九日，力能勝天！」

后熠這才沒有當場爆炸，拉著人進了帳篷。

原本風鳴進帳篷之前還有點莫名小心虛，但是半個小時之後，風鳴看著鏡子裡的自己和后熠手上那條黑色連身褲裙時，他一點都不心虛了，甚至心情炸裂到想要揍人。

「這就是你說的偽裝？」

后熠咳了一聲：「我只是把妝化得濃一些，然後找了一件比較中性的衣服而已。」

風鳴差點呸他一臉，「我覺得你是之前沒被打夠。」

神他媽的只是妝容濃了一些、衣服中性一點！

就這細眉、眼線、大紅唇，連他自己都快認不出自己的女性化妝容，再加上那條簡直就像裙子的黑雪紡連身褲，他要是把這一身穿到身上，那就是妥妥的妖豔賤貨啊！

之前偽裝成鳳俊俊已經很顛覆了，現在這賤人竟然要他偽裝成妖豔賤貨！！

「你拉倒吧！我是絕對不會穿這件衣服的！！」

然後一直關注著他們這邊的其他幾個小隊，忽然聽到帳篷裡傳出砰砰砰砰的聲音，偶爾還有一些「呸」、「吐」的語氣聲，像極了一場見不得光的內訌。

一時間大家都有些心癢，想要知道那邊到底發生了什麼事情。

好不容易又等了二十分鐘，那個看起來特別華麗的太陽能帳篷門簾終於被掀開，從裡面走出了一個冷著臉、抿著唇，穿著黑色連身褲裙的黑長直大美人。

偷偷觀察的幾個小隊觀察員，認出了這就是之前躺在最中間躺椅上的那個人，那個時候她戴著墨鏡、穿著休閒的衣服，所以眾人並沒有注意到她的長相，但現在沒有了墨鏡的遮擋和那身相當隨意的休閒衣，露出了真容（？）的她果然相當美麗，且氣勢驚人。

唔，如果一定要說這個美人有什麼缺點的話，那可能就是她的身材不夠豐滿吧？

就算穿著黑色的連身褲裙，她的胸也實在太平了一點啊。

一些觀察的人忍不住偷偷遺憾。

但當那個大美人一個斜眼，皺眉看著他們的時候，其他隊伍裡的觀察員心跳猛地加速，急忙收回了視線。

雖然大美人胸平，但是魅力驚人。和她對上眼，就覺得心臟怦怦跳呢。

風鳴美人是不知道這些傢伙心中的想法，如果他知道的話，一定會直接嘲諷地告訴他們：當然會心臟怦怦跳啊，因為他現在殺氣四溢好嗎！

風鳴美人走出帳篷後化憤怒為食欲，從掩飾的包包裡掏出了一大堆燒烤食材，然後從帳篷裡搬出燒烤架，開始繃著臉燒烤。

后熠就笑咪咪地去他旁邊，想要幫他烤食物，然後在眾目睽睽之下，風大美人一個巨大的水球就砸在后熠的腦袋上，聲音清清冷冷：「莫挨老子，滾一邊去！」

他的聲音並沒有刻意裝腔，只是稍稍提高了一個調。

被淋成落湯雞的后隊不在意地抹了一把臉上的水，對那邊看得目瞪口呆的其他隊伍十分不在意地笑了笑：

「哎呀，我不想讓我家甜心寶貝露大腿給你們看，所以他鬧彆扭了。不用在意，這是我們的情趣而已。」

其他隊伍：「……」

朱雀三人組員：「……」

池霄：哼。

后隊厲害！

雖然后熠給了解釋，但信他的人才有鬼。

這太平洋海域的祕境是多麼重要的存在，每一個國家派過來的都是菁英中的菁英，怎麼可

能菁英當中剛好有兩個談戀愛？而且，這個后熠也實在太厚臉皮了一點，直接喊那位大美人甜心寶貝，也不看看大美人自己願意不願意。

沒看見甜心寶貝已經對他扔了十幾個大水球嗎？

其他隊伍的人看著在燒烤架旁燒烤的大美人，除了談一下剛剛的八卦，卻更關注大美人的能力強弱。

「穆莎，妳怎麼看她的能力？」

在歐洲的騎士和法師小隊裡，領頭的那位中年魔法師開口問隊伍裡唯一的女性。

那個叫穆莎的水系魔法師仔細看了一下風鳴，被他的大長腿閃了一下眼，有些慎重地道：「她的控水能力非常強，從剛剛到現在已經過去了十多分鐘，她幾乎每隔一分鐘就會對著后隊長扔一個水球，那個水球會精准地砸在那位后隊長的身上。」

「這有什麼？穆莎，妳也能做到啊，妳可是我們最厲害的水系元素魔法師！」另外一個火系的魔法師青年開口。

穆莎卻搖了搖頭：「如果光扔水球的話，我也能做到，但是我沒辦法做到像她那麼精准的控制。布萊特，你沒有發現嗎？她扔出去的水球，每一次都是正好砸在那位后隊長的頭頂，然後均勻地灑滿他全身。那位隊長還時不時變換位置，卻依然被準確地砸中，可見她對於水的控制已經到了非常可怕的地步。我也可以每次都砸中那位隊長，但我不能保證每一次都能砸到他的頭頂並淋濕他全身。」

穆莎的聲音很認真：「那個長髮的女孩是一位非常厲害的水系靈能者。」

領頭的中年魔法師點了點頭：「既然這樣，我們就要多注意一下她。不過來這裡之前，主教和理查閣下都已經跟我們叮囑過，不要主動和其他隊伍發生衝突，尤其是東方華國的隊伍，如果可以的話，我們還需要和他們保持友好的關係，畢竟雷霆大天使還在他們那邊。

這次的祕境之行，我們就當做一次歷練，在裡面鍛煉自己的力量並找到一些珍寶。順便，如果雷霆大天使在這裡也保護一下他。」

騎士隊伍裡的幾個騎士就往風鳴他們那邊看去，臉上露出了明顯的失望神色：「可惜這一次雷霆大天使好像沒過來？我還以為能看到他呢，理查隊長說那是一位非常美麗又強大的人。」

騎士隊的隊長查爾開口：

「那位在他們的國家也是非常尊貴的人，這次祕境是A級，甚至是S級的危險祕境，他不來是對的。而且，那位是神話系的混合靈能者，全世界或許只有他一個人。他體內含有兩種強大的血脈，卻沒有在三個月內死亡，有多少人想要打他的主意。這麼尊貴又獨一無二的人不應該涉險，待在國家得到最好的保護才是正確的。」

其他人聽到這番話都點了點頭。

確實，作為唯一一個神話系混血，沒有被狂暴的血脈力量折磨到發瘋，也沒因為兩種力量爆體而亡，確實是所有研究者都想要研究的目標，想要看看他到底是怎麼維持住力量平衡的。

「總之，我們絕對不能和華國的小隊為敵，至於其他隊伍，只要不和我們正面衝突，也不要主動惹事。」

騎士和魔法師們齊齊點頭。

至於他們口中應該待在最安全的玻璃屋裡的尊貴天使，已經烤好了一串巨大的魷魚鬚，順便又幫后隊長洗了頭髮。

后熠：「……」

類似歐洲隊伍的對話也在米國和兩個異能傭兵隊伍中進行著。只不過，他們的大部分注意力不是放在那個長髮美人身上，確認她是一個很厲害的水系靈能者之後，就開始仔細觀察剩下的五個男人，試圖找到他們心中最想要見到的目標風鳴，只是他們現在的內部資料裡，風鳴的照片還是短髮清爽的樣子，讓他們一下子就走歪了。

絕色美人大賽雖然在國內霸占了很久的熱搜和頭條，但因為這是混亂組織的陰謀，國家直接禁止在網路上討論。

風鳴的長髮形象也只有那天晚上的驚鴻一瞥，和第二天購物時短暫出現，因為平時粉絲們也會在網路上幫偶像畫畫，或者合成各式各樣的造型，所以風鳴長髮的照片沒有被那些國家的情報人員重視過——

他們幾乎每天都能看到華國的瘋狂粉絲幫偶像合成的各種圖好嗎？甚至還有幫風鳴合成黑色大翅膀的，差點嚇死他們，結果後來發現是粉絲的合成圖，簡直讓他們無話可說。

所以，化了美豔濃妝的長髮風鳴特別順利地通過了兩個直男隊伍的資料對比——他直接被算到了女異能者隊伍當中。

后熠、池霄、烏不急、水千畝、龐超的資料和照片都被找出來了，只有風大美人的資料沒有比對上。鮑伯和猛獸異能傭兵隊的隊長沒有多在意，覺得那個長髮美人可能是華國藏起來的厲害自然系靈能者之一，畢竟哪個國家和勢力不會留幾張底牌呢？

但他們還是有些失望風鳴沒來，那可是他們來這個祕境的另一個重點目標。

現在看來，華國還是非常重視這個混血神話系靈能者的。

殺戮者傭兵隊的隊長克里斯汀先是摸著下巴，仔細地觀察了一下長髮平胸長腿的風鳴，然後聲音裡帶著一點笑意和情欲的味道：「把那個美人和男性異能者的資料比對一下。」

殺戮者的隊員一愣，「隊、隊長？您、您是說？」

克里斯汀輕笑：「那群沒見過世面的傢伙，那確實是一個甜心寶貝，還剛好是我喜歡的類型喔。」

知道自家隊長只喜歡美豔少年的隊員們：「……」

怪不得那個大美人胸那麼平！！

不過比對了男性靈能者的臉部資料，也沒有比對出結果，只有四個面容相近的照片在下方作為參考。在那四張照片當中，第三張就是風鳴的臉。

克里斯汀仔細地盯著風鳴的臉看，勾著嘴角笑了。

「好了，把資料收起來吧。這一趟或許會有驚喜呢。」

殺戮者隊伍的隊員不明白自家隊長為什麼又這樣陰險得意地笑起來，但還是老實地收起了電腦。他們這個隊長別看表面斯文得很，但殺人的手段卻非常殘忍，沒有人敢忤逆他的命令。

最後，在日國的隊伍當中，霧島清波敲了一下手中的摺扇，問他身邊的巫女香：「找到了嗎？」

香抬起頭，看著自己手中的紙結卜卦，眼中有幾分疑惑卻肯定地道：「他在，只是卦象並沒有明確顯示他在哪裡。」

霧島清波就笑了笑：「沒關係，只要他在就好。不管他躲到哪裡，最後終歸是要進入祕境的。」

不管其他隊伍的小動作和對話，至少現在風鳴還在安安穩穩地燒烤。

他透過空間波動感受到很多人對他們這邊的掃視和窺探，但這些窺探並沒有集中在自己身上，可見后熠的化妝技術還是過得去的。

他不打算一直隱瞞下去，但能藏多久就藏多久，總歸省事。

這個時候，風鳴烤著雞翅膀的手忽然頓了一下，驟然抬頭往一個方向看過去，對上了一雙邪肆、帶著掠奪光芒的眼睛。

這個目光從剛剛開始就一直盯著他了。風鳴瞇起眼。

他不確定是這個人認出了自己，還是想要找碴，但不管是哪一個，這傢伙都在他的黑名單上了。

眼睛太醜就不要來了，之後就把你戳瞎。

后熠也看到了風鳴和克里斯汀的對視，他側頭看了一眼克里斯汀，隨手一甩，一支金色的長箭就瞬間到了克里斯汀的面前！

克里斯汀冷笑一聲，伸出兩根手指就要接箭，但是他的手指觸碰到長箭時，笑容一僵，兩根手指接不住箭，左手握緊也接不住！

最後他不得不非常沒有面子地用雙手接箭，才讓那支金箭停下射向他眼睛的動作。他臉色陡然陰沉下來，直接就要把箭掰斷，那支金箭卻瞬間消散成了能量，回到后熠體內。

然後后熠擋在風鳴前面，一邊吃著烤好的羊腰子，一邊特別狂霸跩地道：

「再看我的甜心寶貝，我就戳瞎你的眼，我的甜心也是你能看的？」

這是第二次的隊伍小摩擦了，讓原本還算平靜的海灘氣氛又緊張了起來。

在所有人暗自戒備的時候，他們突然聽到了一陣「嘩啦」的聲音，而後濃郁誘人的香味在整片海灘蔓延開來。

所有人循聲看過去。

水千畝一邊幫鐵板魷魚倒上醬料，一邊自誇。

「嗚……淼淼，你放心！我的手藝是沒得誇的！我的副業就是星級大廚，只要廚具、材料都有，這次來祕境，我能讓你嘗遍所有美味海鮮！！」

各隊看看他們的簡易野外生存鍋和簡單的乾糧食品，再看看那邊鐵板、燒烤架、鐵鍋以及某牌的瓶瓶罐罐醬料、佐料，突然感受到了華國隊伍深深的、深深的惡意。

還打什麼架啊？他們的胃開始打架了！

因為水千畝的鐵板燒，剛剛還算緊張的對峙氣氛就那麼消散了。

假如人家在吃美味的燒烤，而他們在打架，對比也未免太慘烈了一些。克里斯汀本身也不想現在就和后熠對上，畢竟連祕境的大門都還沒打開就暴露實力，是非常不明智的事情。

另外，克里斯汀並不想承認他在實力上，可能比華國的青龍組隊長還要差那麼一些。不過如果拚命的話，他絕對不會輸。

有了鐵板燒做緩衝，克里斯汀率先轉過頭，對自己的隊員陰沉沉地道：「把我的頂級鮭魚罐頭和魚子醬都拿出來。」

不就是一個鐵板燒嗎？哼，他帶的食物更加昂貴和美味！

有了他當開頭，再加上那時不時就傳來的誘人香味，其他的隊伍也都忍不住拿出了隊伍裡的高檔存貨。反正剛過來，物資很充沛，吃點好的又不會影響什麼。關鍵是這個時候不能丟面子，就像人家拿出一點好東西，顯得他們的勢力特別窮一樣。

於是，頂級靈米壽司、鵝肝、靈能風味肉乾、靈植水果都被那些隊伍拿了出來。

這些美味吃到嘴裡的時候，華國隊的鐵板魷魚、香煎鮭魚終於失去了一點魅力。不過在另外幾個小隊認為他們沒輸的時候，他們又聽到了那邊的對話。

「可以啊，淼淼！你連這個都買了？哈哈哈，讓我現場調一個醬汁，然後再給你來一個正宗的香煎臭豆腐啊！」

烏不急和龐超就在鐵板旁邊，一邊吃著魷魚和鮭魚，一邊感動得從嘴角流下了淚水：「還是淼淼你心細啊！我們這群糙漢子出任務的時候，從來都是吃壓縮餅乾的，我還以為這次得一連吃很多天沒什麼美味的海貨呢，現在竟然連臭豆腐都有！」

已經變成風淼淼的風鳴吃著香煎鮭魚，感受那入口即化的細膩，被黑色眼線延長的眼角又上揚了幾分：「隨便吃，所有調味料我都帶來了。我還帶來了很多蔬菜和水果，在島上也要好好補充維生素。」

朱雀組隊員三人就特別滿足地點頭，同時忍不住在心裡打起了小心思。

哎呀，怎麼看風鳴都是一個居家旅行、出任務必備的好隊友啊！別的不說，光是他能囤貨這一點，就已經是最佳技能優勢了。剛剛風鳴好像還說了他們隊長的粉絲才會說的話？

搓手手，要不要讓自家隊長去動員，挖一下后隊的牆角啊？

這三個人正暗搓搓地使著眼色，忽然就感受到一陣殺氣，一抬頭，看到后隊用變態殺人狂的微笑看著他們：「好吃嗎？」

三人咽了咽口水，「好、好吃。」

后熠點頭：「那就多吃點，少作怪。」

烏不急都被他看得有點急了。

好在這時候，水千畝已經把醬料炒好，快速接過風鳴拿給他的長了毛的白豆腐，然後往鐵板上倒油。當油開始冒出小小的泡，就把白毛豆腐一塊一塊放上去煎，然後那些代表著菌落的小白毛迅速捲曲，並且泛出焦黃的顏色，接著冒出了霸道誘人的香氣。這個香氣在水千畝把炒好的醬料潑上去的時候達到了頂峰，就連躺著一直沒動的池霄都在這個時候坐起身子，直接走到了鐵板旁邊。

然後，之前覺得自己沒輸，手裡的美食也很香的其他隊伍又覺得手裡的食物不香了。那種帶著一點臭，但是更香的白毛豆腐怎麼看起來那麼好吃的樣子？看看那幾個華國人吃得滿嘴流油的樣子，太過分了！他們到底是來這裡度假還是做任務的！

但就算心裡罵得很，他們也不能直接罵，只能眼睜睜地看著華國的隊伍吃美食。

不過很快，歐洲騎士和魔法師隊伍裡的一個年輕人有點忍不住了。那個青年有著一頭栗色頭髮，身材有點胖，是個土系元素魔法師，平時最大的愛好就是吃了，現在看著自己手裡的靈能水果梨子，是真的吃不下去。

他一下站起來，吸引了許多人的注意，咬牙去找風鳴了。

對，這胖青年下意識就選擇了隊伍裡他認為的唯一「女性」。

風鳴看著外國胖兄走過來，把手裡散發著靈氣的梨子遞到他面前，然後眼巴巴地看著鐵板上的臭豆腐來了一句英語：「我能用我的梨子換你們的長毛豆腐嗎？它雖然看起來怪怪的，但好像很好吃。」

風鳴：「……」

想吐槽長毛豆腐這句話，但看著這個被他們大吃貨國美食誘惑的歐洲小哥，心裡還是有些得意。他甩了一下長髮，然後和水千畝要了一份香煎毛豆腐，遞給了吃貨小哥：「不用，請你吃。」

凱奇看著那紅白相間、香味誘人的豆腐，再看看對著他溫柔微笑，眼睛特別美麗、很有氣勢的東方長髮大美人，忽然間覺得自己的心跳特別快，彷彿被丘比特射中了內心！

「喔、喔，太感謝了，這怎麼好意思呢？」

胖子凱奇急忙伸手接過了香煎毛豆腐，卻把手裡的異變梨子硬塞到風鳴手裡：

「這個梨子還是給你吃吧。是我們魔法師公會的A級靈植樹結的果子，吃了能補充靈力，還、還對皮膚很好……喔，但你皮膚本身就很好了，還很白……呃，但是它很好吃，我是說，謝謝。」

風鳴看他緊張的樣子，忍不住又揚起唇角，只不過他的笑容在這位胖兄的下一句話中僵硬了一下：

「美麗的女孩，妳是我見過最漂亮的人，我有那個榮幸知道妳的名字嗎？」

美麗的女孩風淼淼對他假笑了一下，一口就把水靈靈的梨子咬掉了一半，就像在咬胖子腦袋似的。

然後，胖子凱奇就看到美麗的女孩被人攬住腰，那個比他高、比他帥，還比他厲害的男人看著他，告訴了他美麗女孩的名字。

「喔，他叫風淼淼喔，是我的甜心寶貝。」

胖子凱奇哪怕之前聽這位東方的隊長這樣說過，還是有點不甘心，他看向風淼淼。

風淼淼面無表情：「沉迷工作，無心戀愛，謝謝、再見。」

然後風淼淼又給了后隊一個手指大的小水球砸臉，轉身咬著梨子，喀嚓喀嚓地走了。

喔，美麗的女孩，神他媽美麗的女孩。

凱奇很是失落，看著美麗女孩的背影，覺得手裡的豆腐不太香了。然而，他的隊友們並不這麼覺得，每個人一人一塊香煎毛豆腐，哎呀，吃進嘴裡是多美妙呢？

於是在上島第一天，因為美食的力量和吃貨的渴望，華國和歐洲小隊達成了普通友好——可交換食物的關係，其他小隊還在堅挺不屑。

之後接連一週的時間，小心島上又陸續來了七八支不同國家和勢力的隊伍。當這些隊伍看到最先來的六支隊伍時，帶隊的隊長心中都是一個咯噔。顯然最早的六支隊伍實力比他們強大一個等級，他們就非常自覺地到小心島的另一邊紮營。

在這一週之內，在華國隊每天一日三餐煎炸煮燉炒燜燒，變著花樣的美食攻擊之下，其他五支隊伍全部淪陷，最終都忍不住去跟華國隊交換了美食。

明明華國隊用的都是普通的食材而已！可那些食物就是該死的又香又好吃啊！他們一週內拿出了很多靈食交換，甚至猛獸異能傭兵隊因為帶的靈食不多，最後還用靈材購買了。

當他們一邊吃著美味的食物，一邊看華國隊伍的廚師和長髮美人一起數靈材靈果的時候，總覺得他們變成了一隻只會主動送上門的肥羊，那種心情真是讓人鬱悶。

終於到了上島的第八天上午八點，另外五個隊伍在心中下定決心，再也不買華國隊的美食時，所有在小心島上的靈能者們都在一瞬間感受到了一股龐大、鋪天蓋地的靈能衝擊波。

在前方十點鐘的方向，一道海藍色的靈光沖天而起，以那道靈光為中心，原本平靜的海面上也瞬間掀起了滔天巨浪。將近百米的巨浪就像是一堵高高的牆，狠狠地往周邊砸落！

風鳴直接把最後一個蟹黃包塞進嘴裡，站了起來。

其他靈能者也在這個時候停下了手中的動作。當海藍色的靈光從百米寬的直徑一再縮小，最終在海面上變成一扇風格奇異，有繁複花紋的大門的瞬間，每個隊伍的隊長幾乎同時開口。

「祕境的門開了，走！」

風鳴差點想要張開翅膀飛過去，不過很快就忍住了。他捏碎一張防禦靈卡，和其他用了飛行靈卡的人一起，淩空飛向海藍色的祕境之門。

在即將進入祕境之門的時候，風鳴的左手被后熠拉住。

池霄想了想，也伸手過去的時候卻被后熠用另一隻手拉住，堅決不讓鹹魚拉小鳥。

池霄和風鳴同時嘴角微抽。

不過下一瞬，他們就進入了祕境之門，再睜開眼的時候世界已經變了一副模樣。

當風鳴睜開雙眼，瞬間便被眼前的景象嚇出了幾個泡泡，同時耳邊陡然響起了嘈雜的聲音：

「喔！又有勇者們來了！快帶他們去見國王陛下！」

「還有三個美人，她們肯定是為了王子選妃而來！」

風鳴：「？？？」

那三個美人裡肯定沒有他吧？

原本，風鳴以為進入了這個深海祕境後，看到的會是深邃廣袤的海底世界，能夠看到各式各樣的深海魚群或者從未見過的海怪，再不濟也是那種像水下地宮一樣的龐然建築，他們會開啟像是某篇盜墓文一樣的海底探險。

結果一睜眼，沒有各種深海怪物、沒有海下地宮，有的是一座宏大的海底之城，以及站在他們面前，滿面興奮地指著他們的……各種人形海鮮。

對，人形海鮮。

或者說是有海中生物特徵的人類。

在他的斜前方，正一臉興奮地指著他，背後揹著海螺殼的大媽、故作矜持卻眼神亂飄，後背揹著貝殼的幾個女孩，還有手臂像是螃蟹大鉗的眾多壯年男人、下半身是海蛇蛇尾的美女，充分展現了海底生物的多樣性。

風鳴的第一想法就是這個祕境裡的海鮮們成精了，然後有點遺憾自己帶的調味料怕是沒有用武之地了。想過這些之後，他才想到國家爸爸發布的祕境任務——尋找祕境中的「不死藥」

和「奪天造化珠」兩個珍品級的至寶。

如果在這個祕境中是有城池和本土居民的，那麼他們想要找的那兩個至寶，怕是都在防衛最森嚴的頂級權利中心裡吧？

想要得到寶貝，就要和所有人形海鮮們為敵，哪怕現在陸陸續續進入祕境的人已經有好幾百了，可怎麼樣也不可能比過一整城的海鮮。

風鳴這樣想著的時候，他們站著的平臺上還有來探險的靈能者和小隊進來。

他看了一眼后熠，后熠對他輕輕搖頭，讓他不要輕舉妄動，池霄也用一個眼神止住了水千畝想要走下去的行為。

和一進去長白山祕境就所有人都分散的情況不同，進入這個深海祕境之後，所有靈能者都被聚集在一起。剛剛聽平臺周圍的人的對話，似乎連這個祕境裡的本土居民都提前知道了他們的到來。

這就顯得很不尋常了。

所以大部分的人都選擇了暫時觀望。但也有不想站在這裡，被別人當猴子看的靈能者，很快，人群中就走出了一個身形瘦高的男人，他有些嘲諷地看了一眼站在那裡不敢動的眾人，直接調動身體內的靈能，然後身體猶如一支利箭一般，咻地一下衝了出去，在海鮮居民們的驚呼聲中很快就消失不見了。

「哎呀，剛剛那個勇士速度好快啊！他竟然一下子就衝出去了呢！」

「確實速度滿快的，就是不知道他的體格怎麼樣？如果光是速度快的話，可是鬥不過可怕的魔怪，魔怪手下也有速度很快的魔戰士啊！」

「唉，急什麼，反正最後都是要接受勇者的挑選賽嘛。這一次來的勇士數量很多的樣子，總會有能合格的人！」

「對對，可惜那個人先跑啦，沒辦法享受到正規勇士的待遇，最後還不是得餓著肚子被抓回來。」

「哈哈！他跑得快，可能也是個急性子吧？不過除了勇士之外，我發現還來了很多美人，可見我們王子有多麼受歡迎。不過，王子也是俊美無雙又實力強大的人，都能和魔怪打成平手呢。」

「對對對，今年真是一個好年啊，來了這麼多看起來厲害的勇士，還有身體看起來健康又強大的美人，無論他們哪一方成功了，我們就能平安一年啦！」

檯子下面的海鮮居民們沒有顧忌地討論著，同時洩露出了很多關於這個海底城池的相關消息。

在檯上的靈能者們仔細聽了一會兒，大致明白接下來要做的事情了。只是雖然這樣，很多人都還在仔細觀察著周圍。實在是這個祕境和他們想像的相差太多了，誰能想到在這個祕境中竟然有一個城呢？

如果這個城是真實存在的，如果那國王、王子、這些居民們都是真實的，那出去以後，他們要怎麼跟國家彙報，又要怎麼對待這一個憑空冒出來的「國家」？

大家心思各異，但都決定先看看再說，等搞清楚了這個祕境之國的實力、特產，見過這個國家的當權者後再想其他。

於是，風鳴他們又在這裡等了快兩個小時，等到他都無聊到開始數自己吐出來的泡泡了。

這是深海祕境，哪怕他們來到這裡就看到了一座城，城市也是海底的城。

風鳴進來的時候沒有任何不適感，他具有鯤鵬的血脈，本就可以在海水中呼吸，而且因為是在水中，他很有一種時時刻刻都在充電的力量充盈感。他隔著后熠看池霄，池隊接收到他的眼神，竟然像是明白他的意思，點了點頭。

所以池霄也是如魚得水，十分舒適了。

但除了他和池霄、烏不急、龐超這種本身就有水生生物血脈異變的人之外，其他人在水裡待著沒有問題嗎？

他看向后熠。后熠的表情有些疑惑，然後道：「呼吸沒有問題。」

他原本已經做好了用靈能包裹住全身、避水吸氧的打算，可是到現在這麼久了，他卻沒有感覺到呼吸上的任何不適。

其他隊伍顯然也發現了這一點，一開始還有些疑惑和戒備，但很快，他們的疑惑就被解開了——那個十多分鐘前像箭一樣竄出去的靈能者十分狼狽地被帶了回來。

他被一個身材非常壯碩，頭頂有一片像鯊魚鰭一樣的男人單手提著，身體弓起來，就像是一個蝦子，臉色憋得通紅。
那樣子就像被人掐住了脖子，呼吸不過來一般，然後那個頭頂有鯊魚鰭的男人把他一下扔向站在檯上的靈能者眾人。
靈能者們反應飛快地閃開，等那個男子在水中輕飄飄地落下，他才忽然劇烈地抽了一口氣並伸直身子，像是脫水的魚終於又回到了水中。
「咳咳、咳咳咳！」
此時，這個瘦高男人再也沒有之前對其他人的輕視之色，有一個和他還算認識的靈能者上前拍了拍他的背，然後問：「兄弟，你這是怎麼了？難不成外面有什麼危險？」
瘦高男人雖然知道這個人上前只不過是為了從他嘴裡得到消息，但多少也算對他表示了關心，等呼吸順暢之後才道：「我剛剛大致逛了一下這個海底城，這個城非常大，我只走到了西邊的城門處。不過，在外面的水是真的水，不光有很大的水壓，如果不用特殊的技能或者靈能道具的話，根本就無法呼吸。」
眾人心中一驚。
風鳴看了一下腳下像水晶一樣的檯子，心想，怪不得那些海鮮一點都不擔心跑出去的人，原來這個地方是有特殊功能的。
這樣一來，心中有些不耐煩，也想離開的異能者也放棄了離開的心思。很明顯，現在和大家待在一起比自己單獨出去更安全，而且這些海底城的居民已經洩露了國王要見勇士的消息，他們等一下也沒什麼。

終於到了中午十一點的時候，再也沒有靈能者落在這個水晶檯上了。風鳴偷偷用空間波動掃了一下，確定這次來到海底祕境的靈能者竟然有八百七十七人之多。

這時候，那些圍觀的海鮮們自動讓開了道路，一隊穿著奇怪鱗甲的蝦兵們過來了。為什麼是蝦兵呢？因為這些青年們雖然長得還可以，但腦袋都有點尖，而且一個個還有細長的紅色小鬍鬚，看起來有點酷又有點滑稽的樣子。

風鳴看著他們，突然對水千畝嘆一口氣：「我想吃油燜大蝦。」

水千畝：「……」

后熠和池霄都忍不住有點無奈想笑。

「勇士和美人們已經集合完畢。」領頭的蝦兵青年隊長開口：「那麼，請自動分為勇士隊和美人隊，跟我們去覲見國王陛下和王子殿下。空氣通道已經開啟，各位外來者們不用擔心。」

八百多位靈能者誰也沒動，心中遲疑。

這時候，一個和風淼淼的高冷美豔風完全不同，性感美豔又穿著大波浪紅裙的女靈能者開口：「這位小哥哥，美人隊和勇士隊有什麼區別嗎？我是個美人，能夠去勇士隊嗎？」

那個被拋了媚眼的蝦兵青年不為所動，他看著紅裙美女直接皺眉：「美人當然只能去美人隊。勇士才能去勇士隊！請不要站錯隊伍！」

這下大家都明白了，男女要分開站隊，男人當勇士打怪獸，女人就要當美人去選妃。

有一些性格隨意，且對自己實力自信的人開始站隊，而風鳴看著站隊的人越來越多，黑著臉思考自己到底是要去左邊的男隊，還是右邊的女隊。

他也只是思考了三秒鐘而已，絕對不能為了偽裝怕麻煩，改了他的性別！！

於是風淼淼美人就在一眾男士的眾目睽睽之下往左邊走，企圖站到后熠和池霄旁邊。

男人們：「……？？？！！」

我靠，這美女難不成是？

風鳴還沒站穩，那個蝦兵小隊的青年隊長就直接走了過來。他認認真真地打量了一番黑長直的風鳴，聲音篤定且認真：「這位美人，請不要站錯隊伍，右邊的隊伍在等著妳。」

風鳴的臉色一瞬間變得相當精彩。

后熠還嫌不夠熱鬧，伸手把風鳴拉到面前，親了一下他的額頭，無比溫柔地微笑道：「淼淼不用害怕，先去右邊待著吧，我們戰勝了大怪獸之後就來接你。」

男人們被強行秀了一把，翻白眼。凱奇忍不住嘀咕淼淼還是單身！來這邊只是害怕！

然後，害怕的風淼淼氣極反笑。

他忽然露出了一個極美的笑容，那雙像黑色寶石的眼睛彷彿帶著鉤子。

「喔，那你們要加油喔，我也會努力嫁給王子殿下的。」

然後，這位大美人毫不留情地轉身，加入了右邊的美人隊。

后熠：「……」

因為彷彿搬石頭砸到了自己的腳，在接下來去覲見國王陛下的路上，后隊的表情全程冰冷凶殘，周身氣場變得比池隊還要生人勿近。中途有一個靈能者偷偷觀察他，被他森冷的眼神看了一眼，差點轉身就跑。

風淼淼大美人則是在一群美女中全程保持高冷之姿，有可愛的靈能美女想要過來跟他搭話，也被他沒什麼表情的臉嚇退了。

但還是有人難度越高就越喜歡挑戰，就比如那個穿紅衣的捲髮大美女，她走到風淼淼旁邊想要伸手拍她的肩膀，卻被風淼淼側過身，直接躲開。風淼淼眉峰往上揚看她，眼神帶著疑問和冷淡。

克麗絲沒想到這個東方美人的反應這麼快，收回自己的手，撩了一把頭髮：「妹妹，不要把希望寄託在別人身上，男人都不是什麼好東西。關鍵時候，我們還是要靠自己啊。」

風淼淼嘴角微抽，看著對方一副過來人的樣子，最後還是點了點頭，表示自己知道。

然後他不再看克麗絲，轉頭去看整個海底之城的建築和設施。

他們行走的應該是這座海底之城的主幹道，在街道的兩旁有各種店鋪，包括雜貨鋪、服裝鋪、小餐館和工具武器鋪。從鋪子的分部可以看出這座海底之城的科學技術還不算太發達，道路上行走的貨車和華麗的貝殼車，也都是由海豹、章魚，甚至是兩排大螃蟹拉著的。

雖然這城池內的科技不發達，但風淼淼注意到城池中的海鮮居民幾乎都是厲害的水系靈能者。

他們自如地在城市中使用水的力量，幫助他們做一些事情，就連在街道中亂跑、追逐打鬧的小海鮮們也能在奔跑的途中用手砸出小水球，或者噴出小水柱來。雖然現在看起來這些海鮮居民對他們還算友善好奇，但如果他們雙方真的打起來，整個城市的海鮮們如果都會水系的靈能攻擊，這個任務還是佛系完成吧。

反正國家爸爸的要求是得到「不死藥」和「奪天造化珠」，如果得不到的話，也不要讓其他的勢力得到。這樣的話，他們說不定還可以幫國王陛下守護寶貝呢。畢竟他們這次來也就一千人不到，這個城池裡的海鮮居民少說也有上萬。

很快，風淼淼他們被蝦兵小隊領到了一座豪華的水晶宮殿前面。

那真的是一座用各色水晶寶石建造出來的巨大宮殿，而且神奇的是，在這座宮殿的正上方竟然還有像陽光一樣的光芒照射下來，讓原本色調比較陰暗的海底之城一下子明朗夢幻了許多。

不過，風淼淼看著這宮殿的外觀，有點無語。

這個城池的建築師是怎麼回事？從剛剛開始，他就覺得好像有哪裡不太對，現在看到這座宮殿才突然明白——這城裡的建築風格很奇葩，有他們東方風格明顯的店鋪，也有像歐洲小鎮的房子，眼前的宮殿更是將東西方元素混雜揉合在一起，看起來讓人覺得有點微妙。

「請諸位注意儀態，保持安靜跟我走。」

靈能者們有不少人下意識挺起了胸膛，彷彿他們真的是勇士，要去見自己的國王一般。

風淼淼周圍的女性靈能者們則是有好幾個小聲低語：「我們真的要嫁給那個什麼王子嗎？應該是可以拒絕的吧？」

「這個祕境到現在我也沒弄清頭緒，說不定王子和國王就是突破點？」

風淼淼甚至聽到一個女靈能者小聲來了一句：「其實要是來一段露水姻緣也不是不可以，但我對男人可是很挑的，他必須長得非常英俊帥氣、身材好才可以！」

風淼淼無語，對於顏狗的節操又刷新了認知。

進入宮殿的時候，眾人竊竊私語，然而當他們走到了大殿的正中央，看到依次坐在王座上的國王一家時，所有人都瞬間閉上了嘴。

就連風淼淼都被驚豔了一把。

他原本認為后熠和池霄已經代表了「野性英俊」和「精緻俊美」的美貌頂峰，其他男人不管再怎麼好看、再怎麼風格不同，也比不上這兩位。但在他眼前的國王這一家，差一點就讓他推翻了自己的認知。

國王一家五口，國王和王后並排坐在王座上，他們的左下方是王子殿下，右下方則是兩位公主殿下。

國王陛下英俊氣勢驚人，他手中握著一把權杖，看不出是什麼品種的海鮮。但旁邊的王后是一條銀色尾巴的美人魚，她的面容是西方標準的金髮碧眼美人，看著勇者們彎起嘴角。

兩位嬌俏的公主殿下也是美人魚的模樣，只不過她們一個是淡粉色的尾巴，一個是淡藍色的，性格也不太一樣。

最後，就是坐在左下方的王子殿下。他也有一頭黑色長髮，穿著華麗閃光的銀色長袍，雙眼是灰色的，鼻梁高挺、嘴角上揚，此時他正撐著下巴，有些感興趣地看著站在右邊的女性靈能者們。

這位王子殿下非常英俊，且氣勢看起來不下於國王，風淼淼甚至聽到剛剛那個說自己要求高的女靈能者興奮地表示，十分願意嫁給這樣的王子殿下。

風淼淼抬頭再次打量國王一家，不得不承認他們確實男的英俊，女的美麗，只是如果國王陛下和王后不是坐在王座上，地位一目了然，他完全不會把國王當做國王。

這座海底之城的國王實在太年輕了，看起來不像是王子的父親，反而像他的兄弟。同樣，王后也是如此。

到底是因為海底之城的居民壽命非常長、不顯老，還是有其他原因？

而且除此之外，風淼淼忍不住又去看了一眼英俊的王子殿下。他確實非常英俊，一舉一動都很有吸引力，但看著這位王子殿下，風淼淼同樣有一點非常微妙的違和及熟悉感。

在這個時候，王座上的國王陛下終於開口了，他的聲音也非常好聽有磁性。

「歡迎各位勇士來到永生之城，我們等候各位許久了。我是永生之城的國王，輝，我身邊的是我的王后，露娜，以及王子昭和兩位公主。此時，想必各位心中有很多疑惑和問題。」國王輝沉穩一笑：「請各位不要著急，稍後會有人幫大家詳細地介紹一切。現在已經是午間了，想必各位到達這裡已經有些饑餓，我們可以在午宴上邊吃邊說。」

國王這樣說完，美麗的王后便笑著拍了拍手。於是，優美動聽的音樂在大殿中響起，很快就有一隊同樣頭頂尖尖的蝦人侍女整齊地走出來，在大殿左右擺上了用餐的長桌。

然後身後揹著白色小貝殼的侍女們，端出一道道看起來十分美味的海鮮菜肴。

當菜肴上齊的時候，一個白眉白鬍鬚的老人笑呵呵地走上前，「各位好啊，在大家面前的是我們永生之城的特產食物，大家可以隨意品嘗。在大家用餐的時候，我來為大家介紹一下永生之國，以及我們的至寶和勇者之戰。」

風淼淼看著面前非常新鮮，還帶著血絲的一盤盤生魚片、魚子醬、鮮蝦和海帶，沒有一點胃口。雖然心裡早已經預想過在海底只能吃生魚蝦什麼的，他也很喜歡吃鮪魚、虹鱒之類的，但全都這些的話，就莫名顯得不好吃了。

這個時候就十分想吃紅燒排骨配米飯，嘖。

因為挑食，風淼淼大美人幾乎沒動筷子。然後他發現對面的后熠和池霄和他一樣，一口都沒動那些特產食物，烏不急、水千畝和龐超也一臉菜色地看著那些生魚片和海帶，最後齊齊抬頭用渴望的眼神盯著自己。

風淼淼翻了個白眼。

「永生之國之所以叫永生之國，是因為在我們國度生活的人永遠都不會死亡。」

老者這一句話一出，整個大殿一下子安靜了下來，幾乎所有人都在第一時間想到了國王和王后年輕到過分的臉。

女人們尤其興奮。

「我們永生之國的國民是被天神眷顧著的，我們擁有一棵『不死聖樹』，就是我們永生之國的兩大至寶之一。」老者的聲音緩緩，卻直入人心：「不死聖樹每年都會結出九顆不死果，吃了不死果的人，便可以像國王和王后一般不老不死，永保青春。呵呵，說來你們或許不相信，我們的陛下如今已經六百歲了。」

所有人都看向國王那張最多二十五歲的臉，心頭驟然間火熱了起來。

有性子急的人直接問：「那不死果是誰都可以吃嗎？還是只能皇室使用？」

老者笑了起來：「我們永生之國是一個和平公正的國度，所有人都擁有吃不死果的權利。只是不死樹每年結出來的果子太少，所以想要得到不死果，就要通過我們的勇士挑選，也就是在勇士之戰中取得勝利才行。

勇士之戰是我們永生之國每三年就有一次的慶典活動，是為了角逐出最勇敢的九位勇士舉辦的盛會。在勇士之戰中最終勝出的九位勇士可以得到不死果，吃了就能永生。」

「那今年有勇士之戰嗎？」有靈能者問。

老者的表情一下子變得嚴肅又沉重起來。

「今年也有勇士之戰，但今年獲得勝利的勇士無法得到不死果，因為今年非常不幸地遇到了魔怪的甦醒期。在半年前，深海魔怪毫無徵兆地甦醒，之後闖入了宮殿之中，搶走了我們永生之國的『聖珠』，還帶走了所有不死聖樹生長、結果所需的靈泉之水。

國王和王子殿下在和魔怪的戰鬥中受了傷，我們國度的勇士們也大都戰死，情況一度非常糟糕。最終，還是王后動用了血脈的力量，預言今日會有許多勇士來助我們一臂之力，也會有最適合王子殿下的美人前來延續王室的血脈，所以我們才開啟了聖台，等待各位的到來。」

老者說到這裡，一直沒有發言的國王陛下開口：

「我希望諸位勇士能幫助我們戰勝魔怪，奪回靈泉之水和『聖珠』。到時候，我會奉上不死果給功績最高的勇士，並且給他永恆之國中最榮耀的爵位以及最美麗的美人。所以，諸位勇士們，你們願意幫助我們殺死魔怪、共度難關嗎？如果願意，就請留在大殿中不要離開，迎接接下來的勇士挑戰。如果不願意，我們也不勉強，您可以主動離開去王都旅館休息，直到事情結束。」

十分鐘過去了，王宮中沒有一人離開。

國王和王后露出了欣慰的笑容。

「那麼，我們就來說說勇士的挑戰和王妃選拔吧。」

風淼淼猛地抬頭。等等，王妃選拔是怎麼突然冒出來的？剛剛為什麼不問問看有誰不想當王妃！

國王坐在王座上，笑咪咪地說出「勇士挑戰」和「王妃選拔賽」的要求。

「勇士挑戰賽是為了挑選出我們城池中最勇敢、最厲害的勇士的比賽。之前幾年，我們採用的都是一對一對戰，最後決出九位勝出者的方法。不過，因為今年魔怪甦醒，並搶走了我們的聖物，我們需要更多的勇士。不只是最厲害的勇士，團結一致才是戰勝魔怪的最好方法，所以在這一次的勇士挑戰賽中，我們只做最初步的資格選拔就好了。

只要能完成初級選拔的人，就可以在王子的帶隊下去討伐魔怪。最後貢獻最多的九位勇士會得到不死果，當然，如果有十位或者更多的勇士也做出了巨大的貢獻，那我們同樣也會奉上不死果的。」

國王輝說到這裡，臉上帶著十分誠懇的微笑：「我們每年都會儲存兩顆不死果，用來獎勵為國家帶來巨大貢獻的人。所以各位勇士不用擔心，只要你們表現出自己最真實的力量，齊心合力戰勝魔怪，我們永恆之國都會看到你的貢獻，給予相應報酬的。」

原本還有些擔心最後要為不死果打起來的靈能者們聽到這句話，心中都稍稍輕鬆了一些，尤其是那些沒有隊伍，獨自一人或者兩人結伴而來的靈能者們。

他們本身的實力就不如那些在全網有名的靈能者，更別提這些靈能者還各自組成了小隊，更增添了實力。他們和那些頂級的隊伍比起來根本就不值一提，但他們也非常想要得到不死果啊！那可是吃了以後，能讓人不老不死的聖物！

或許這個國王說的不完全是實話，但看他的樣子，就能知道不死果至少有能讓人活得更長久，並且保持青春的神奇力量。

如今已經進入了靈能時代，所有的不可能都在變為可能，連神話傳說的血脈都出現，植物和動物都有了智慧，甚至可以成精，那麼為什麼就不能有不死果呢？說不定這就是他們的機緣和運氣！遇到了這樣的機緣，他們自然要想盡一切辦法，努力抓住。

但在有那些頂級隊伍的情況下，他們想要得到不死果，簡直就是不可能的事情。可如果不死果比較多，而且得到不死果的方式是誰的貢獻更多更大，那他們或許還有一爭之力。所以，八百多位靈能者中，有大部分都露出了笑容，甚至有些急切或者對不死果志在必得的靈能者就開口：

「國王陛下，我們自然相信您的公正，並且也願意幫您打敗魔怪。您還是趕緊說說勇士的初級選拔到底是什麼內容吧！我們都已經等不及了！您可以放心，我們都是在自己的世界中相當厲害的人。」

國王笑了起來，正要開口，一直坐在右邊長桌的兩百多位女靈能者中，有人坐不住了。

「國王陛下，從剛剛我就一直想問，為什麼只有男性能去當勇士，女性就不可以呢？我的戰鬥技巧也很厲害，甚至可以打敗那群人中的很多男人，這樣的我沒有資格去當勇士嗎？我並不想參與王子殿下的選妃，我只想去當一個殺魔怪的勇士。」

那是一個身形非常健美，頭髮剪得短短的棕色皮膚女靈能者。看著她的樣子，會讓人聯想到美麗健康的豹子。

國王輝聽到這番話愣了一下，似乎是沒想到會有女性主動這樣開口。

然後他看向自己的兒子，笑了起來。

「竟然也有這麼勇敢的女性？那是我考慮不周到。既然如此，女性勇敢者也可以參加勇者的挑戰，只是我們國度的女性很少直接參與戰鬥，而且各位是要參加選妃的人，所以如果諸位女士們也想參加勇者的挑戰，就需要先從王妃的選拔賽中落選才可以。」

這個時候，銀色魚尾的王后忽然開口：

「請各位美人不要拒絕參加比賽。神的旨意告訴我，在你們中有無比匹配我皇兒的王妃。我的皇兒身受重傷，只有找到他命中註定的意中人才能恢復他的身體和力量。如果我的皇兒無法找到那位意中人，無法恢復身體的力量和暗傷，那他將無法帶領各位去尋找魔怪。沒有我皇兒的相助，光憑諸位是無法找到魔怪巢穴的。」

風淼淼聽到這裡揚了揚眉毛，這個說辭可真有意思，越來越覺得國王的一家五口奇怪了。

剛剛王后所說的話，就像是在告訴他們「去打魔怪的必備條件」一樣，必須要先進行王妃選拔，選出王子殿下的真命天女之後，王子殿下療傷完畢才能帶領勇士們去戰勝魔怪。

聽起來是不是特別像某些遊戲的打怪流程？一個任務接一個任務，最後才能打到終極大魔王。

想到這裡，風淼淼忍不住快速釋放了空間波動，一陣無聲的意識靈力從他的周身散開，片刻之後周圍的波動重新回饋到他這裡。

難道是他想太多了嗎？這個城池和宮殿，在他的空間感應中是真實存在的，那些蝦蝦蟹蟹的宮人們也回饋了波動，就代表他們也是真實存在的。

「唔。」

或許就是他想太多了吧，畢竟現在人都可以長翅膀在天上飛了，有一個神祕的祕境連通著另外一個奇異的國度，好像也不是說不過去。

既然王后都這麼說了，選妃又是打怪的必然條件之一，那只能先進行王子的選妃了。畢竟選妃落選的人才可以參加勇士比賽，就是不知道最後王子會選到什麼樣的真命天女。

風淼淼看到周圍有不少女性靈能者露出了期待和嬌羞的表情，好在有更多女士們還有理智，臉上的表情是懷疑和堅定。

那位捲髮紅衣的大美女克麗絲又走到風淼淼旁邊，摳著自己紅色的指甲道：「這種老套的劇情，總讓我覺得我在看古早的瑪麗蘇小說呢，來到異世，成為了天選之女什麼的。看那些小女孩們吧，已經有好多人心動了。

不過，我可要提醒妳，妹妹，不要因為男人長得好看就失去理智喔。長得越好看的男人就越會騙人越危險，這一點和我們女人一樣。」

風淼淼：「……」

覺得自己同時中了兩槍，不知道該怎麼回答。

這個時候，王后開口說出了王子選妃的三個比賽內容。

「其實在座的各位女士都很美麗，大都是有資格成為王妃的。不過，皇兒作為我們永恆之國的未來君主，我們總要慎重對待他唯一的伴侶。

首先，那必須是一位內心和身體都強大的女士。內心的強大是作為以後的王后必要的條件，不然無法做好一國之母。身體虛弱的人無法承受任何一點危險，也不是合格的人選，所以，各位女士需要親自去外海狩獵一條魚。不管這條魚的大小，只要能夠成功捕獲一條魚回來，就通過了第一關的選拔。」

國王在這個時候笑呵呵地補充了一句：「勇士挑戰賽其實也是在外海抓魚，只不過是在比較特殊的地方而已。如果在普通的外海都沒辦法抓到一條魚的話，在這一關落選的女士也沒有資格參加勇士挑戰賽喔。」

王后點點頭，又繼續說：「等各位女士們抓到魚後，用你們抓到的魚做一道美味菜餚吧。擁有特殊力量的女孩們，做出來的菜餚也同樣有特殊的力量，可以治癒我皇兒的傷。不過要怎麼選擇特殊的力量，那就是神的旨意了。

最後，擁有特殊力量的女孩們必然不止一位，可能會有十位左右吧。到時候就請這十位美人和我的皇兒說說話，看看他喜歡妳們當中的誰，那誰就是他命中註定的王妃了。」

王后笑彎了眼：「相信我，女孩們，我的皇兒各方面都非常優秀，而且因為妳是他命中註定的那個人，只要你們在一起，就會無比契合、愉快，還能提高你們自己的力量。」

風淼淼：「？？？」

總覺得王后好像說了什麼虎狼之詞？

不過聽完王后這麼說，風淼淼也安心了不少。他覺得，再怎麼樣他都不可能是被選上的那一個，大概會在第二關被刷下來。如果真的有什麼神的旨意或者命中註定，神和命運肯定不會把一個男的配給王子當王妃。

如果他真的被選上了，呵呵，那他可能要去揍神了。

然後她們總共兩百二十五位女士（？）就被帶到了東城門處。

她們要出城，進入外海去抓魚了。

這聽起來似乎是一件很簡單的事情，然而站在東城的城門口，風淼淼看著周圍多位女靈能者變得有些蒼白和壓力的臉色，感受著周圍水壓和空氣的變化，也明白魚沒那麼好抓。

這座城本身似乎就有一層屏障，減輕了深海的水壓之力，也讓城中的人可以在水中自由呼吸。但越走到城門口，屏障的效果就開始減弱。不用懷疑，只要出了城門，他們就會直接面臨巨大的深海水壓和無法在水中呼吸的困境。

喔，當然，這對超擅長水系的靈能者風淼淼完全不是問題。

風淼淼現在想的是，他等等是要去抓一條大魚，還是去抓一隻大蝦呢？

「各位美麗的女士們，可以出城開始捕魚了。」

王后溫柔的聲音響起，風淼淼完全不猶豫地一步跨出城門，然後裝模作樣地把自己包成一個大水球，在眾多男性欣賞的目光中第一個出去了。

后隊：「嘖。」

然後陸陸續續地，女靈能者也出了城。

不過，一刻鐘之後，風淼淼看著面前那隻足足有一頭大象那麼大的凶猛皮皮蝦蝦蛄，陷入了沉默。

第二章　來嘛，殿下

風淼淼原本以為他要抓的海鮮最多只是淺海不怎麼常見的品種，雖然不一定有他特別想抓的鮪魚，但其他種類的小魚應該也不少。然而，出了東城門之後，前方的海域便是一片深幽的黑。

在深海中，除了強大的海壓和更加困難的呼吸之外，還有一種名為「黑暗寂靜」的無聲恐懼。風淼淼想到有不少人都有深海恐懼症，或許就是在這種被壓迫著全身，又看不清周圍的狀態下產生的吧。

不過，這些在他面前都不是問題！

風淼淼十分淡定地從他的別墅大空間裡挖出一個像安全帽的頭盔，戴在頭上，再打開頭盔上的小按鈕，明亮的燈光就從他的腦袋上射了出去，照亮了這附近的一片深海。有了光之後，風淼淼才看清了周圍海底的樣子。

這裡的海底世界似乎和陸地上一樣，有很高的山、有凹陷的地，還有海底周圍那一叢叢長得又長又密的海草林。這像是另一個光怪陸離的世界，卻又好像十分適合牠所處的位置。

風淼淼看了一下四周的環境，開始尋找這片光怪陸離的海底世界裡的獵物。

他忍不住在心裡猜測這片海域有什麼樣的海鮮，說不定有他從沒有吃過的海鮮。如果遇到他沒有見過的美味海鮮，怎麼說也得多抓一點放進空間囤著，以後在岸上的時候也能想吃就吃一點。誰知道他們還有沒有機會再來到這個祕境，看到神奇的永恆之國和微妙的一家五口呢？

風淼淼這樣想著，忽然感受到周圍的水波在震動，似乎有什麼東西從他身後疾馳而來，氣勢洶洶，殺意毫不掩飾。

風淼淼背後金光一閃，瞬間移動到旁邊安全的位置。等渾濁的泥水慢慢下落，風淼淼終於看清了攪混海底深水的龐然大物是什麼——那是隻皮皮蝦，聽起來好像很美味，而且沒什麼威脅的樣子對吧？

但如果皮皮蝦變成大象那麼大，不光有大象的噸位，還有更可怕的速度和衝擊力加成，那這個皮皮蝦就一點都不可愛了，任何東西放大之後，都是會粉碎小時候的萌物濾鏡的。

風淼淼看著大象皮皮蝦堅硬的甲殼、被放大之後顯得異常猙獰，像隻大蟲子一樣的腦袋，以及像巨大蜈蚣怪一樣多的腿，沉默又嫌棄。

這片海域下面確實是有獨特的海鮮，只不過這些海鮮都像吃了膨大劑一樣。

雖然但是，風淼淼還是和這隻巨大皮皮蝦打了起來。

排除水壓和空氣的妨礙，又有探照燈照明，即便風淼淼和皮皮蝦打了一個天昏地暗，海中的泥土翻飛，徹底攪混了這一片海，風淼淼也沒有處於下風。

不過，那隻比大象還長一點的巨大皮皮蝦也不是省油的蝦，當牠體型只有巴掌大時，造成的水下衝擊力也足以和子彈媲美，頭部的大夾子甚至能把人的手指夾斷，所以當這種戰鬥狂蝦變大之後，速度、力量更上一層樓。

風淼淼跟牠打了一會兒，都忍不住在心裡感嘆，幸好是自己遇到了這隻巨大皮皮蝦，換成其他任何女孩，對付這隻皮皮蝦估計會非常吃力，一個弄不好就會被夾斷腦袋，當場橫死。

不過，也就到此為止了。

雖然這個巨大野生皮皮蝦很厲害，但遇到了風淼淼，牠終歸還是逃不了成為椒鹽皮皮蝦或香辣皮皮蝦的命運。雖然一鍋燉不下，但切段紅燒的話還是可以的。

風淼淼的眼神在這一瞬間變得淩厲起來，屬於鯤的強大海中霸主氣息在這時顯露出來。

在風淼淼思考要直接冷凍，還是用冰錐先斃命的時候，那巨大的皮皮蝦突然抖了一下，然後……發出了可憐的嚶嚶聲？？？

風淼淼被這道聲音嚇得渾身一顫，不可置信地瞅著那隻巨大皮皮蝦。

皮皮蝦彷彿發現了風淼淼的注視，牠頓了一下，繼續嚶嚶嚶，甚至用自己的大夾子直接拉下一片黑色的海帶，在頭頂上來回晃。

風淼淼盯著海帶，臉色忽然變得古怪起來。他看著那隻和他一言都沒說就打起來的巨大皮皮蝦，緩緩開口：「你這是在投降？」

皮皮蝦嚶嚶嚶的聲音頓住了，然後這隻大蝦竟然飛快地點了點醜兮兮的腦袋，大鉗子上那個當成白旗的海帶被揮得更快了一些。

風淼淼：「……」

有點討厭。這年頭，連皮皮蝦都成精了嗎？成精的皮皮蝦，總覺得下不了口啊！

「……你剛剛還想主動攻擊我，憑什麼現在你主動投降，我就要接受？」

皮皮蝦精顯然有點理虧，還有點著急，然後牠在原地轉了一會兒，忽然像想到了什麼，小心翼翼地來到風淼淼面前，伸出了牠的一條腿。

風淼淼看著這條蝦腿，覺得這條腿可以用來紅燒或者椒鹽。

皮皮蝦的腿抖了抖，有點想收回去，但還是堅強地繼續伸著當梯子。

風淼淼就明白了牠的意思，於是從海中一躍而起，直接跳到了皮皮蝦的大腦袋上。

皮皮蝦精免於一死，十分興奮，當下發出了一聲唧叫，十幾條小細腿飛快地擺動，像是水中的箭一樣射了出去，帶起一陣海底泥漿。

風淼淼感受著撲面而來的水波，有一種自己在坐海底高鐵的錯覺，怪不得曾經網路上有那麼多「皮皮蝦我們走」的貼圖，皮皮蝦果然跑得飛快。

風淼淼騎著皮皮蝦，大概跑了五六分鐘，來到一片海底珊瑚群。只不過這片海底珊瑚的珊瑚株都特別巨大，遠遠看上去，就像是一片片海底樹林。

在這裡有很多魚，還有如果要產珍珠，至少能產出足球大珍珠的巨大貝殼。

風淼淼忍不住驚嘆了一番，坐著的皮皮蝦就在這片珊瑚群中肆虐了。

牠像是一個囂張的霸王，從這邊衝到那邊，從那邊衝到這邊，嚶嚶唧唧地揮舞大夾子，等牠停下來的時候，整片珊瑚群的海底泥漿都被牠掀起來了。然後，大夾子裡夾了至少二十條種類、顏色不同的大魚和螃蟹。

風淼淼看著被皮皮蝦恭敬地放在腦袋上的那些保命貢品，很是滿意地點了點頭。

「好吧好吧，看在你這麼上道的份上，這次就饒過你了。下次可別不長眼地隨便攻擊。」

皮皮蝦瘋狂點頭，嚶嚶嚶。

牠稱霸這一片海域好久了，哪知道突然來了這麼厲害的，光是憑氣息就壓制住牠的大魚！之前在這片海域裡，牠只要不去那個冒著奇怪混亂氣息的黑洞都沒有問題。但最近那個地方的力量好像增大了，牠地盤上的小弟們似乎都變得很奇怪。

就連牠自己以前也是，沒有長到這麼大，腦子也沒有這麼清晰聰明。牠本能地覺得那個黑洞有問題，但那裡也有牠想靠近的力量。

風淼淼可不知道皮皮蝦精在想什麼，牠就算再聰明，也不能說話，也就沒有什麼交流的必要了。

「好了，現在把我送回去吧。就那個巨大的城池你知道吧？我還得回去參加選拔賽。」

皮皮蝦發現腦袋上的那些好吃美味的魚一下子沒了，有些驚訝地用大夾子摸了摸腦袋，覺得身上的這條厲害魚果然厲害，竟然還有隱藏的口袋。

不過，不知道這條厲害大魚為什麼要去那個距離黑洞特別近的城，明明之前牠的小弟們不小心游進了那個城堡裡，就再也不聽他的話，沒出來了。

皮皮蝦有點糾結，不過抵不住頭頂大魚的要求，只能不情不願地轉身往那個地方去。

在皮皮蝦轉身的時候，風鳴的三翅膀突然顯現出來，無聲無息地划動著水波，然後在皮皮蝦看不見的身後，一群魚、幾顆大珊瑚樹、三個巨大的海貝和在泥沙中閃閃發光的海底礦石瞬間就不見了。

風鳴似乎有所感應地回頭，但也只看到滿眼泥沙，然後「他」看了一眼別墅空間，東南角的無分類區裡多出了一大堆驚人海產。

風鳴：「……」

算了，囤著就囤著吧，反正有地方放。

然後風淼淼大美人露出了一個囤夠東西的滿足笑容。

在皮皮蝦快要到東城門的時候，死活就是不往前進了，彷彿前面的不是一座宏偉壯麗的城池，而是什麼森羅地獄。

風淼淼沒有辦法，也不想讓人看到自己騎著皮皮蝦的英姿，就主動跳下皮皮蝦精的腦袋，從別墅空間裡抓出一隻大海蟹。

就這個傢伙吧，把海水升溫煮一煮，蘸醋就很好吃了。

風淼淼跳下皮皮蝦之後，示意皮皮蝦精可以離開了。結果皮皮蝦精彷彿還有點不捨，唧唧唧唧叫了好幾聲，用大夾子直指前面的城堡，使勁擺了擺，又指了指自己的腦袋點點頭。

風淼淼竟然覺得他似乎明白了皮皮蝦精的意思。

——前面的城堡很危險，還是在我腦袋上跟我一起玩耍比較好。

風淼淼笑起來了。

「我們本來就是衝著這裡來的。不用擔心，我們有所防備。」

皮皮蝦精最後還是垂頭喪氣地離開了，不過，在風淼淼對牠說有需要會叫牠的時候又很興奮。牠飛快地在原地轉了一圈，表示自己特別能跑能打能扛，然後才沒入那片海帶區不見了。

風淼淼看著那隻大蝦，笑了。

他帶著收穫了一頭上級坐騎的喜悅進了城門，眼角和眉梢還帶著一絲笑意，讓之前表現得很高冷的黑長直美人一下子溫柔了幾分，又讓在那裡等的不少男性靈能者心中一動。

后熠嘖一聲，上去把自家美人撈到了身邊。

「沒受傷吧？」

風淼淼搖頭：「沒有啊，那些魚還滿好抓的。」蝦子不好抓。

后熠這才露出了笑，然後風淼淼才注意到城門內，其他歸來的女靈能者狼狽的樣子，甚至是慘狀——

許多女孩的周圍海水都飄著紅色，很明顯是受傷流血了，甚至有一個女靈能者正在痛苦地呻吟著，她的雙腿竟然都斷掉了。

他臉上的笑意瞬間沒了。

風鳴在和皮皮蝦精打架的時候，就想過其他摸魚抓蝦的女靈能者可能會遇到的危險。畢竟出了城池就沒有保護的屏障，光是深海中那一系列惡劣的環境，就能讓她們比在陸地上難以行動許多。如果遇到厲害一點的海怪海獸，受傷就是不可避免的了，但風鳴還是覺得死亡或者受重傷的情況應該不多。

國王和王后沒有要求女性靈能者們一定要捉到魚才能回來，如果遇到了無論如何都解決不了的危險，保命逃回來還是完全沒有問題的。能有消息管道，並且敢來到這個S級祕境的靈能者們絕對是有幾把刷子的人。

敢來到這裡的女性靈能者們，只會在同等條件下變更強，或者有更多保命的殺手鐧，所以在風鳴看到城門口那些受傷頗重的十幾個女性靈能者時，臉上的表情有點變了。

「怎麼回事？她們受的傷也太重了吧？」

除了那個雙腿都被咬斷的女子，還有肚子被咬了一個大洞，渾身上下都像被冰錐刺過一樣有小血洞，不停流血的。

這樣的傷勢如果不是她們有頂級的治療卡，基本上就是必死的結局。

烏不急忍不住慢慢搖了搖頭：「這幾個受傷特別重的，應該是低估了外海的危險性，沒有在第一時間用靈能在自己周身包裹、防禦，然後又被速度很快的海底生物突然襲擊，就一下子受重傷了。這些人還是動用了保命道具回來的，有四個跟她們一起出去，運氣特別不好的已經沒了。」

風鳴抿了抿嘴，用有些銳利的眼神看向正在對幾個受傷的女子運用治療靈能的王后和兩位公主。

因為她們是美人魚的關係，似乎都有掌控海水治癒的力量，不過，風鳴看著從她們手中冒出來的幽藍色靈光，卻覺得不太舒服。

「……外海這麼危險的話，王后和國王應該多少提示一下啊。」

龐超伸手想要拍風鳴的肩膀，被后隊看了一眼，直接收回手，搔了搔自己的腦袋：

「淼淼，你說的對，只是國王和王后也說過外海很危險，而且現在他們還在幫人治療，大家也沒辦法說什麼。好在你平安回來了，你要是再不回來，后隊可就要出去找人了。」龐超忽然笑嘻嘻地說了一句：「畢竟你可是我們后隊的甜心大寶貝呢。」

然後龐超就被隔空打了腦袋，整個人一臉傻愣。

風淼淼從出城到回來，大概用了三十分鐘的時間，時間上算是中等，較早回來的那一批。

之後又陸陸續續有女靈能者回來，風鳴看到提著一條半身長大魚的紅裙捲髮美人克麗絲、控制著魔杖，拖著一大坨冰凍魚回來的歐洲小隊水系魔法師女孩，還看到了拿著刺著魚的箭，穿著巫女服的日國巫女。

這幾位倒是都遊刃有餘、毫不狼狽的樣子。

等到出發時間超過五十分鐘的時候，有些留在城門裡的男性靈能者就有點等不了了。

他們全是出城的女靈能者的隊友、兄弟，甚至是伴侶，過這麼久了，其他的靈能者都回來了，只有他們的夥伴還沒回來，心中怎麼可能不著急？

好在國王和王后都是通情達理的人，他們倒是主動提議男性靈能者們可以去找還未歸來的女靈能者們，畢竟到這個時候，大家都有點擔心。

最終出去的男靈能者們只帶回了十三個人，這十三個人還每一個都受了重傷。

剩下還有十九個人沒有找到，她們的夥伴非常不能相信和接受這一點，執意要再去深海尋找，國王和王后也沒有阻攔他們。

但，只不過是第一場捕捉一條海鮮的選拔，就硬生生刷掉了將近一半的女靈能者，也是很出乎大家的意料。

或許是因為他們剛到祕境，就在一個被保護的和平城池當中，讓他們差點忘記這是一個一開啟就達到S級靈能區的深海祕境。

大部分的人都在心中提高了警惕。這個祕境雖然看似平和，但也暗藏殺機。

受了重傷的五十多位女靈能者被安排到距離宮殿不遠的皇家旅館中，據說能得到最周到的照顧。剩下的人都聚集到宮殿中，看著抓到魚的一百六十九位美人開始第二場的烹飪選拔。

有點巧合或者神奇，這一百六十九個人都是比較年輕貌美，且靈能等級高的女靈能者。

水千畝看著已經準備好的烹飪檯，忍不住對周圍的隊友吐槽：

「就這麼簡單的刀和砧板，還能叫烹飪檯？鍋呢？灶呢？再不濟，也得給個鐵板吧？難不成做飯就是乾切生魚片？真是太不專業了！不過我們淼淼還是很有優勢的，雖然都是乾切生魚片，但他帶的調味料多，肯定能脫穎而出，成為王、王者的。」
最後那個「妃」字水千畝不敢說出來，感受到了殺意。
這個時候，站在烹飪檯前的女孩們開始切魚了。
就像水千畝說的那樣，這種烹飪真的沒有任何技巧可言，就是把到手的魚或者蝦蟹選最美味的地方片下來、切片就行了。
當然，如果你有其他追求或者創新，也是可以使用的，反正最後誰能夠製作出有「治癒能量」的美味，也不過是「神靈的指示」而已。
風淼淼作為一大吃貨國的子民，自然不會滿足於生切魚片。在海水中不能點火，但還是可以做一個清蒸大螃蟹。
他把手中企圖用大鉗子夾他的螃蟹活生生敲暈，然後和貝殼侍女要了一個大鍋，把鍋裡的海水逼出一半，開始控制剩下的一半海水升溫。
他的這個操作顯然和其他女孩很不一樣，接收到了好幾個意味深長的注視，甚至還有帶著不滿和嫉妒的眼神？
風淼淼忍不住抽了嘴角，想要當瑪麗蘇天命之女的女孩們快醒醒吧，都這個時候了，還認不清這個祕境很不正常嗎？那個王子昭怎麼看都不是良人好嗎！
可惜，還是有女靈能者沉迷於王子的臉、不死果及王后所說的成為王子妃後的好處。反正在每個人都完成的時候，風淼淼發現了好幾道被切得十分精美，甚至還有擺盤的魚片。

和這種精美的擺盤相反，想要當勇者的女人們則是隨便切了幾片魚擺上，一看就很敷衍的樣子。

在一堆魚片中，風淼淼大美人的蒸螃蟹很顯眼。更顯眼的是，他從隨身小背包裡掏出來的一小瓶蟹醋，這讓其他國外靈能者刷新了對華國吃貨的認知。

在所有人都製作完畢之後，王后帶著欣慰，彷彿在看兒媳的目光看了看風淼淼眾人，然後直接將雙手合在胸前，口中念念有詞幾句，神奇的事情便發生了——

那些被切好的魚片開始產生變化，一百六十九份美食，絕大多數竟然都開始發灰，甚至變黑腐爛，就像是食物在短時間內經歷了好幾年的時間一樣。

但在這一片腐化中，有十六份食物還保持著原本新鮮的模樣，對比之下，格外顯眼。

尤其是在一片魚片中，那紅彤彤的大螃蟹。

烏不急語氣十分肯定地點評：「相比之下，我更喜歡螃蟹。」

水千畝和龐超堅定點頭。

非常明顯地，進入第三輪選拔的王子妃候選人就是這十六位美人了。

風淼淼看著和自己同樣被選中的捲髮紅裙克麗絲、女法師和巫女，以及那位明顯不想當王子妃，想去當勇士的短髮棕色女孩，終於在心中冷笑起來。

如果這個時候再看不出問題，那就是傻子了。

被選上的全都是靈能A級以上，而且……年輕貌美，極有可能是處子的女人們。

想到這兩個字，風淼淼美人的臉色有點綠，他覺得他需要搞點事情，才能平復即將炸裂的心情。

能來這裡的靈能者們都不傻，看到被選出來的十六位美人之後，也差不多明白選拔的標準是什麼了。有不少人的臉色變得不太好，后熠尤甚。

但這個時候，卻沒有人考慮到他們的心情，那位有著華麗如錦緞一樣的黑髮、藍眼的王子殿下還當著他們的面走下王座，直接來到美人們的面前。

然後，他說了一句讓所有美人差點暴打他的話。

「各位都是各具特色的美人，擁有讓人沉迷的魅力，如果可以的話，我真想同時擁有妳們的愛。」

這一瞬間，哪怕是最花痴的女靈能者都變了臉色。

風淼淼更是張口就嗆：「如果可以，我還想送你上天和太陽肩並肩呢。」

王子昭眉頭微動，彷彿不理解這句話的深意，對將要發怒的美人們繼續道：

「但我知道愛情是需要忠貞的，我一時無法做出最好的選擇，所以能請各位先住到我的宮殿中嗎？只需要三天，等勇士的選拔結束後，我就會選擇我最愛的那位美人當我的終身伴侶，而其他落選的美人們也會收到我的禮物。作為補償，各位可以在最後離開時進入我們的寶庫，選擇一樣寶貝帶走。」

風淼淼聽到最後一句，改變了找機會偷偷暴打王子的想法，難得對王子殿下露出了一個相當美麗的笑容。

很好很好，希望你們的寶庫能比別墅小一點，好東西多一點啊。

至此，王子妃的選拔告一段落。

而勇者的挑戰，即將開始。

§

十六位王子妃候選人已經選出，女靈能者們的事情算是結束了。

風淼淼她們十六個人被安排到特殊的位置坐好，剩下食物變黑的女靈能者們則是可以選擇和男人們一起參加勇士的挑戰賽。不過，因為之前見識到了外海的危險，有二十多個女靈能者不再去參加勇士挑戰。

大不了她們就在這個永恆之國多逛一逛，這屬於深海的世界一定有他們的特產，找不到特別好的寶貝，交換一些特產回去，拿到陸地上肯定也能賺上一大筆。

她們來到這裡是為了尋找寶貝和機緣的，不代表要把自己的性命也賠進去。

勇士的挑戰比王妃們的選拔困難得多，雖然說到底都是去外海狩獵，但狩獵的地點和目標卻都不同。

「在我們城池的東北方有一片混沌海，那片海域在最近這半年變得很混亂奇怪，那裡的靈氣似乎發生了奇怪的變化，讓原本生長在那片海域的魚蝦產生了變異。有的體積變得非常大，有的則是變得非常凶殘，不分敵我地攻擊廝殺，總之，那裡現在非常混亂和危險，但那片混沌海裡，卻有克制魔怪的水之結晶。

所以，我們只需要各位勇士去混沌海找到水之結晶，帶回一塊就可以了。這塊水之結晶帶回來之後也會給各位，我們並不會索要。它的內部蘊含著強大的水之力量，能在各位和魔怪戰鬥的時候補充各位消耗掉的力量，也可以在最後克制魔怪的生長。」

國王說得很認真：「只是，那片混沌海非常危險。我要再次提醒各位，一定要小心謹慎，不要為了挑戰失去自己的性命。其實，如果力量稍弱一些也沒什麼，我們永恆之國裡也有各種特產，也有很多陸地上沒有的特色物品，大家只要來了，都不虛此行的。」

但在座的靈能者們沒有一個要退出。就算海底的特產再怎麼值錢，其價值也是完全沒有辦法和「不死果」、「聖珠」相媲美的，來這裡的都是心高氣傲、對自己實力非常有把握的人，怎麼可能現在就退縮？所以沒有一個人退出。

國王也十分欣慰地笑起來：「那就給各位三天的時間，從今天下午到後天下午，能去混沌海找到『水之結晶』的人就是有資格和我們一起去攻打魔怪的勇士。」

這條件和時間聽起來很輕鬆，靈能者們也不在意今天已經過了一大半的時間。

「各位一會兒可以去『皇家旅館』住宿休息，我們會提供各位所需要的一切。當然，如果大家還有時間，也可以抽空看一看我們的永恆之國，順便帶一些特產回去。如此，那我在後天下午期待各位的成績了。」

至此，來到這個祕境的八百多靈能者們才算有了自己的活動時間。

然而，風淼淼不能和后熠、池霄他們五人一起去皇家旅館休息，他得和那十六位美人一同住進王子昭的宮殿。

這讓風淼淼大美人十分不爽，不過站起來的時候，他看到后熠悄悄地對他眨了一下眼，手中也忽然多了一個冰冰涼涼的小棍子。他低頭一看，竟然是一支十分精美的金色小箭，而且下面還有一個小夾子。

風淼淼勾起了嘴角。那箭人也真夠拚，為了定位，直接把自己的箭弄成了髮夾。

風淼淼因此斜睨了一眼后熠，伸手就把精巧的小箭髮夾夾在左側頭髮上，露出了他漂亮的側臉。

后熠看了一眼，笑起來。

不過，很快他就笑不出來了。

因為他的甜心大寶貝又在小金箭的下面，夾了一個銀色雪花的髮夾。

后熠轉頭看池霄。

池隊表情相當淡定：「多一層保險總是好的，我那是頂級的冰晶防護。」

后隊磨了磨牙，決定今天晚上就去抓魚，然後當著某鹹魚的面直接剁掉魚頭、剖開肚子。

池隊哼一聲，轉身就走。

許多靈能者都決定在今天晚上就行動，他們每一個都是不猶豫的行動派，雖然國王給了他們三天的時間，但嚴格算來也只剩下兩天兩夜而已。他們並不知道混沌海現在的具體情況，還是早點去看看更有把握。

另外，還有很重要的一點，誰知道水之結晶在混沌海到底有多少呢？他們在這裡有八百多個人，晚去了，要是水之結晶全部被人取走，那就很讓人不爽了。

大部分的靈能者在皇家旅館中商量著去混沌之海的計畫，也有人決定趁著晚上先逛一逛永恆之國，看看有沒有什麼意外收穫。

這時候，風淼淼跟著身後揹著海螺殼的侍女們，走向王子昭的宮殿。

風淼淼打量著周圍的景色，琉璃水晶的小路和亭台、美麗的海藻裝飾著的海中庭院，讓他很輕易地想到關於海底龍宮美麗景象的描繪，看看身邊的那另外十五位女孩，也是眼中帶著毫不掩飾的驚豔之色。

風淼淼想了想，又控制著空間波動，往周圍擴散。

不過，這一次和上一次走在主幹道大街上時不一樣。他猛地頓住腳步，引來了日國巫女和水系魔法師女孩的注意。

因為有之前在小心島上的買飯之緣，水系魔法師穆沙走到他旁邊問了一句：「淼淼，妳怎麼了？」

風淼淼掩飾地笑了一下：「沒什麼，就是覺得這地方特別像我們傳說中的東海龍宮，特別漂亮。」

日國的巫女香卻在這個時候道：「這裡的建築風格並不是完全東方的樣子，更偏向於西方的花園建築。」

言下之意，這地方不可能是東海龍宮。

風淼淼聳聳肩：「神似，我也沒說形似啊。」

然後他就沒再說話，想著自己剛剛透過空間靈能波動「看」到的一切。

果然啊，就算表現得再好，包裹著糖衣的毒藥依然是毒藥。這地方在他們的眼中是美輪美奐，彷彿海底龍宮，但在「空間」之中卻是另一番模樣。

「尊貴的王子妃候選人們，這座美人園是接下來三天各位居住的地方。我們會在這裡隨時待命，王妃們如果有需要，可以喊我們。王子殿下也會在這三天裡住在最大的屋子裡，確定他命中註定的那位美人。」

這座美人園很大，至少有二十多間屋子可供居住，顯然可以讓她們自由挑選住房。

風淼淼直接看上了距離王子殿下屋子最遠的那棟房子，但棕色短髮，一心當勇者的女孩卻搶在他前面進了那間房子，然後直接關上門。

風淼淼抽了抽嘴角，快步走到倒數第二遠的房子門前。

有搶著選距離遠的屋子的人，自然也有搶著選距離最近的屋子的。風淼淼就看到了兩個女孩同時快跑，衝向距離王子的大屋子最近的那間屋子，不過最後還是讓鼻子上有一個小痣的金髮女孩搶到了，氣得另外一個棕髮女孩直罵她小婊子。

風淼淼：「……」

十六個人很快就選好了自己的屋子，此時已經將近下午六點。

六點整，風淼淼的門被人敲響。

他走過去打開門，有貝殼侍女端著華麗的盤子走進來：「貴女，我是來送晚餐給您的。」

風淼淼想到那些生魚片就抽起嘴角，剛想說不吃，那位侍女就道：「這是王子特地為貴女準備的家鄉菜，貴女可以看看。」

貴女淼淼露出一個禮貌的微笑，伸手揭開蓋子，竟然看到了一碗他目前最想吃的……紅燒排骨？他又掀開旁邊那個小碗的蓋子，竟然是一碗晶瑩剔透的白米飯。

「您要吃嗎？」

貴女淼淼點頭：「吃，放下吧。」

貝殼侍女就笑了起來：

「您喜歡的話，王子殿下一定會高興的。啊，今天晚上殿下就會過來了。殿下會選他最喜歡的女孩聊天，希望您能把握住機會喔。偷偷告訴您，我們殿下最喜歡喝葡萄酒了。那一壺就是葡萄酒，您不要自己喝了喔。」

貴女淼淼：「……好的，謝謝妳了，我有事情再叫妳。」

貝殼侍女就笑著出去了。

在她即將出門的時候，風淼淼突然開口問：「之後三天，我能離開園子嗎？」

貝殼侍女頓了一下：「如果您願意，自然是可以的，我們從來不會為難人。」

風淼淼就點頭。這個回答有些微妙。

當貝殼侍女走出屋子的瞬間，她臉上可愛的表情變得木然，回頭看一下已經在其他屋子門邊站好，像守衛一樣的貝殼侍女，轉過身安靜地站在風淼淼的門邊，成為她們的一員。

屋內，風淼淼看著桌子上那色香味俱全，看起來美味到心坎裡的四菜一湯，嗤笑起來。

在不用眼睛、鼻子、五感看世界的另一個空間之中，他的四菜一湯依然還是四盤切得亂七八糟，血糊糊的生魚片和一盆海水。

風淼淼從他的別墅空間裡拿出一顆果子，啃了一口。

那麼問題來了，這種直接改變五感，連后熠和池霄都沒發現問題的超大型幻境到底是誰製造出來的呢？他／她／牠的目的又是什麼？

還有那瓶名為葡萄酒的不明液體，又是什麼呢？

風淼淼躺在床上，等待著王子殿下的到來。嗯，想想還有點……小激動呢。

風淼淼計算著時間，同時用靈能波動監控、掃描著這片「美人園」的一切。

他能「看」到東倒西歪的石頭、破破爛爛的地面，以及……站在十六位美人門邊，像守衛一樣的半人高大扇貝。

風淼淼不知道他用靈能波動感受到的那些大扇貝是這些扇貝侍女們的原型，還是她們真實的樣子，如果是前者，那就代表他的靈能空間還有大聖火眼金睛的效果，但如果是後者的話，那能把十六個大扇貝「變」成不同樣子的侍女，還能讓她們說出該說出的話，那敵人的力量就有點細思恐極了。

但非常讓人鬱悶的是，風淼淼覺得後者的可能性更大一點。

因為從他啃完空間自帶的三個雞翅、兩個肉粽、兩根玉米，順便喝了一瓶冰鎮啤酒之後，到現在的一個小時時間裡，那位站在他門外，嬌俏可愛的貝殼侍女一動都沒有動過。

就像是僵屍死物一樣，完全沒動。其他屋子前的貝殼侍女們也是如此，除非屋子裡有美人有什麼需求喊了人，她們才會一下子變得鮮活起來，走進屋裡。

進屋之後，侍女們和美人們的對話也非常正常，要不是他「看」到了那麼多不該看到的東西，恐怕也會被騙得死死的。

然後風淼淼發現了一點，美人們都被侍女們請求在王子來之前，不要離開屋子。哪怕他旁邊那個最不想當王子妃，一心想當勇者的短髮棕色美人想要偷偷開門去看，也被站在她門前的貝殼侍女擋了回去。

風淼淼呵呵兩聲。

有妖氣！他倒要看看那個王子殿下肚子裡到底裝著什麼壞水，竟然想要把這十六個A級靈能者一網打盡的樣子。

手上的腕錶到八點的時候，一直用靈能波動監測著周圍的風淼淼，終於感受到空間傳來的新波動。

他閉上眼睛，「看」到了穿著一身華麗的衣服，且……袒胸露乳的人魚王子殿下。

哪怕在空間波動的世界中沒有顏色，他也能感受到人魚王子殿下滿滿的騷氣，再看那位的表情，實在是淫邪至極。

風淼淼覺得自己被這傢伙噁心到了，而且他強烈地懷疑人魚王子並不是真正的人魚，在感應空間之中，他身下的尾巴比起魚尾，更像是……蛇尾。

他直接進入了距離他屋子最近的一號小屋。

風淼淼把波動的感應擴展到那間屋子裡，很快就看到了帶著驚喜的笑容，迎接王子的那位靈能者女孩。

然後那位女孩理所當然地和王子愉快地聊了起來，或許是兩人心中都存著那種意思，風淼淼很快就看到他們坐在一起，時不時有身體上的接觸，最後還喝起王子最愛的美味葡萄酒。

當那位靈能者喝下葡萄酒之後，她的行為似乎更加主動和火辣，風淼淼一時還不能確定她到底是本意就如此，還是喝了酒的緣故，但很快他就收回了自己的感應，不再看了。

那兩位已經談天說地談到床上了，他再看下去就要長針眼了。

「嘖，果然不懷好意。」

不過，那位王子看起來是選擇了第一間屋子的女孩當他的王妃？如果是這樣的話，沒有道理不讓剩下的女孩們離開才對。

風淼淼皺著眉頭在床上沉思，想著要不要等到子夜十二點的時候偷偷溜出去看看，結果那位王子殿下在第一間屋子裡只待了不到二十分鐘而已，就悄無聲息地進入第二間屋子了。

風淼淼是真的沒想到那位王子竟然如此沒有下限，而且攻略的速度能這麼快，等他發現王子從第一間屋子出來的時候，王子已經到了第四間屋子！

風淼淼簡直被刷新了三觀！就算他再怎麼是純情小處男，也知道有點能力的男人，尤其是靈能者的某方面功能都不應該只有不到三分之一小時的時間。

如果再把王子進屋之後，和美人們聊聊天、喝喝酒的時間算上，風淼淼大美人摸摸下巴：

「那傢伙早洩嗎？」

所以才必須用葡萄酒助興？葡萄酒裡肯定裝了什麼壯陽藥物吧？

但這樣也不對啊，如果真的是一個速度王子，和他身體交流的女孩們也不該滿意啊，早就應該鬧著、喊著不當王子妃了吧？畢竟那可是事關終身幸福。

所以，風淼淼左思右想，冒著眼睛長針眼的風險，還是偷看了第四間屋子裡發生的事。

結果一看，就被噁心到了——

王子照舊是要和美人喝美酒，然後喝完葡萄酒之後，美人開始變得主動，到了床上後美人似乎已經意亂情迷，神智有些不清了，這個時候的王子終於露出了他的真面目，尾巴死死地纏著那美人，然後從嘴巴裡伸出一條細細的，像是蚊子口器的長條，開始吸食美人的……腦子。

風淼淼「看」著這樣的畫面差點瘋掉，在他差點忍不住直接衝出去救人的時候，又發現那王子似乎不是在吸食美人的腦子，而是從她們的腦部吸出類似靈能的力量。

他能感受到那種活躍的靈能之力。

風鳴懂了。

這個人魚王子根本就不是為了尋找他命中註定的王子妃，而是從一開始就打算找出靈能等級最高、力量最強的女性靈能者，吸取她們的力量。

風鳴又用靈能波動探查了一下前面三間屋子裡靈能者的情況，發現她們都還活著，只是這個時候正安安靜靜地躺在床上，面上帶著滿足，似乎做了什麼美夢的微笑，但她們的額頭上都有一根細細的吸管，在緩慢卻堅定地吸食著她們的力量。

風鳴嘖了一聲。

這幾個女孩暫時死不了，不過時間長了，也終歸無法逃脫死亡的結局。所以，有什麼方法能提醒一下其他屋子裡的女孩們，或者提前把王子搞定呢？

這個時候，已經收割完第四個女孩的王子帶著滿臉得意，走向了第五間屋子。

這間是克麗絲的屋子，這位長髮大美人早就在這裡等著王子殿下了，而且風鳴覺得她應該多少聽到了一點隔壁的動靜。這位看起來特別好招惹，完全不像良家美女的美人進了屋就開始跟王子聊天，卻滴酒不沾。

哪怕途中王子殿下有好幾次都主動提出要喝葡萄酒，她也直接以自己喝酒一杯倒、喝了就什麼都做不了的理由拒絕了。

在克麗絲拒絕了王子殿下喝酒的要求後，王子殿下就高貴冷豔地站起來，然後用有些失望的眼神深深看了克麗絲一眼，直接出去了。

克麗絲是第一個逃過王子陰謀的女孩，風鳴不得不給她的警惕機智點個讚。

然後風鳴想到了阻止王子陰謀的方法。

這個方法其實很簡單，就是在王子推門而入，女孩們起身去迎接王子的時候，直接隔著空間打翻桌上那壺讓女孩們放鬆警惕的「葡萄酒」。沒有了酒水讓女孩們失控、失去戒心，王子就不能再輕而易舉地實施他的計畫了。

於是，王子殿下就在第五六間屋子鬱悶地發現葡萄酒撒了。不過酒灑了，他卻開始用自己帶來的禮物讓女孩們失控了——他神奇地從口袋裡摸出一片魚鱗，聲情並茂地把魚鱗說成自己最珍貴的東西，送給最愛的人保管，然後當女孩接下魚鱗的瞬間，又傻了。

風鳴圍觀了全程，氣得肝疼。

這王子的騷操作還真多！

不能再讓他繼續下去了，不光是不能讓他再去害其他女孩們，重點是他有感覺，如果讓他這樣吸取能量下去，過了今天晚上，這個極有可能成為他們敵人的人魚王子力量會大大增加。

敵人的成長就是我方的退化！他要壓制敵人。

於是，當這位王子從第六間屋子出來的時候，風淼淼大美人幾乎同時打開門走出來。

然後，風淼淼對王子露出了一個驚訝又欲休還說的期待表情，那雙黑色的眼睛似乎有鉤子，在勾著王子來他這裡。

風淼淼一邊模仿電視劇中妖豔賤貨的勾人眼神，一邊安撫自己這是戰略性行動，一切都是為了工作，一切都是為了正義！

嘖，也不知道這勾人的眼神到底管不管用，要是對面那傢伙是后熠，他就半點都不會懷疑自己的魅力了。

呸，他才不會主動勾引后熠！

好在對面的人魚王子雖然不是后隊，卻也很有欣賞能力和審美（？），他想要去敲第七間屋子的手頓住，然後露出一個絕美的笑，走向風淼淼的第十五間屋子。

風淼淼為王子打開門，把王子熱情地迎接進來，並且倒上了滿滿的葡萄酒。

王子見狀，直接露出笑臉：「淼淼是嗎？妳是我見過最貼心的女孩。」

風淼淼笑咪咪地把酒吐到空間裡，嬌滴滴地道：「哎呀，這葡萄酒哪夠味啊！我包包裡帶了二鍋頭呢，我們繼續喝！」

等著風淼淼喝完酒意亂情迷，主動投懷送抱的人魚王子：「？？？」

風淼淼從他的偽裝包包裡掏出了一瓶高濃度二鍋頭。

「來啊，殿下，感情深，一口乾了！」

人魚王子：「……」

這美人的畫風不對啊？還有誰去祕境探險，會隨身帶著一瓶二鍋頭啊！！！

第三章　妖豔賤貨風，咳……

人魚王子昭看著對面那個動作特別豪邁，把一杯烈酒乾了的美人，有點懷疑人生。

他明明親眼看著這個美人喝掉了他準備的蛇酒，怎麼現在沒有任何該有的反應？他的蛇酒是不分任何種族和性別，只要喝下去就會對他意識沉迷、毫無反抗之力的寶貝，可是……

人魚王子看著塞到他嘴邊，那杯聞起來非常辛辣的二鍋頭，面色抽搐。

「殿下，您怎麼不喝？難道您不喜歡淼淼了嗎？」美人哭了，露出十分做作的傷心表情：「淼淼難道不是您心中最善解人意、可愛美麗的人了嗎？」

被自己的話糊了一臉的人魚王子：「……」

他不信邪，說不定只是這個風淼淼對他的蛇酒有特殊的抵抗力，靈力比較強而已，再讓她喝一杯蛇酒一定能放倒她！

所以，人魚王子露出了一個微笑，猶豫片刻後把端到嘴邊的那一大杯白酒狠狠地乾了，感覺到辛辣入喉的滋味後，俊美的臉上一下子變得有點紅：

「不，淼淼，妳就是我心中最可愛、最善解人意的人。這蛇、呃，葡萄酒是我最喜歡也專門為妳準備的酒，我都喝了妳的二鍋頭，妳再來喝一杯葡萄酒。」

他說著，快速地倒了滿滿一杯蛇酒，遞到風淼淼的唇邊。那裝著葡萄酒的酒瓶都被他倒光了，這一次他要親手把蛇酒餵到這個淼淼美人的嘴裡。

風淼淼的臉色不變，笑咪咪地張嘴就喝，期間還有幾滴酒水落在他的嘴角邊，帶起特殊又紅豔豔的媚感，看得王子殿下眼珠都有點紅了。

這次他看得清清楚楚，這個美人把他的蛇酒喝光了！這麼一大杯的蛇酒，他一會兒可以好好爽一爽了！而且這個美人身上的靈能似乎非常充沛強大，他有種預感，如果他吸收了這個美人的力量，他不光能恢復力量，還能更上一層！

然而，在王子殿下等待眼前的美人意亂情迷的時候，對方還眨著漂亮的黑眼睛坐在那裡。

王子殿下臉上的笑容漸漸消失。

淼淼美人笑顏如花地站起來，拿著二鍋頭的瓶子就往王子殿下的酒杯倒了滿滿一杯白酒：

「來啊，殿下！我喝完葡萄酒了，您必須再喝一杯白酒才行呢！在我們國家的風俗，感情越好，喝得越多，您不喝這杯酒，就是不給我面子，如果我還是您心中最可愛、最善解人意的美人，您就應該喝掉這杯酒！您可是王子殿下，酒量絕對也是王子級別的！」

王子殿下的面前又湊來一杯白酒。

不過，這一次的白酒裡帶著一股淡淡的清香，倒是讓王子昭有些意外。

「哎呀，這個不是一般的二鍋頭！裡面可是摻了靈米釀造的，喝多了還能提升靈能呢。」

風淼淼笑著開口：「所以殿下，您看我對您多好啊，都把我珍藏的靈酒端給您了。」

王子昭覺得這位美人真是厲害。

不過，咳，怎麼說呢？雖然有點厲害，但送他靈酒，還聽他的話，還、還滿讓人受用的。

反正現在看來，這位美人對他的蛇酒確實有特殊的免疫力，他沒辦法用酒水迷惑他，就用鱗片吧。

那可是浸泡過自己的毒液和淫液許久的大寶貝。

於是，王子殿下又很乾脆地喝掉了滿滿一杯二鍋頭。

風淼淼坐在對面看著他乾了白酒的動作，嘴角微微地向上勾起。

那句話怎麼說？辦事不喝酒，喝酒不辦事。喝酒又辦事，醒來兩行淚。

傻子，是誰給你的勇氣喝我的酒？那裡面我加了一整顆酒果，是一顆就能把一噸水變成烈酒的異變猴兒果啊。

果然，喝完那一杯烈酒之後，自認為酒量很好的王子殿下整個人都暈了。

他忽然覺得腦子暈暈乎乎的，不能思考，眼前的人也開始晃晃悠悠地出現疊影。他覺得自己好像喝醉了，但這種醉又很讓人有點舒服，所以沒有太大的警覺。

他還想要繼續迷惑、控制風淼淼，就當著風淼淼的面，從口袋裡掏出一片黑色的鱗片，大著舌頭說話：

「美、美人兒……這、這是我的……魚鱗……給、給我最愛的人……妳、妳拿著！」

風淼淼看著人魚王子那暈暈的樣子，視線下移到他原本漂亮的魚尾上，發現那魚尾巴開始變幻起來，時不時就變成海蛇的尾巴，就跟妖精喝多了酒，快露出原型一樣。

風淼淼癱著臉。心想老子可不是某個官人，一旦妖怪現原形，他就要直接掐頭去尾、為民除害。

不過，王子不是還有寶庫嗎？

風淼淼想到這裡，收起了掐頭去尾、收拾妖怪的想法，他在手上覆蓋了一層冰，接過那黑色的魚鱗，然後直接放到包包裡。

王子昭看著美人接過了他的鱗片，心裡很是高興，就等著美人身嬌體軟、被他推倒了。

結果卻發現自己實在有點軟了。

風淼淼上前一把扶住了他的手臂，聲音嬌柔造作：「哎呀，殿下，我忽然覺得殿下特別英俊神武，心都怦怦直跳，特別想和殿下深入交流一番呢……」

王子昭的眼神亮了起來：「嘿嘿嘿……我、我也是……這麼想的！上、上床！」

風淼淼卻把他往屋子外面帶。

「噯，這張床這麼小、這麼髒，怎麼睡啊！淼淼要睡大床～還要華麗麗的屋子，只有在華麗的屋子裡做一些美好的事情，才更有情趣啊～所以殿下，我們去您的宮殿吧～淼淼扶您去～快點快點，淼淼的心臟都快跳出來了呢！看見殿下就激動！」

王子昭本就暈暈乎乎、渾身發軟，現在聽到這種嗲嗲的聲音，更是軟了半個身子。

「好、好～美人……心肝寶貝……去、去我的屋子！我的屋子華麗！床、床大！」

風淼淼的聲音特別驚喜，「哎呀，真是愛死殿下了！」

然而，他的表情卻是一種謎之冷笑。

風淼淼扶著醉醺醺的王子殿下出來，理所當然地遭到了門口貝殼侍女的阻攔，不過她沒能阻攔多久，風淼淼只需要引誘王子殿下說話，那貝殼侍女就什麼都不敢說了。

風淼淼大美人就在旁邊好幾個屋子的美人注視下，猶如勝利的妖豔賤貨一般，扭著身子，拖著醉醺醺的王子殿下走向他最大的屋子。

穆莎震驚地張大了嘴巴。老天啊，不是說東方的美人都很內斂嗎？可這個淼淼也、也太、太會了吧？

巫女香則是神色複雜地看著風淼淼。她帶著任務來，如果為了任務，她也是可以獻身，卻被人捷足先登了。

最後一間屋子的棕色短髮女孩懷疑地揉了揉自己的眼睛，她還以為這位高冷的東方妹妹和她一樣，不想當王妃？

只有克麗絲趴在窗邊輕笑起來。

「這個狡猾又善良的小美人～」

狡猾又善良的小美人拖著醉醺醺的王子殿下，進了美人園裡的屋子。

這間大屋子確實是有大床，比美人們住的小屋子寬敞得多。但是這顯然不是王子殿下的寢宮，只是臨時在美人園的住處而已，所以美人淼淼並不滿意。

「殿下，這個地方太寒酸了，還沒有華麗的珠寶和各種水晶裝飾，讓人家怎麼睡嘛！殿下，淼淼不是您的大美人了嗎？您不是說要給淼淼寶貝的嗎？您要先給淼淼寶貝，淼淼才願意睡～」

現在的王子殿下已經快要意識不清了，他只覺得渾身發軟、發熱，特別想睡覺。在他的潛意識中，這個淼淼美人已經拿了他的鱗片、喝了他的酒，早就是他的囊中之物了，沒有威脅性就、就別搗亂了，讓他睡覺吧？

「寶貝寶貝寶貝寶貝！淼淼要寶貝！」

「寶貝在哪裡？寶貝在哪裡？寶貝在哪裡？寶庫在哪裡？殿下，您快點說啊！」

當擾人睡眠的聲音又響了好幾分鐘的時候，王子殿下終於特別不耐煩地開口了：

「就在我寢宮的地下，想要什麼自己去拿啊，我要睡覺！」

終於，在他吼出這句話之後得到了清靜，陷入了酣甜的夢鄉。

站在床邊的淼淼大美人也露出了一個滿意至極的表情，直接走到屋子後方的窗戶旁，打開窗戶，一躍而去。

王子寢宮而已，開一個全地圖掃描也只是幾分鐘的事啊。

誰都看不見的三翅膀在這個時候冒出來，興奮地搧了幾下，風美人搓著手，準備接收給王子妃的驚天彩禮。

風淼淼從王子的屋子出來的時候，已經將近十一點了。

深海中其實沒有白天和黑夜之分，太陽的光芒照不進海底。如果不是這個永恆之城有特殊的光源在城池上方，如果不是庭院沿途還有星星點點、細碎的海底礦石在發光，即便風淼淼非常能適應海中的生活，也會感到壓抑和不安。

不過，現在看著那細碎發光的海底礦石，風淼淼倒是有種在海底看見星空的深沉美感。

他靜悄悄地走在安靜，甚至是死寂的皇宮內院之中，背後無形的翅膀隨著他行走的頻率輕輕地搧動著，告知他正確的道路和沿途收到的所有波動回饋。

風鳴甚至有點覺得自己像黑夜中的蝙蝠，不需要雙眼就能看清一切。

他確實是處在一個非常大的城池中，這座城池並不是虛假的，但在他透過空間波動探測到的畫面中，這個城池卻有許多的地方存在著視覺偏差。

遠沒有他們眼中那麼富麗堂皇。

不過，這和現在的他倒也沒什麼關係，畢竟過了今晚，他就要成為「失蹤人口」了。

那位偽裝成美人魚的王子殿下明天醒來，一定會發現他今天晚上腦子裡進的酒水，再加上風鳴即將要做的事情，恐怕就要被全城通緝了吧。嘖嘖，搞不好還會連累他家后隊和無辜的池隊他們呢。

不過，風鳴笑了笑，他相信他們有辦法解決問題。

今天晚上他能成功套路王子殿下，也不過是因為他占了一個「先機」，提前看到了前幾間屋子裡發生了事情，也提前知道那「葡萄酒」和鱗片的問題。王子設置的陷阱他沒有踩，而王子不知道自己已經在他面前被扒得乾淨，此消彼長之下，那位偽裝的王子也栽得不虧。

反正那絕對不是什麼好人，就當作是替那些被假王子禍害的女孩們稍稍報復一下吧。

也不知道之後兩晚會發生什麼事，如果皇宮守衛不嚴的話，嗯，他還能再來看看，總覺得不能讓那假王子的計畫成功。

大約二十分鐘後，風鳴一路避開了少得可憐的皇宮蝦兵蟹將的巡邏守衛，來到王子殿下的寢宮處。

他閃身進入王子殿下的寢宮，這裡才是真正的華麗。各種寶石、水晶彷彿不要錢似的堆在一起，就連躺下睡覺的大床都是一整張白玉製成，上面鋪著摸起來柔軟絲滑到極致的紗，那片紗防水又輕薄，是風鳴從來沒有見過的材料。

「……不會是鮫紗吧？」

風鳴用手摸了摸、搓了搓，猶豫到底要不要把這手感特別好的紗收起來，不過最後還是有點嫌棄地放下了。他不是嫌棄這片紗，而是嫌棄這是假王子用過的東西。

他在寢宮中轉了一圈，沒有發現通往地下的通道或者機關，不過這難不倒他這個空間小能手。風鳴坐在地上，把靈能波動向地下伸展而去，很快就察覺到了不同的地方。

大概，就在那張白玉床的斜下方十幾公尺的深度，他「看」到了一條通道。

那條通道的入口不是在這間王子殿下的寢宮裡，而是從外面園子的某一處進入。想來，想要開啟進入地下寶庫的入口也不是隨隨便便就能成功的事情，搞不好還會驚動夜巡的海鮮。

風鳴摸了摸下巴，既然這樣的話，那不要走尋常路了吧。

他找到了距離通道最近的一個垂直點，從上到下大概五公尺的深度，這個時候就需要專業的拆遷手法了。

風・爆破小能手・鳴表示，這都不是大事。

他手中很快出現了兩個小球，是閃著雷電的雷球和圓滾滾的水球，然後把這兩個小球融合在一起，找到地下空間最薄弱的地方，挖個坑把小球埋進去。三秒之後寢宮的地面微微顫動，他腳下多了一個一公尺的坑洞。

故技重施三次，他炸通了通往財富的路。

然後風鳴直接跳進很快就被水淹沒的入口，想了想，還是在進去之後用堅冰重新補上那個深坑。

別的不說，萬一寶庫裡有什麼不能碰水的寶貝呢？損失一點都讓人心痛啊！

風鳴就在這一片黑暗中往下走，或許是已經跳過了入口的危險，在接下來的路上，他十分平穩地走到最後。當他轉過一個轉角，便看到前方各種寶物堆積成山，屬於永恆之國國王一家的寶庫。

讓風鳴覺得有點失望的是，這個寶庫比他想像的還要小一點，但又讓他覺得不虛此行的是他剛走到這裡，就感受到了濃郁驚人又讓人舒適的靈氣。

在寶庫中最顯眼的，不是那堆積成小山的金銀珠寶，也不是有點時間沉澱，風格不同的各種古董、瓷瓶，而是比海底海水更深藍幽暗的水之結晶。

雖然風鳴沒有見過國王要勇士們去混沌海尋找的水之結晶，但在看到那深藍色晶石的第一時間，他就確定那是「水之結晶」。它們散發著濃郁而平和的水之力量，身處在這些結晶中，就像是在最美麗的大海裡。

風鳴感受到體內屬於鯤鵬的血脈在蠢蠢欲動，告訴他那些水之結晶是一定要拿到手的好東西。

他也沒什麼猶豫，就把足足有幾百顆拳頭大小的水之結晶一掃而空。當這些水之結晶進入他的空間的時候，他甚至能感受到空間都因為溢散的靈氣又擴大了一分。

然後，風鳴看到堆砌在金山銀山上的那一匹匹細紗，挑挑揀揀，扔進了空間，還有一些散發著靈氣的魚類骨頭、鱗片，都被他毫不客氣地吞掉了。

最後，寶庫中只剩下一些普通的貨色和黃金、珠寶、古董了。

風鳴想了想，最後還是很有原則地只捲走了兩箱金條、一箱寶石和金銀碗碟而已。

等他全部洗劫完畢，這個寶庫的光芒似乎黯淡了一些。

此時，時間剛到午夜零點，風鳴思考接下來要躲到哪裡去睡覺，如果他躲在王宮裡會不會很容易被發現？要是出了王宮，在永恆之城裡會不會更保險？

他還沒想好，忽然就感覺到彷彿有什麼在注視著他。

身後驟然之間有細微的破空聲傳來，他下意識地躲避，看到了不知道什麼時候出現在寶庫中，密密麻麻、背後帶著醜陋翅膀的幾百條怪蛇。

風鳴：「……」

他差點沒吐出來。

那些怪蛇應該是這座寶庫的守護者，不知道是從哪裡冒出來的，現在齊齊朝他飛射過來。因為畫面太過噁心，風鳴背後的大翅膀和二翅膀一下就被激出來了，而後兩道水牆直接擋住了那些飛射而來的怪蛇攻擊，同時紫色的電光在水牆內閃動。

劈哩啪啦的聲音和那些怪蛇的尖叫嘶鳴聲同時響起，風鳴抽著嘴角，轉身瞬移到了十公尺之外，而後又放了兩道水電牆。風鳴接連瞬移到自己挖的坑洞下面，把自己凍的堅冰化成水，游上去之後把爆出來的泥土全都填了回去，又在上面凍了一層冰才算是舒了口氣。

他之前還在想寶庫裡的東西也太好拿了一點，現在想想，國王一家顯然不是智障。既然國王一家不是智障，那為了安全和保險起見，他還是直接出宮吧。免得在這片華麗的皇宮中還藏著讓人防不勝防的暗招。

於是，風淼淼大美人在洗劫了王家寶庫之後，消失在夜色之中。

等到第二日清晨，宿醉的王子殿下醒過來的時候，捂著自己還有點痛的腦袋，回想起昨天晚上所有事情的王子殿下整個人都不好了。

他一下站起來，臉色鐵青地衝向了美人們居住的小屋。在屬於風淼淼的小屋裡，他並沒有看到那個奸詐的女人，轉身直接速度飛快地往自己的寢殿而去。

不會的不會的不會的！

就算他把寶庫的位置告訴了那個女人，那女人也不可能真的找到入口，進入寶庫的！寶庫的入口有機關，一個弄不好就會驚動所有守衛，而且在內部還有他的飛蛇守護著，沒有過硬的手段，絕對不可能在蛇群的攻擊下平安離開，所以不用慌、不用慌！

那個女人現在要嘛被抓了，要嘛就是死在寶庫中了！絕對不可能有第三種可能的！

帶著這樣的想法，王子昭來到了寶庫的入口，他看著完全沒有變化的寶庫入口，心中暗暗鬆了口氣。不過他還是打開了寶庫的門，要親自去看一看寶庫的情況。

於是五分鐘之後，王子昭看著那一地的飛蛇屍體，爆出了無比憤怒又恐怖的尖叫聲。

永恆之城王宮的上空忽然爆出紅光，而後國王憤怒的聲音傳遍了整個城池。

『風淼淼偷偷潛入王國寶庫，盜走了王國寶物！所有國民和勇士們聽命，抓捕風淼淼！』

在旅館裡看著風淼淼吃雞腿的后熠、池霄四人：「……」

風鳴咳一聲：「看來城裡也不安全了，我先去城外躲躲啊！你們幾個看情況吧，就裝作和我反目成仇就行了。」

說完，風鳴身形一閃就瞬移不見了。

池霄嘖了一聲：「他總這樣……不按套路出牌嗎？」

后熠搖頭：「哪裡，我覺得滿好的，這就是青春啊。」

池霄：「……」呵呵。

在風鳴瞬移不見的五分鐘內，一批揮舞著大鉗子的蝦蟹衛兵就衝進了皇家旅館。他們在小隊長的帶領之下，直接敲開了后熠和池霄他們的房門，一句話都沒說就把整個房間仔細地搜查了一遍。他們失望地沒有看到風淼淼的行跡，只能表情特別嚴肅凶惡地對后熠和池霄等人道：「國王陛下要召見你們！快點跟我們走！」

后熠和池霄知道為什麼國王會召見他們，兩人對視一眼，也沒有拒絕，房裡的五個人就直接跟著蝦蟹衛兵到了皇宮之中。

這時候，皇宮的大殿依然那麼金碧輝煌，但靈能者只有他們五個人。

國王一家五口依舊坐在上首，見到他們之後，露出了憤怒和一閃而過的厭惡之色：

「我們把你們當做尊貴的客人，讓你們免費吃住、滿足你們一切的要求，甚至還想吸納你們成為我國的勇士，給予你們無上的榮光。可是我們怎麼也沒想到，你們竟然是如此厚顏無恥又貪得無厭的人！

你們的同伴偷走了我們王家寶庫裡的珍寶，行為惡劣之極。我們必然不會放過這一個罪惡之人，她最終的結果只有一個，就是用死亡謝罪。」

國王那張年輕的臉顯得陰沉無比，彷彿下一秒就會遷怒后熠幾人，他們也會以死謝罪。

這時候，王后就開口了：

「陛下，請您不要這麼生氣，王家寶庫的珍寶被盜走確實是讓人憤怒又悲傷的事情，但是我相信這幾位勇士和那個盜走寶物的女人是不一樣的。如果他們是一夥的，在昨天晚上就應該連夜逃走了，但今天他們還敢來到我們的面前，就說明至少他們在心中是站在我們這邊的。」

后熠聽到這番話，嘴角勾了勾，十分上道地點點頭：「國王陛下，王后說得對。我們今早聽到了公告的時候，也非常震驚。我實在不能相信我愛慕的美人會做出這樣的事情，雖然她平時貪財了一點、脾氣大了一點、總是喜歡騙我，偶爾還會動手，但我相信她是個好女孩。

這次進入祕境，也是她纏著我，想要跟著我一起來見見世面，我覺得她那麼好的女孩，肯定不會騙我啊……嗯，至少她上次騙我之後就承諾不會再騙我，所以我就帶她來了。國王陛下，您一定要相信我，淼淼說這次出了祕境就會和我在一起，她肯定不會為了錢財拋棄我不管的！」

后隊說得真情實感，深情並茂，以至於朱雀組的四個人都忍不住露出了一絲牙疼的表情，在心裡佩服后隊的演技。

國王一家不知內情，但光是聽后熠這麼一說，那還能不明白這個看起來長得人模人樣又不好惹的傢伙，是個戀愛智商為零的傢伙嗎？他分明就是被騙了個結實。那個蛇蠍女人就是利用他來到祕境，然後得到了好處，就把鍋甩給這個人啊！

人魚王子簡直怒其不爭：「你是智障嗎？她說什麼你就信什麼？她分明就是在耍著你玩，你是被色迷了心竅嗎？」

后熠聽到這番話，用無辜的眼神看著人魚王子：「……可是王子殿下，她昨天晚上是住在您的花園裡，她是怎麼知道寶庫位置的？」

同樣被色迷了心竅還智障的人魚王子：「……」

本殿下不想跟你說話！！

國王憤怒地拍了一下扶手：「好了！不要再說了！這樣看來，你們也是被那個女人利用了，那我就暫時不判你們的罪。只是，那個風淼淼畢竟是你們的同伴，為了確保你們不會背叛永恆之國，接下來你們所有的行動都要有我們國家的勇士監督才行。

另外，因為你們的同伴盜走了我們皇家的珍寶，這次勇者挑戰賽裡，你們必須每人拿到三顆水之結晶才算通過。得到的三顆水之結晶要上交兩顆給我們，你們有意見嗎？」

后熠立刻就代表全隊露出鬆了一口氣，還帶著一點感激的笑容：「沒意見沒意見，沒想到國王陛下能如此公正開明，我們一定會努力去找水之結晶的……」然後他又露出幾分糾結，但最後下定決心的表情：「如果、如果淼淼回來找我的話，我、我會勸她跟您認罪自首，您能夠放她一馬嗎？」

王后這時抿嘴笑了起來：「看不出來這位英雄還是個深情之人，你放心，如果你能勸她過來認罪，並且交還所有被她盜走的珍寶，那麼我們也不會太苛責她。畢竟她肯定也只是一時被迷了心竅而已，你說對嗎？」

后熠立刻笑嘻嘻：「對對對！我這就去混沌海找水之結晶！順帶還要找淼淼！」

池霄四人在旁邊看他表演得很起勁，只能露出不失禮貌的微笑。

而後，后熠五個人就被放走了。不過臨走的時候，有兩個頭上長著鯊魚鰭，周身靈力充沛的永恆之國勇士跟在他們的身後。

等他們離開，人魚王子的臉色就沉了下來：「你們真的相信剛剛他們說的話？」

王后看了看自己的指尖，笑起來：「姑且信一下也沒有損失啊，如果他能把那個盜寶人帶回來，那就省了我們的事情。就算他說的是謊話，反正最後這些人都是要死的，又有什麼關係呢？」

王子的表情這才好了一點：「只是沒想到這一次來到這裡的人這麼多，而且還這麼狡猾。他們會不會影響到主人的計畫？」

國王冷笑起來：「這些人加起來也不夠主人吞三口的，人數從來不代表必勝。而且他們接下來的三天都會生活在城池中，會吃用我們準備的食物。就算有特別警惕的人都不吃不喝，等他們到了主人所在的地方，也會受到成倍的海水壓制和黑暗侵襲。

再加上主人本身通天徹地的威能和我們的從旁協助，他們就算是神仙也必然死在這裡！」

國王一家聽國王這麼說，都露出了反派的標準表情。得意了一會兒之後，王子又咬牙：「不知道那個風淼淼跑到哪裡去了？她要是直接捲走我們的財寶離開，那我們就損失大了！」

王后也皺起眉：「都是你這個沒用的東西，竟然被一個女人耍得團團轉！沒有把她控制住不說，還告訴她寶庫的位置，現在連那十五個給你的補品都有所懷疑和戒備了。這次要是那個女人被抓到了還好，她要是真的跑了，你就等著被主人懲罰吧！我們寶庫裡兩百八十多顆的水之結晶！！都被她偷走了！」

王子憋氣，不敢反駁，倒是旁邊的兩位公主開口：

「母親不要太過擔心，外海可不是那麼好生存的。而且我們的祕境本身有屏障的限定，至少在這個祕境大門再次顯現之前，那個小賤人是怎麼樣都逃不出這片深海的。我看那些外來的人大多都不是同一個陣營的，只要我們用『不死果』發布懸賞令，他們必然會像瘋狗一樣去找出那個小賤人，把她帶過來的。」

大公主的話總算讓王后和國王的表情變得好一些。

王后更是對大女兒露出一個讚賞的笑：「妳說的對，人這種東西，不管在什麼時候，最會的就是自相殘殺了。只要給他們足夠的利益，別說不認識的人，就算是最親近的人也會毫不猶豫地背叛呢。我們就等著那個小賤人被抓吧。」

之後，永恆之國果然用「不死果」發布了風淼淼的懸賞令。

后熠和池霄他們聽到這懸賞令的時候，心中都微微一沉。

永恆之國的人不足為懼，但各個不同勢力的八百多位靈能者們是真的非常難對付的存在。

不過這個時候，他們也只能在心裡希望風嗚老實一點，千萬別再作怪了。

此時遭到懸賞，被后隊池隊期望老實點的風淼淼大美人正坐在巨大皮皮蝦的腦殼上，看著對面的龜殼老爺爺、長著水母頭的猛男、頭頂著一個燈泡，用尾巴站起來的魚人等滿洞穴的深海海鮮精，露出了對食物天然嫌棄卻禮貌的假笑。

這個時候，他突然想到了一句關於深海的笑話——

反正在黑暗裡誰都看不見誰，就隨便長長吧。

這滿洞穴的成精海鮮真的是，一個比一個長得不拘一格。

「那個，龜爺爺啊，您說我們那些人都在往死路上走，到底是什麼意思啊？」

揹著厚厚龜殼的老爺爺就呵呵笑了兩聲：「就是字面上的意思，你們馬上就要自己去送死啦！」

風鳴從永恆之國的城池裡出來後，就直接到之前抓魚的那一片大海藻林裡喊皮皮蝦精。

他原本以為還要再等一等，或者多喊幾聲才能把皮皮蝦精喊出來，結果在他剛過去，海藻林中就衝出了早已潛伏在這裡的皮皮蝦。

皮皮蝦小弟對於他的出現顯然非常高興，風鳴都不知道這隻皮皮蝦怎麼被他打一頓，放走之後就這麼聽話地當小弟了。不過現在他自己一個人在深海之中，有一個同伴，哪怕不是人也是好的。

風鳴老大一高興就從自己的別墅空間裡掏出一條淺海大魚給了皮皮蝦精。皮皮蝦估計在祕境中已經很少吃到這種淺海的魚了，幾口就把大魚吃個乾淨，然後非常高興地唧唧唧了三聲，用自己的大夾子拍了拍腦袋，示意風鳴坐到牠背上去，把風鳴拉到那深海洞穴之中。

然後，風鳴就看到了滿洞穴看起來又老又柴，不好吃的海鮮精。

在這群海鮮精中，只有一隻活了不知道多少年的烏龜精能化作比較標準的人形，其他海鮮要嘛只有上半身，要嘛只有大腿，有的甚至只長出了半條手臂，看起來十分要命。

風鳴這時候覺得，還是黑暗更能保護眼睛。

不過，那個烏龜精看到他之後露出了很激動的表情，開口第一句話就是「其他人往死路上沒關係，你就是我們等待的希望，千萬不要再回去找死了」。

風鳴要是自己一個人，說不定就不會管其他人的事情了，但是后熠、池霄他們還在那座城池中呢，怎麼能讓他們去死？

所以才有了那麼一問，結果烏龜老頭還不正面回答他。

風鳴正打算再問時，從洞穴外忽然衝進一條脊背上長滿細長的骨刺，速度飛快的魚精。

「龜爺爺、龜爺爺，我聽到那邊最新的消息啦！那些壞傢伙們在懸賞一個叫『風淼淼』的女人，聽說她盜走了壞傢伙們的寶貝呢！哈哈，爺爺、爺爺，這是不是就是你說的惡人自有惡人磨啊？不過，他們用來懸賞的東西竟然是『不死果』那個壞果子，還是好多人都激動地討論著要抓人呢。這種、這種人是不是就像爺爺你說的，被、被人賣了還幫人數錢的傻子？」

龜爺爺聽到這番話，呵呵地笑起來：「惡人自有惡人磨沒錯，被人賣了還數錢不太對，應該是被人當刀子了吧。不過不管是哪一種說法，那些外來人都是傻子沒錯。」

既是外來人，又是磨了惡人的大惡人的風鳴無話可說。

不過他抓住了一個重點。

「老爺子，您知道不死果是什麼？還有，為什麼你們說那邊城池裡的人是壞傢伙？他們做了什麼壞事嗎？那個，反正我和那邊的關係也一般般，還收了皮皮蝦當小弟，要是有什麼幫得上忙的，老爺子可以跟我說。」

龜爺爺那一張老臉上滿是皺褶，但他黑色的豆豆眼顯得非常深沉睿智。他看了看風鳴長到小腿的黑色長髮和俊俏的臉蛋，輕輕笑起來。

「小孩兒啊，你不是和他們的關係一般，而是和他們關係糟糕到了極點吧？」

風鳴的笑容一僵，這萬年的龜果然特別精。

「不過，我們確實是需要你的說明。畢竟光憑我們這些老弱病殘或沒有化形完全的傢伙，想要把那些壞東西們趕出去或者大敗他們，也是痴人說夢啊。」

龜爺爺說到這裡，蒼老的臉上顯露出了幾分憤怒和幾分恐懼。

「……事情大概要從一年前說起。原本這片海域是很平和自由的地方，雖然常年被一股無形的屏障籠罩著，讓我們沒有辦法出去也很難讓外來的一切生物進來，但因為這片海域有自己的生態鏈，海底又靈氣充足，所以我們在這裡生活得很不錯。

三年前，我們感應到了外界靈氣變得濃郁，隱隱覺得籠罩著我們的屏障在特定的時間有鬆動的情況，那應該就是你們所說的祕境開啟的時候了。祕境開啟的時候，偶爾會有人類或者外界的海洋生物來到這裡，但只要他們對我們無害，我們也不會傷害他們，小安康甚至還結交了一個人類靈能者為朋友。

我們原以為日子會這樣平靜地過下去，等我們吸收到足夠的靈力，有能力化形之後，或許也可以去外面的世界看一看。但在一年前的某一天，混沌海那裡忽然發生了劇烈的震動。這震動的力量實在太大，從混沌海處一直擴散到整個祕境海域。當時我們都很驚慌，害怕是海底的大地發生了震動，會吞沒我們所有的一切。

然而，那巨大的震動持續了三天，僅僅只是在混沌海那裡，並沒有連到其他地方。等三天之後震動平息，我就讓跑得快的皮皮和小箭去那裡探查情況，然後……」龜爺爺深深嘆了一口氣：「我們發現混沌海裂開了。」

風鳴聽到這裡心中一跳。

「裂開了？」

「對，裂開了。混沌海的最中心區域，裂了一條足足有十公尺長的裂縫。皮皮和小箭說靠近那裡就會覺得渾身血液沸騰，非常不舒服，還想打架。我聽牠們的形容覺得不太對，就和水母男一起去那個地方看了看，然後我們差點死在那裡。

我們去的時候，從那巨大裂口裡冒出來的灰色靈氣已經占據了一大半的混沌海。那靈氣的濃度非常高，會讓我們不自覺想要靠近。但同樣的，那靈氣裡含有很不好、腐朽陰沉的惡意，我對惡意非常敏感，就知道那靈氣十之八九不是什麼好東西，所以就打算回來告訴小傢伙們別再去混沌海了。

可就在我們準備離開的時候，那裂縫又震動起來。只不過這一次的震動幅度很小，我和水母轉身的時候，剛好看到裂縫裡鑽出了一條長相極醜，又凶惡的海蛇怪物。幸好當時那海蛇怪物剛從裂縫裡出來時還有點虛弱，被我和水母聯手逼退了。但後來又有接連四條海蛇怪物和幾個怪物從裂縫裡陸續出來，隨著牠們的出現，我們這些力量弱小的傢伙就無法好好過日子了。

牠們很快就占據了我們當成居住地的城池，還搞起了順昌逆亡的那一套。有不少原本祕境裡有點靈智的海妖精們都屈服了，但我這老頭子看不慣他們禍害這片海域、隨意掠奪、殺海魚的做法，就帶著一些小傢伙們跑走躲起來了。

然後，大概在半年之前吧。那道裂縫再次發生了巨大的震動，這一次不用我們去探查，這片海域的海妖精們都能感覺到有一個極為可怕的存在降臨了。」

龜爺爺的聲音中帶了一些恐懼：「當那個存在出現的時候，我看到原本殘破的海底廢墟變成了高大堅固的城池，原本無法化形的海底妖精和海域裡的生物們，也突然有了人的形態！在這漆黑了不知多少年的深海中，那座廢墟城池之上，也有了一顆代表著光明的『太陽』，那變化簡直是太可怕了。」

龜爺爺又重複了一遍：「太可怕了，那是只有妖神才能擁有的力量吧……之後你們這些人類要去打敗的那個『魔怪』，就是那突然出現，極為可怕的存在。」

烏龜老頭搖了搖頭：「那城池裡的國王一家就是那五條海蛇怪，他們也不過是那個『魔怪』的走狗，為虎作倀的『倀鬼』而已。所以我說，你們很快就要去送死了。如果沒充足的準備，就算那麼多靈能者一起上，也是送菜給那個魔怪而已啊。」

烏龜老爺子邊說邊搖頭看風鳴，那模樣就像是他是個已經要死的小可憐。

風鳴有些無語地笑了一下：「您直接說要準備什麼吧，我可不相信這麼大半年，您沒找到一點克制那魔怪的方法。如果真的這麼不堪一擊，您也保護不了這麼一大群海鮮精，不是嗎？」

還特地讓皮皮蝦把他帶過來，肯定是要做什麼壞事了。

烏龜老爺子哈哈笑起來：「小孩兒，你腦子很好嘛！不愧是我們要等的希望。老頭子我確實是有點想法。」

他說著，露出些許得意又懷念的表情：「在這片祕境海域裡，可沒人比老頭子我更了解牠的一切啦！當年我可是這深海之國的聖獸啊。」

因為他從小龜殼上的紋路就像極了八卦玄文，所以被永恆之國的神師大人選為聖獸，安安穩穩地活了很多年。

活的時間久就有了智慧，就漸漸明白了人類的語言、行為、智慧與貪婪。

牠見證真正的永恆之國從無到有，從強盛極致到一息覆滅的所有過程，然後明白了世事無常，萬物生閉環的道理。由此，牠便成了他。

而他，最擅長的便是推演迴圈與生機。

「我原本以為我們會被裂縫另一邊的上古妖獸們長期霸占家園，最後死於非命，但又不甘心這些可愛的晚輩們如此幼小就死去。牠們不像老頭子我已經見過了能見到的一切，這時候死了，未免太過可惜，於是老頭子我想幫牠們找一條活路。」

烏龜老爺子說到這裡，輕咳了幾聲，讓旁邊的鮟鱇魚精趕緊伸手拍了拍他，其他海鮮精也有些擔心的樣子。

烏龜老爺子對小海鮮精們擺擺手，繼續道：

「雖然付出的代價有點大，但還是被老頭子我找到了生機。雖然最後的卦象玄之又玄，但我能確定的是海底祕境會在最近打開大門，有一批外來者會到來。那群外來者中，一定有能夠幫助我們打敗魔怪的人。

嘿嘿嘿，至於誰是真正的生機？那就要看皮皮啦。我占卜的時候，那小蝦剛剛好站在生門的方位上。現在看到皮皮把你帶過來，我就知道我要等的人來啦。」

風鳴忍不住看向旁邊的巨大皮皮蝦精，這傢伙還羞澀地用自己的大夾子捂住了腦袋，做出和體型完全不符，一點也不萌的嬌羞狀。

「……可是我也不一定打得過那個魔怪啊。」

如果那魔怪的靈壓能遍布整個海底祕境，靈能等級怕是早已經超過最高的S級了吧？就算他和后熠、池霄三人聯手，也不能說完全有勝算。

但烏龜老爺爺卻像對他十分有信心的樣子：「你不必擔心，你們肯定能打敗魔怪的，老頭子我的占卜從不出錯！而且我們這邊也做了很多的準備，不會讓你們單槍匹馬奮戰的。

根據我們小箭和皮皮、小安康和水母的長時間調查，可以確定魔怪的老巢就在永恆之國後面的黑金山裡。那魔怪似乎是裂縫後面非常厲害的大妖怪之一，但強行從裂縫中出來，他的實力和身體都受到了傷害。即便是現在，魔怪的實力應該也沒有完全恢復，他需要『水之結晶』療傷和提升力量。」

風鳴心中一動：「所以國王一家才會讓勇士們去找『水之結晶』？」

烏老爺子點頭：「對，看看你們這些外來的傻子，千辛萬苦去混沌海找『水之結晶』，結果最後全都是送菜。這就像是蒸螃蟹的時候，螃蟹往自己身上倒醋啊。小孩兒們怎麼一點戒心都沒有呢？看見人家長得好看就相信啦？可惜他們一家五口，事實上長得一個比一個醜喔。」

風鳴：「……」

「反正那個魔怪的實力還沒完全恢復，不過如果這一次你們主動送菜成功，他估計就會徹底恢復了，所以，一定不能讓他再得到更多的『水之結晶』！最近這半年，我都會讓皮皮他們去混沌海找『水之結晶』，差不多找到了幾十顆，也算是減弱了魔怪的力量啦。不過，阻止魔怪恢復的最好方法就是把皇家寶庫裡的那些水之結晶偷走。」

烏老爺子說著，嘆了口氣：「那些都是誤入這個祕境中，死去的靈能者們找到的。我就是不明白，為什麼他們這狗血俗套的套路每次都能騙得人團團轉？我特意讓皮皮、小箭牠們去接觸那些人，還被他們當做海怪追打了。嘖，明明皮皮和小箭、鮟鱇牠們都很可愛啊。」

風鳴想到別墅空間裡的那兩百多顆水之結晶，摸了摸鼻子。

「老爺子，如果你擔心皇家寶庫裡的水之結晶……現在可以不用擔心了。」

烏龜老頭的豆豆眼陡然亮了一下，片刻就了然地笑了起來：「喔喔！小孩兒你說的對，剛剛小箭說了，皇家寶庫被盜了嘛！能讓那一家五口醜八怪那麼生氣的事情，肯定和水之結晶有關！」

風鳴就笑著，也不說話。

「這樣的話，就阻止了魔怪恢復到全盛時期的可能！然後老頭子我再告訴你一個魔怪的弱點，之後你們就肯定能戰勝魔怪啦！」

烏龜老爺子很是激動，風鳴也認真側頭傾聽。

然後聽到這烏龜老王八說了一句：「根據我的占卜。那個魔怪，怕癢。」

風鳴頓了一下，小指掏了掏耳朵：「啥？」

烏龜老頭認真重複了一遍：「他怕癢！實在不行的時候，就撓他胳肢窩或者腳底吧！肯定能救你們一命的！！」

風鳴：「……老爺子，魔怪是人形嗎？」

烏龜老頭一愣，理直氣壯：「我們又沒有見過魔怪，怎麼知道他是什麼樣子的啊？」

風鳴就假笑點頭，然後覺得剛剛認真聽老烏龜說話的自己是個傻子。

對啊，連魔怪的樣子都沒見過，那誰能肯定魔怪有胳肢窩和腳底啊！而且，萬一魔怪長的是一個非主流的奇葩模樣，比如長成八條腿的章魚怪、皮皮蝦怪的樣子，你告訴老子他的胳肢窩和腳底在哪裡！

或許是風鳴的表情太過木然，心裡的咆哮都已經隔空噴湧而出了，烏龜老頭也覺得自己這番話有點理虧。

他老人家上氣不接下氣地咳了好幾聲，發現風鳴沒心疼的表情才幽幽道：

「雖然這個弱點確實有點不好找，但小孩兒啊，你要相信老頭子我的占卜，我的占卜從來都沒錯過，那魔怪肯定有非常怕癢的地方。大不了，到時候我讓皮皮、小箭、鮟鱇、水母牠們帶著小弟去幫你們一起找，總能找到的嘛。」

風鳴看著賣可憐的老烏龜，最後也沒真的為難他，勉強點了點頭。

不管怎麼說，這個龜爺爺也告訴了他很多重要的事情，有了這些消息，他們在面對魔怪的時候總不會處於被動的狀態。只是，他現在在想這件事要不要告訴其他靈能者們？如果要告訴他們，怎麼說、什麼時候說才是最好的呢？這都需要回去和后熠、池隊商量。

他不能待在這裡了。這時候，后熠他們應該已經去了混沌海，他剛好也可以去那裡渾水摸魚一把。

「好吧，還是謝謝您告訴我這麼多，我要回去和夥伴商量一下怎麼打魔怪了，畢竟光靠我一個人肯定不行。」

烏龜老頭子點點頭：「去吧去吧，讓皮皮送你，這小子和小箭是跑得最快的。有什麼事也可以跟皮皮說，我們在這裡隨時可以幫忙。」

風鳴笑起來，又想到了混沌海的裂縫：「那您知道混沌海的裂縫是怎麼回事嗎？您就沒想過要把裂縫堵上什麼的？」

烏龜老頭子立刻把自己的腦袋搖得亂七八糟：「不行不行，那裡冒出來的混亂力量太濃郁了，我們隨隨便便靠近就會發瘋。待久一點就會像混沌海周圍的魚類一樣發狂，沒有理智，甚至還會異變，憑我們的力量是無法堵上裂縫的。」

烏老爺子倒是看了風鳴一眼，那閃著精光的黑豆眼眨了眨：「根據老頭子的猜測，那裂縫是整個祕境空間的壁壘出了問題。想要修補裂縫，怕要具有空間的力量才行啊。」

風鳴和這個萬年的老王八精對視了一會兒，直接跳到皮皮蝦精的背上，擺擺手走了。

他雖然沒有說什麼，但烏老爺子很是欣慰地笑了起來。

旁邊頭上頂著一個小燈泡的小安康一臉疑惑：「爺爺？」

烏老爺子摸了摸鮟鱇精的燈泡：「爺爺高興啊。或許不久之後，我們這片海就能夠重新恢復到原來的樣子啦。」

小安康還是不怎麼懂，倒是旁邊的水母男好像明白了什麼。

這個時候，風鳴坐在皮皮的背上，一路掀起海底泥沙，狂奔向混沌海。

現在應該是上午九點左右，從永恆之國出來的許多靈能者也正在往混沌海而去。

距離國王說的三天時間只剩下一天多一點的時間了，他們必須儘快找到水之結晶。如果可能的話，再抓住風淼淼那個長髮美女交給國王，他們就更不虛此行了。

在他們這樣想的時候，就被海底的泥沙糊了一臉。

因為有皮皮蝦精狂奔帶起海底泥沙的速度，雖然很多靈能者都看到了坐在皮皮蝦上的風嗚，卻沒有幾個人能看到他的正臉。

「我靠，那是什麼東西？海底巨蜈蚣嗎？」

「……蜈不蜈蚣我不知道，我好像看到那東西上面坐著一個人？」

「誰啊？這麼屌嗎？」

很屌的風嗚從空間別墅裡掏出了一個三色假髮套、一套標準男士花短褲和背心，嘆著氣抹掉臉上的防水濃妝，準備換一個新身分。

那個假髮是意外的發現，還是比美大賽的時候，后熠說很符合他原形，三色雜毛雞的顏色買給他的，然後被他暴打一頓，把假髮扔進了垃圾角落裡。

結果，現在竟然用上了。

翻白眼。

風嗚穩穩地坐在皮皮的腦袋上幫自己換裝。他先用后熠買給他的，可以自動綁頭髮的髮圈把頭髮盤了起來，然後把超級便利，還能自動梳理髮型的三色假髮套在頭上。因為是最新的假髮設計，這三色假髮還附帶靈能透氣、自動穩固的功能。只要不是伸手硬拉，不管再怎麼劇烈的運動也不會把假髮甩下來。

然後就是快速地穿花背心和花短褲。反正是在高速的皮皮蝦背上，他一個大男人也不怕走光。

於是不到五分鐘的時間，原本的黑長直、高冷美豔的大美人就變成了一個頭頂金紅白三色雜毛，穿著花背心花短褲的少年。他再像一樣大爺抖抖腳，挑著眉毛，臉上露出欠揍的流氓表情，活脫脫像一個殺馬特的美混混。

對，哪怕戴著三色雜毛的假髮、穿著花背心花短褲，風鳴的那張臉還是非常能打。只是因為髮型和氣質變了太多，海底黑暗又光芒微弱，如果不貼著臉仔細觀察風殺馬特，就算是后熠都不一定能夠認出他。

他對自己的偽裝非常滿意。

然後他站在皮皮蝦精的腦袋上雙手扠腰，得意地跺了跺腳：「皮皮！從現在開始，老子我就是祖上去泰國發展，成為土豪的歸國靈能者華僑了！老子我叫……風迪卡，嗯，好名字。」

風迪卡晃了晃他柔順的三色頭髮，「從今天開始，我就要拯救海底世界了。」

說完這句話，風迪卡頓了一下又仰天翻了個白眼。這個身分有毒，感覺披上以後，智商都被降低了。不過，蠢得還滿爽的？

這個時候，他坐著的皮皮忽然唧唧唧地叫了起來，並且停下了狂奔的小腳丫們。牠的大夾子指著前面那波動明顯，靈能氣息讓人覺得很不舒服的海域上下晃動。

於是風迪卡就知道，那裡就是勇士們要尋找水之結晶的混沌海了，同時也是改變了海底的一切，可怕的空間裂縫所在的混沌海。

這時，在這片區域裡已經有不少拿著夜明珠或者防水手電筒探索的人了。

風迪卡跳下了皮皮的背，伸手拍了拍對混沌海發出渴望又恐懼情緒的皮皮蝦：

「這裡的能量雖然很充足，能讓你更快進化，但裡面腐朽陰暗的負面能量太多，你吸收了之後會不利於你日後的進階。還是老老實實地吸收普通的靈力進階，再化形吧。你就在外面吸收靈力，或者抓抓魚等著我，我先進去看看情況，等下午我們一起回洞穴。」

皮皮唧了一聲，雖然有些不捨牠認的老大，但還是很聽話地轉身離開了。

在皮皮蝦精迅速離開的時候，已經有好幾道光束打在風迪卡的身上。

那些靈能者借著強光，第一眼就看到了風迪卡自由散亂的三色殺馬特頭髮。雖然在黑暗中不是很能看清那三種顏色，但是那張揚的髮型和一股海島度假風的T恤和短褲，絕對不是他們見過的那位有黑色長髮的淼淼大美女，當然也不是有俐落短髮，精緻漂亮的大天使風鳴。

不是目標人物，那就沒什麼好看的，更別說這個殺馬特的脾氣好像還不太好。

「薩瓦迪卡~我去你麻麻~你看什麼啊？再看，信不信老子打死你啊？」

風迪卡面對照在他臉上的探照強光，上去就是口吐芬芳的問候。只不過他這泰國味的中文實在屬於不好理解的語言，那些從各個國家區域來的靈能者，通篇就只聽懂了一句話「薩瓦迪卡」。

莫非這小子是泰國的靈能者？很有可能啊，那邊據說現在還流行殺馬特風呢。

嘖，不過如果是泰國的靈能者，那實在不足為懼。一個小子而已，掀不起什麼大浪。

不過，剛剛這小子是從那巨大的皮皮蝦上跳下來的吧？難不成他有可以控制海中生物的力量？如果是這樣，那或許等等還能利用一下？

風迪卡就在大家的輕視和對落單者隱晦的算計中，走進了這片混沌海。

一進入這片海域，風迪卡就確定這裡的空間裂縫，和長白山祕境裡的空間裂縫怕是有很深的關係。雖然還是有些不同，但那種混亂、容易讓人瘋狂的靈氣在根本上沒有變化。

只不過，或許是這裡的裂縫被打開的時間更早，以至於混亂陰邪的氣息成了氣候，甚至開始改變這裡的環境，所以這片混沌海比長白山祕境更加危險。

他得去裂縫的中心看一眼，看看裂縫周圍有沒有相應的，可以堵上空間裂縫的灰色空間靈石。

雖然他的空間別墅裡還有好幾塊空間靈石，但是那都是已經被他收進空間的寶貝了，他是絕對不會再把寶貝吐出來的！

絕不！

這時，風迪卡突然感受到四周傳來的水流劇烈波動，從他的前後左右四個方向都有東西在快速地靠近他。

都不用去想，那必然是這片海域裡受到混沌靈氣影響，發生了異變的凶殘海中生物，風迪卡就在不少暗中觀察他實力的靈能者注視下，大吼了一聲：

「薩瓦迪卡！海鮮們都給老子翻滾吧！」

然後，風迪卡從手中扔出了四顆雷球，精准地砸中了那四個凶殘地撲向他的巨大海鮮。那是四隻堪比陸地藏獒，外殼都長滿了尖刺的大龍蝦！

牠們的速度非常快，頭部的尖刺和第一對大夾子都是非常可怕的攻擊武器。因為防禦高、速度快，攻擊力還強，有不少靈能者一進入混沌海就被牠們刺傷或者夾傷了。順帶一提，之前一雙腿斷掉的那位女靈能者就是被這種異變大龍蝦夾斷了雙腿。

不過，這麼厲害的異變深海龍蝦，卻被那四顆看起來只有拳頭大的雷球電了大爽。

牠們在那一瞬間舉起的大鉗子胡亂地揮舞著，連尾巴都快被電直了。

風迪卡對此表示十分滿意，並且高興地在四隻大龍蝦的中間轉了一圈，扭了扭屁股。

異變龍蝦：「……」

圍觀眾靈能者：「……」

這泰國的靈能者腦子有病吧！

然後風迪卡一邊問好，一邊高高在水中跳起，雙手一合再往外一拉，從手心中憑空扯出一把閃著電光的雷劍，非常凶悍且淩厲地刺入一隻大龍蝦的腦殼和身體的關節處，瞬間斬首。

如法炮製，不到一分鐘的時間，那四隻讓靈能者們十分棘手的異變大龍蝦就被這個殺馬特殺個精光。

這時候，圍觀的眾多靈能者忍不住吸了一口氣，這個泰國靈能者不光是腦子有毒，他的實力……也強得可怕啊。怪不得他腦子這麼不好，也敢單槍匹馬地來祕境。

算了算了，暫時先……不打這殺馬特的主意了，這傢伙有點凶殘。

於是很快，區域內的靈能者們就知道有個泰國的殺馬特靈能者十分厲害，腦子還不好，見到時要離遠一點。

而在靠近中心的區域位置，后熠一邊控制著「十二天干」殺魚，一邊往風迪卡的方向看。

「鹹魚！我好像看到那邊有人用雷系的靈能了，我們去那邊看看，應該是小鳥兒來了。」

池霄隨手凍住一條凶殘異變的大螃蟹，聲音淡然：「我也看到了，只是你怎麼能確定那就是他？」

要知道，風鳴偽裝的風淼淼可是水系的靈能者。

后熠笑起來，眼中閃過一絲得意：「直覺。」他轉身就走，「在對他的直覺上，我從來沒出錯過。」

池霄揚揚眉毛，想了想也跟了上去。水千畝、烏不急和龐超在後面聽得有點慌，不是，剛剛怎麼覺得后隊的那番話聽起來有點炫耀的狗糧味呢？

后隊和風鳴不是正經的隊長和隊員關係嗎？之前和淼淼大美人的親密舉動，不是偽裝的計策……嗎？

朱雀組的隊員覺得，他們好像發現了什麼。

不過，他們也緊緊跟在后隊和自家隊長身後。

差不多五分鐘後，一行人看到了那個拿著一把中二的雷霆之劍，一邊喊薩瓦迪卡，死你全家，一邊凶殘地殺海怪的殺馬特風迪卡。
一時之間，就連對自己的直覺特別有自信、從沒出錯過的后熠都覺得自己可能眼瞎了。
直到這個殺馬特對他們舉起中二的雷霆寶劍，笑咪咪地道：
「薩瓦迪卡？老鄉見老鄉，兩眼淚汪汪？」
后熠：「……」
池霄：「……」
烏不急三人：「……」
神他媽老鄉和薩瓦迪卡啊！！
饒是后熠覺得自己是個養鳥達人，也萬萬沒想到他的鳥會這麼與眾不同。
看著對面那個一股殺馬特鄉村土豪味的自家小鳥兒，他有那麼一點慌。
好在，他很快就看清了殺馬特髮型下帶笑的眼和熟悉的俊臉，竟然越看越覺得這樣的小鳥兒也十分可愛。
所以，后熠笑咪咪地雙手合十，回了一句：「刷我滴卡~老鄉你好啊。」
風迪卡跟著笑得陽光燦爛。
老鄉見老鄉，自然要在一起行動。其他靈能者們一邊唾棄華國的這個隊伍竟然連這個蠢殺馬特都能接收，一邊又暗暗羨慕嫉妒那泰國華僑殺馬特的雷電之力。
要知道，每一個自然系的靈能者都是妥妥的大靈能者，攻擊力和靈能等級絕對不低。在自然之力中，雷系又是公認的強，每個國家都會對雷系靈能者重視非常。

華國的小隊本來整體實力就非常強大了，好在出了一個風淼淼的事情，讓他們多少失去了一點優勢。但他們都還來不及幸災樂禍，隊伍裡竟然又來了一個歸國華僑？還是個比水系更強大的雷系。

氣死人。

也不是沒人懷疑這個殺馬特可能是偽裝的風淼淼，但一來，風淼淼就算能把長髮剪掉，也不可能在短時間內把頭髮染燙成殺馬特的樣子，二來，風淼淼是水系的靈能者，和那個蠢雷系完全不同，最重要的是，風淼淼大美人是個女的，這個殺馬特他是男的啊！就算變性都不可能那麼快。

再加上他身上穿的衣服和風淼淼完全不同。風淼淼逃走之後，也不可能弄到這種衣服，等等原因，大家都理所當然地認為這殺馬特是新來的。他估計是覺得自己落單了，又看到華國靈能者很強大，就湊上去套近乎了。

大部分的靈能者是這樣想的，但還有極少數的靈能者對此不置可否。

殺戮者傭兵隊、日國靈能者小隊的隊長甚至已經從風淼淼消失、老鄉出現的發展中看出了一些問題。

然而，就算看出來了，只要沒有被證實、不到關鍵的時候，他們都不能行動，只能加倍注意華國隊伍的情況。

這時候，風迪卡和后熠他們已經快走到混沌海中心裂縫的區域了。一路上越往裂縫中心區域走，他們面對的深海魚類怪獸就越凶殘。甚至到了最後，還有一群長著人腿魚頭，或者人手魚頭的怪物一邊發出意義不明的嘶吼聲，一邊合力攻擊他們。

那樣子，在深海裡看起來實在是恐怖。

不過，這些異變的魚怪再厲害也不如撒潑的風迪卡厲害，他只要用他的大寶劍，對那群魚怪上下一揮，電流就會瞬間蔓延到他周身五公尺內的每一個角落，然後魚怪們集體跳舞，再被斬首。

那凶殘又蠢的樣子，看得烏不急三個都一愣一愣的。

「真不愧是能和隊長、后隊比肩的人物。」比不過，比不過啊。

結果打贏的風迪卡還一臉嫌棄，之前斬首的那些海鮮怪們雖然長相醜陋猙獰，但他的鯤鵬血脈告訴他，那些都是看起來醜，但吃起來好吃的美味。所以龍蝦也好，螃蟹也好，帶刺的大魚也好，他都收了最精華的部分，還有一些特別堅硬的甲殼、魚骨、魚鱗到空間裡。

但現在這一群長著手腳的魚怪，別說直覺告訴他不能吃，就算是能吃，風迪卡也表示下不了嘴。要不是有兩個魚怪掉了深藍色的水之結晶，他真的就要厭煩了。

不過，他來這裡也不是為了戰利品。

風迪卡在路上跟后熠和池霄他們說了烏龜老爺子的話。后熠和池霄自然早就察覺到了永恆之國和國王一家的不對，有點意外真相是這樣，又覺得這樣才合理。

他們自然贊同風鳴要搞死魔怪的想法，別說魔怪，永恆之國的國王一家也得搞死才行。這片祕境以後必然還會再開，如果不能這次把隱患解除，以後不知道還會搞出什麼事情來。

而且，他們是為了「不死藥」和「奪天造化珠」來的，現在看來「不死藥」應該就是「不死果」，而那顆被魔怪搶走的「聖珠」恐怕就是「奪天造化珠」了。

不管是什麼理由，他們都要搞死魔怪，只是后隊和池隊也對魔怪的弱點是怕癢這一點表示十分無語。

清理過裂縫周圍的瘋狂海怪，風迪卡終於看到了足足有二十多公尺長，五公尺寬的巨大深淵裂縫。只一眼，風鳴便確定這和長白山天池下的裂縫是同一種類型。

雖然這裡的裂縫比長白山天池下的裂縫大得多，從裡面洶湧而出的混沌靈氣也濃郁得多，但那種混沌靈氣裡夾雜的惡念、陰暗的力量卻是一樣的，只是因為裂縫更大，混沌靈氣更讓人不舒服而已。

而且，在風鳴注視這個深海裂縫的時候，裂縫猛地震動起來，一個黑色帶著複雜螺紋的尖角從縫隙中撞了出來，上面還帶著彷彿是黑色血液的東西。

后熠瞬間把風鳴拉到身後，池霄想也沒想就催動海之力，想要用結冰的海水封印這裂縫。

然而，那堅冰也不過堅持了三分鐘，就再次被那黑色帶著尖角，裂縫另一邊的怪獸撞碎了。風鳴透過裂縫，看到了曾似曾相識，充滿殺意，沒有理智的猩紅雙眼。

風鳴看著那雙猩紅的眼沉默。

之前人參老爺子告訴過他，祕境那邊連著的是一個封閉且混亂的死空間，裡面的所有生靈都在長年的封閉中墮落腐化，但又不甘心就那樣在封閉的空間世界中死去，便會找到空間的薄弱之處，破壞後出來。

他以為這樣的薄弱之處並不多見，即便有，也不一定能被他再次遇上。可現在的事實卻是他又遇到了被破壞的空間壁壘，而且他直覺認為，在這個海底裂縫對面的那個空間，和長白山裂縫對面的空間是同一個世界。

到底是太巧，讓他頻繁地碰到兩個那個世界的裂縫，還是……裂縫對面的那個空間世界大得可怕呢？

風鳴想到後面那個可能，心中沉重起來。

不過，他暫時沒有讓自己想太多，開始用空間波動去「看」那裂縫的真實樣貌。除了他，沒有人能「看」到空間裂縫的真實模樣，也自然沒有人能修復裂縫了。

空間中的裂縫比肉眼看見的裂縫小了許多，不過也足足有五公尺多長，兩公尺多寬。想要修補這個空間裂縫，要用到的灰色空間靈石至少也要幾百顆。

然而，風鳴卻在這個時候發現裂縫周圍的空間靈石很少，最多也只有幾十顆的樣子，他心中頓時一個咯噔。

「后熠，還有池隊、烏哥，你們找看看周圍有沒有掉下來的灰色靈石，有的話，撿過來給我。」

后熠已經告訴過池霄四人風鳴能修補空間裂縫的事情，此時他們聽到風鳴的話，便去周圍尋找灰色的空間靈石。

然而，等十幾分鐘之後，他們五個人最多也只找到了兩三塊。

風鳴意識到不對了。

「……按照長白山祕境底部的情況，空間裂縫的周圍都會有掉落的空間靈石。只要有那些空間靈石，我就可以修補這個裂縫，然後再讓這裡的海鮮們看管這個裂縫，就不會有問題了。但現在很明顯，這裡的混沌空間靈石被人刻意收走了。

國王他們的寶庫我去看過，裡面並沒有灰色的空間靈石。這裡的魚怪們打死之後，最多掉落的也就是水之結晶，肚子裡也是些亂七八糟的東西，沒有空間靈石。」

風鳴嘆了口氣：「所以，只剩下一個可能了。」

后熠點點頭：「空間靈石被那個魔怪收起來了。為的應該就是不讓人修補裂縫，又或者牠能吸收空間靈石的力量。」

風迪卡這時候也殺馬特不起來了：「希望是前者吧。要是後者的話，我還真的沒辦法把這個空間裂縫修補起來。到時候就算我們把魔怪打死了，裂縫對面有更多魔怪出來就麻煩了。」

幾個人的臉色都不太好。

當務之急就是要去打魔怪，不過，魔怪肯定不能靠他們自己打，還要把一些消息告訴靈能者們。

「水之結晶已經找到了。明天下午驗收，後天就會去打魔怪。」后熠想了一下：「今天晚上吧，用英文寫點紙條，一個個提醒那些靈能者們。就算他們不信也能提高戒備，不至於被坑死了。等後天一起打魔怪的時候，說不定還能讓國王他們措手不及。」

風迪卡眼睛亮了亮。

「你這想法有點黑，不過我喜歡！送信的事情就交給我了，誰寫紙條？」

英文的話，總覺得會露餡啊。

「還要提醒一下食物，那個王子就是用酒禍害女靈能者的。」

后熠撇了撇嘴。

池霄十分有禮地捲了一下自己的襯衫袖口。

「我來吧。」

然後風迪卡才知道，池隊是會八國語言的高級知識菁英，忍不住有點小崇拜。

后熠在旁邊十分檸檬：「我也是會八種高端格鬥術和戰鬥指揮的頂級菁英好嗎！」

風迪卡敷衍地點點頭，看著池隊的草寫英文讚嘆不已。

然後，當天夜裡夜深人靜的時候，風迪卡就像一個時而顯現，時而消失的幽靈，將迪卡大爺的小紙條送去給皇家旅館裡的靈能者們。

『國王和魔怪同夥，食物可能有問題，小心防備！』

第四章　不要迷戀我

在到達海底祕境的第四天早上，所有靈能者都聚集在永恆之城的皇宮大殿之中。

今天是討伐魔怪的日子。七百六十五位靈能者分成了兩部分，站在他們應該站的位置上。

在尋找「水之結晶」的過程中，即便靈能者們再怎麼小心也依然有受傷，甚至是死亡的靈能者出現，於是原本的八百七十七位靈能者只剩下了七百六十五位。

在這七百六十五位靈能者中，找到「水之結晶」的人也不過四百零一個人。

這四百零一個人獲得了跟隨王子殿下和國家勇士隊一同去討伐魔怪的資格，剩下的三百六十四個靈能者因為實力關係，只好在這裡等待最終的結果。

剩下的靈能者顯然是不願意的，他們只不過是沒有找到水之結晶而已，並不代表他們不能去戰鬥啊！萬一他們在戰鬥中爆發了呢？這種事情誰都說不準。

好在國王沒有強制他們等待，大不了，等等也跟著隊伍去就行了。雖然這樣一來，安全就要自己負責，但他們本來就是自己對自己負責的人。

確定完這點，靈能者們就互相隱晦地觀察，想在人群中尋找他們的目標。

前天晚上，他們都收到了寫著草寫英文的警告小紙條，看到內容之後有些吃驚，也有些懷疑。他們不知道小紙條到底是誰送來的，也不知道小紙條上寫的到底是不是真的，但這個小紙條還是成功引起了他們的戒備之心，讓他們在之後的兩天都沒有在皇家旅館用餐。

原本這只不過是他們的一種防備試探，但是在他們沒有主動去用餐，皇家旅館的服務人員竟然主動把美味的食物推到他們的屋子裡，還詢問他們為什麼不下去吃飯的情況發生後，靈能者們就意識到這裡的食物真的有問題。

他們自然地用各種理由敷衍了過去。敷衍不過去就直接出城，用找水之結晶的藉口待在外海。

等他們在外海待了整整兩天，感受著海底水壓的壓迫、漆黑無光的海底，和時不時就會有海怪出現突然襲擊的情況時，才忽然驚覺這才是未知祕境該有的樣子。永恆之國中美好、舒適的環境，才是真正的危險。

永恆之國就像盛著溫水的華麗大鍋，他們則是一開始就落入了大鍋的青蛙。

於是，此時聚集在皇宮大殿的靈能者們面對國王一家的態度，和第一天有了很大的不同。比起第一天的恭敬，甚至帶著討好，現在的靈能者們對他們的態度是假有禮地戒備著，他們更想找到塞小紙條給他們的人或者勢力是誰，也想知道那個人還有沒有其他的消息，比如「不死果」和「聖珠」是不是真實存在。

假如那個人不知道「不死果」和「聖珠」的事情，那麼他知道魔怪的事情嗎？如果國王和魔怪真的是一夥的，那他們真的要去魔怪那裡打牠嗎？

大家肚子裡都有一肚子的疑問，可惜就是找不到送紙條的人，得不到更多的消息。

於是，所有人在心裡做了打算，決定等看到魔怪的真實樣子再決定怎麼做。

假如魔怪很弱就把魔怪搞死，然後瓜分牠的寶物；假如魔怪強得可怕，那就抱歉了，他們也不過是來祕境裡探個險而已，可沒打算死在這裡，就讓強者頂上去吧。

大家站在大殿裡，表面上看起來在認真聽國王講話，內裡的心思各異。

國王一家的重點也不在講話上。他們現在的心情非常糟糕，他們看著站在下方，對他們再也沒有恭敬和討好的靈能者們，終於確定這群人中也發生了他們不知道的變故。

那個製造變故的人，肯定也是這兩天給他們搗亂的人。

人魚王子得到的力量一般，因為一連兩晚，他想要繼續誘惑那些中選當王子妃的女靈能者們、吸取她們力量的好事都沒成功。

先是那些女靈能者好像同時都對他起了戒心，再也不喝他給的葡萄酒，在他準備用鱗片和摻了藥物的食物時，逃跑的風淼淼竟然又出現在花園裡叫囂並罵他，讓他咬牙切齒地追擊，完全沒辦法顧及那些女孩。

於是到了第三天，沒被控制的女孩們都主動要求離開了，他也不能強行阻止。

除此之外，白天皇家旅館的管理者報告了靈能者們大部分都不再吃他們準備的飯菜，還跑到外海的事情。

那時候，他們還只是懷疑靈能者們可能是急著去找「水之結晶」，但是接連兩天，這些靈能者們都沒回來，就絕對不是「水之結晶」的事情了。

一定有人發現了什麼，並且懷疑什麼，很有可能就是那個叫風淼淼的人。

國王一家對此很憤怒，卻怎麼樣都抓不到風淼淼，也沒辦法一下子對這麼多靈能者做些什麼。

原本他們是想要靠食物控制靈能者，但現在那些靈能者吃下去的食物數量不夠多，他們就算行動，也不能保證全勝無傷。所以國王一家的心情非常不好，這是他們遇到最難搞的一批靈能者了，進來的人太多，還有特別不按理出牌的人。

但是國王看著站在大殿中的那群靈能者，還是在心中冷笑。

就算你們這些人意識到不對又能怎樣？只要你們走到主人的面前，最終的結局都只有死路一條！

至於那些剩下來的老弱病殘和膽小者，就由他們城池中的人接手吧。

「呵呵，各位想必已經等急了，那我也不多說了。能入選屠魔隊的人，都是我們永恆之國的勇士！！希望你們這一次能夠跟隨王子殿下徹底絞殺魔怪，取回我們永恆之國的至寶！我和王后還有全國的子民，都會為各位祈福的。」

於是在雙方各懷心思的情況下，還沒有恢復完全的王子殿下就舉著他金光閃閃的寶劍，帶領著雄赳赳，氣昂昂的蝦兵蟹將和四百零一位靈能者，往魔怪的老巢而去。

還有差不多兩百個沒有得到勇士資格的靈能者也跟著去了，打的是什麼樣的主意，大家都清楚，不過也沒有人阻止他們就是了。留在城池中的靈能者，加上在旅館中養傷的總共兩百七十多人。

當永恆之國的勇士們從那高聳的東城門出去之後，送行的國王、王后還有兩位公主殿下齊齊露出了一個笑容。

在他們顯露出笑容的剎那，原本還在永恆之國上方亮著的巨大明珠，忽然暗淡了下來，永恆之國陡然陷入了深海的黑暗當中。

已經往魔怪所在的老巢行進的靈能者們似乎感應到了什麼，他們迅速轉頭，看到了變得黑暗的永恆之國。

「王子殿下！！永恆之國發生什麼事了？為什麼會突然變黑？」

有靈能者忍不住問出聲。

坐在一條深海大魚背上的王子殿下嘴角微微勾起，不過臉上的神色很鄭重：

「各位不要擔心，因為我帶走了王國的所有能量，為了節省靈力，父皇和母后才會熄滅永恆之光。不過，在城池中還有天然的夜明石在，只不過是短暫的黑夜而已，等我們戰勝魔怪，永恆之國才是真正的永恆。所以諸位，還請你們多多加油。」

到了這個時候，靈能者們心中的疑惑和戒備已經到達了頂點。

是傻子才會相信這樣的說辭。

甚至有些覺得不妙的靈能者想要偷偷離開，卻忽然發現身後似乎已經沒有來時的路了！

「怎麼回事！！」

「為什麼我看不到永恆之國了？我們才走了不到二十分鐘吧？」

「小心有詐！！我們進入了另一片區域！」

「王子殿下！你是不是要給我們一個解釋？不然我們就不走了！！」

因為本就存著戒心，在發現不對之後，靈能者們直接做出了最激烈、最快的反應。

可惜即便是這樣也已經遲了。

只見原本長得無比俊美的人魚王子殿下瞬間露出了猙獰凶殘的笑容，手中拿出一根黑色的骨笛，吹出尖利詭譎的調子。

當那笛聲出現的瞬間，原本雄赳赳氣昂昂的數千蝦兵蟹將魚、貝戰士們齊齊停下，而後咆哮、嘶吼著，從還算能看的人形變成了和混沌海怪物一樣的外形。

牠們瘋狂地撲向在這片區域裡的所有靈能者。

這還不是最可怕的，最可怕的是在他們前方忽然出現了一座黑色的海底巨山。在那座巨山的底部，有一個深深的橫向裂縫，裂縫之中顯露出上百顆猩紅的惡魔眼珠。

下一秒，裂縫發出了震天動地的難聽笑聲，而後上百顆腥紅的眼珠齊齊凸射了出來，變成了上百條帶著眼珠的猩紅觸手！！

風迪卡騎在他心愛的皮皮蝦坐騎背上，差點被這隻有著上百條觸手和眼珠的深淵魔怪醜到吐了。

「……我靠，至少一個月我都不會再吃貝類和章魚了！還有，這魔怪長成巨大貝殼帶著觸手的樣子，牠的胳肢窩和腳底到底在哪裡啊！」

烏龜老王八害我！

幾乎在一瞬間，局面就發生了翻天覆地的變化。以為的盟友變成了敵人，腳下踩的土地也變成了陷阱。

有靈能者一時之間沒反應過來，在震驚中被反叛的同盟直接抹了脖子，夾斷了大腿，甚至還有特別倒楣的，上半身和下半身都硬生生被變成怪物的蝦兵蟹將夾斷。

帶著濃郁血腥味的血液頃刻融入了海水中，更加激起海怪們的嗜血凶性，也再次汙染、遮擋住靈能者們勉強能看清敵人的視線。

「這樣不行！！大家不要分散，聚集到一起！！」

屬於米國大兵隊長鮑伯的聲音在海底響起。

很顯然，他們落入了王子和魔怪的陷阱中，這時候如果四散逃逸，不聚集在一起，實在太容易被那些凶殘的海怪各個擊破，一網打盡了。

不用他說，靈能者們在最初的震驚和憤怒過後，也都意識到了處境危險。

此時後悔的人非常多，明明他們早收到了小紙條，知道國王和魔怪是一夥的，卻還想要來湊湊熱鬧。現在好了，熱鬧是湊上了，但他們想的隨時可以離開的情況卻不可能發生了——

在剛剛那短短的時間裡，已經有十幾個對自己的速度非常有自信的靈能者往不同的方向逃去。

然而讓他們驚悚的是，他們明明是往沒有海怪的邊緣位置逃離，反應過來的時候，卻莫名到了最不想去的巨山前面，和那長著猩紅眼珠，帶著可怕吸盤的細長觸手對個正著。

在失去生命的那一瞬間，這十幾個靈能者似乎看到了猩紅眼珠中一閃而過的嘲諷與得意。能讓所有人聽了耳朵發鳴的巨大魔怪尖笑聲，又響徹了整個海底。

『放棄吧桀桀……所有人……所有人都逃不了的！』

靈能者們聽到這聲音，心中發沉，他們甚至不大敢看那體型如山的可怕魔怪。

此時，大部分的靈能者都聚集在一起，開始統一消滅朝他們撲過來的那些海怪，其中有五個隊伍的人最為醒目。

西南方，歐洲騎士和魔法師的隊伍直接聚集在一起，組成了兩個同心圓，魔法師在內、騎士們在外，精准地消滅一波波衝過來的海怪們。

西北方，米國的士兵異能隊也不再隱藏實力，他們每個人身上都穿著閃著靈能光芒的黑色防禦背心，手上拿著特製的靈能攻擊槍，每次出手都是一大片靈能炸彈，隊長鮑伯更是厲害的閃電靈能者，他手中的特製高科技靈能炮一打，就是一個可怕的放射雷球。在可以導電的海水之中，他的攻擊力顯然非常高。

東北方是日國小隊，那年輕的陰陽師揮開扇子，召喚出了幾個長相奇怪又凶猛的式神，加上忍者和護衛迅速精准的攻擊，與巫女帶著水之力量的箭矢牢牢控制住了這個方位。

然後是國際上頂級的兩個異能者傭兵小隊。

猛獸小隊裡的靈能者幾乎全是A級的大型猛獸異變血脈，雖然在水中，他們的力量被打了折扣，但還是相當凶殘。他們的隊長更是一頭凶殘的異變鯨鯊，光是體型就已經超過了皮皮蝦精，一口下去，殺傷力巨大。然而，異變鯨鯊還不是這些異能者中最厲害的海底異變者。

在他旁邊的不遠處，殺戮者異能小隊的隊長克里斯汀在幾十頭魚怪圍攻他的時候，冷笑著激發血脈，變成了血脈原形。

「喔，上帝啊！這是？」

「九頭蛇海德拉！！」

「天啊！克里斯汀！異能者傭兵隊最強大的惡魔神話系靈能者！他竟然也來了！！」

「老天，他真的有九個腦袋！這太可怕了！！」

「不不不，太好了！有這麼強大的神話系靈能者在，我們肯定能打敗魔怪！」

「對啊對啊！天啊，我從來沒有這麼喜歡過傳說中的惡魔！看看他那九個大腦袋！多麼威武！多麼凶殘！」

一時之間，幾乎所有人的目光都被克里斯汀化身的九頭蛇海德拉吸引了，就連剛剛騎著皮皮蝦，滿場用雷劍亂竄亂砍的風迪卡都忍不住在第一時間看向身形至少百米的九頭海怪。

但是風迪卡也只看了一眼，就收回了目光，還特地瞅了一眼目前還沒有變成鮫人的池隊洗洗眼睛。

那九頭蛇怪看起來確實很凶殘厲害，但醜也是真的醜。作為一個真實的顏控，風迪卡拒絕九頭蛇。

是鮫人不美，還是他自己的鯤鵬金翅不夠帥！不就是九個腦袋嗎？有本事就九個腦袋一起開口罵出九國不同語言啊，不然也就是吃的多而已，剩下的八個腦袋就是擺設。

不光是風迪卡不在意九頭蛇，烏不急、龐超和水千畝也一臉嫌棄。他們看自家強大又美麗的鮫人隊長看習慣了，九頭蛇實在是醜到不忍直視。

后熠甚至差點控制不了自己的金箭，要射向克里斯汀的九個凶殘大腦袋了。

有一瞬間，他的周圍聚集起非常可怕、至剛至陽的靈力波動，嚇得風迪卡直接轉頭看他，池霄也厲喝一聲才讓后熠回神。

風迪卡差點把手中的雷劍戳到后熠臉上。

「薩瓦迪卡？你剛才是想幹嘛！」

后熠看著自家小鳥兒的三色殺馬特頭髮，笑了一下：

「刷我滴卡～沒什麼，就是他的腦袋剛好是九個，你應該能理解吧？我對九這個數字有點敏感，看見九個厲害的東西或者禍害，就有點控制不住體內的血脈之力。而且腦袋什麼的，你不覺得只要一個就足夠了嗎？」

風迪卡想到了后熠初覺醒時，對著天空射太陽的後遺症。

「……咳，至少現在不要動，他好歹也算是己方戰友。」

后熠聳聳肩：「放心，我已經控制住了，之後不看他的腦袋就好了。」

於是，在靈能者們聚集在一起，每個隊伍都發揮了他們強悍的實力後，原本氣勢洶洶，呈碾壓之勢，由王子帶領的那些海怪終於被抵擋住，甚至在二十分鐘後，靈能者們殺掉了大部分的變異海怪。

此時，之前英俊無比的王子殿下也變回了醜陋的海蛇原型。那條頭部長著尖銳的獠牙和骨刺，體長足足有兩百多公尺的巨大海蛇咆哮著，和九頭蛇的克里斯汀打了起來。

因為體型太過巨大，他們的戰鬥直接掀起了海底無數的泥沙，遮擋住靈能者們的視線。

靈能者們似乎對九頭蛇克里斯汀非常有自信，這個時候，永恆之國的海怪大軍也幾乎被他們殺光了。一時之間，氣氛變得有些輕鬆，直到忽然有人又淒厲地大喊出來，靈能者們才忽然發現那原本應該不能出現在山底的巨大魔怪，不知何時已經到了離他們非常近的地方。

在翻湧的泥沙中，數百條帶著黑紫色吸盤和猩紅眼珠的觸手如閃電一般，射向靈能者們。

哪怕靈能者們用出最強的防禦，也被那帶著利齒的吸盤直接刺破了身體內臟。

選擇把攻擊當成防禦的靈能者用了他們最強大的攻擊，可無論是猛獸的撕咬，還是植物的尖刺，又或者渾身如刀一般鋒利的鋼鐵者，最多也只是把觸手割破一層皮而已。

被捲起的靈能者忍不住絕望地呼喊起來。

「喔，上帝！！」

「太可怕了！！救命！救救我！！我無法攻破這個魔怪的防禦！！」

眼看有一半的靈能者就要被可怕的觸手捲走，進入那巨大的縫隙中，風迪卡直接從他的皮皮蝦背上一躍而起，像水中炮彈一樣跳到了一根觸手上。

他剛好和歐洲土系魔法師、之前在島上對風淼淼表白過的小胖子面對面。

小胖子凱奇：「？？？」

他看到殺馬特青年對他露出了一個有些抱歉的眼神，然後雙手抽出一把帶著雷電的紫色長劍，毫不猶豫地刺上捆著他的魔怪觸手！！

「噢！是那個雷電的泰國小子！！」

「不，他不是泰國的，是華國人！」

「管他是哪裡的人，只要他能救下凱奇就是我們的朋友！！」

「不，我覺得不太行，魔怪太大了，就算他有雷電的力量，在深海中也很難長時間運用他的力量。米國的隊長鮑伯也是雷電系的靈能者，甚至他的靈能等級在那把槍的加持下，還達到了S級之上，但他現在也已經非常疲憊了。」

雷電系靈能者在海水中的攻擊有天然的加成和控制力量，但也有致命的短板——他們無法適應海水的環境，要用靈能包裹全身才能在海中行動，這樣一來，靈能的消耗是無比巨大的。所以，哪怕所有人都看出了風迪卡的打算，心中抱著一些期望，卻也都不甚樂觀。甚至連那個魔怪也察覺到了風迪卡的意圖，再次桀桀地笑了起來。

『愚蠢又弱小的人類啊……以你的力量，如何能撼動我？』

下一瞬，風迪卡的周身驟然爆發出無比耀目的紫色雷霆之光，從他手中的長劍散出去，頃刻間籠罩住了海底魔怪所有的數百條猩紅觸手！！

吼——

強烈的疼痛感讓數百條觸手一同嘶吼起來，牠們憤怒到了極致，卻無可奈何地僵硬起來，鬆開了被捲著的靈能者們。但牠們的眼珠同時看向了雷霆中央的風迪卡，猩紅的眼珠帶著無比的惡意，等待著少年靈能耗盡，把他吞噬殆盡！

然而，一分鐘過去了，那強烈的雷電依然在。

三分鐘過去了，在所有人都以為泰國的殺馬特已經是強弩之末的時候，在眾人矚目下，那個少年突然狂吼一聲，在更加強烈的雷光中，生出了後背那兩對華麗強大的翅膀。

同時，他們還聽到了一句正宗的華國國罵。

「傻子！老子還能再電你五百年！」

所有靈能者們：！！！！！！

我靠！！！！

風鳴！！！！！

眼睜睜看著泰國殺馬特變成了長翅膀的四翼神話系風鳴，各國的靈能者們心情無比複雜。

先是找到了目標的狂喜，然後是發現目標人物竟然如此厲害的震驚，最後是明白自己被騙了的火大。

誰能想到呢？那個神話系的靈能者竟然能做出那麼喪心病狂的偽裝，他難道不要一點面子嗎？這不是他們的眼睛不好，也不是他們探察得不夠仔細，實在是這個新出現的華國混血神話系太不尋常了！要是他不偽裝成喪心病狂的泰國殺馬特，他們一定能認出來！！

就在這群靈能者這樣安慰自己的時候，他們看到長出兩雙翅膀的風鳴頭上的三色頭髮開始劇烈晃動，最後被強大的靈能波動徹底沖飛，然後——

就像最奢華的洗髮精廣告，一頭烏黑順滑的長髮取代了三色的殺馬特腦袋，在海水中飄蕩開來。

所有靈能者：……？？？？！

不是，這頭長髮有點眼熟啊。

仔細想想，要是把這個少年身上的花短褲、大背心換成黑色的連身褲裙，另一個殘酷的事實就在他們的眼前上演了！

這打臉來得太快了吧！

被救下來的小胖子凱奇一邊渾身冒著小電花抖著，一邊盯著雷霆中，強大美麗的風鳴大天使發出淒慘的嚎叫：

「喔，不——不不不，不可能！他不可能是我的女神淼淼！！」

歐洲的其他魔法師和騎士都對他露出了十分同情的表情，可憐自己的夥伴不到五天就逝去的愛情。

有個魔法師忍不住在旁邊安慰了一下凱奇：「其實，現在的話，只要你不是騎士，喜歡男士也沒有問題？」

小胖子凱奇沉浸在悲傷中無法自拔，完全不理出主意的傢伙。

但旁邊的騎士隊長看了一眼那個魔法師：「不，不要這樣說，否則你可能會被我們的神聖騎士團團長理查閣下處以極刑。」

魔法師嘴角狠狠一抽，他忘記那位狂熱的混血天使粉了。

接連掉了兩個面具，狠狠刺激了靈能者們的心之後，風鳴禁錮整個魔怪的雷霆依然沒有半點消弱的架勢。

這可怕的靈能力量讓圍觀的靈能者們心中震驚到失語，不過很快，他們就想到風鳴的第二對翅膀，就是那對金色的羽翅應該是水系的神話系血脈，可以吸收海水的力量，才能讓他一直堅持到現在。

這樣一來，國外的靈能者們都在心中為風鳴貼上了「不能水戰」的標籤，能持續吸收海水的力量，還同時擁有雷電的力量，這種人在水中幾乎是無敵的。而且，在空中和他戰鬥似乎也很沒有優勢，這樣想想，彷彿就只剩下陸地戰鬥了？

但人家明明長了兩對翅膀，可以飛上天輕鬆地狙擊你，為什麼要跟你在陸地上打呢？

直到這個時候，國際靈能者們才真正認識到華國新出現的神話系靈能者的其強大與可怕之處。他們神色複雜地盯著那個創造了太多第一和不可能的靈能者，暗暗在心中咒罵著華國的好運。

在這個時候，被電麻快五分鐘的魔怪終於再也忍受不了無休無止的電擊，雖然牠的殼防禦驚人，但如果觸手長時間被這樣的雷電電擊，最終也是會萎縮，甚至掉落的！

但，牠絕對不是這麼輕易就會被雷電控制的存在。

忽然之間，那魔怪張開的長又深的裂縫又張大了一倍！強大的聲波攻擊帶著能刺破耳膜的咆哮聲，從裂縫中噴湧而出，頃刻之間就到了風鳴面前。

與此同時，那些原本被電擊電得僵硬的猩紅眼珠、觸手們也惡毒地盯著風鳴，艱難地開始在麻痹中向他靠近，彷彿下一秒就要掙脫雷電，活埋掉風鳴！

后羿在這時眼神一冷，左手伸向前方，金色華麗的長弓便顯現在他手中。同時，他的右手憑空出現三根金色長箭，在搭上弓弦的瞬間就疾射而出！

金色長箭帶著可怕的烈陽之力，所過之處彷彿摩西分海，不可一世。

與此同時，池霄手中爆發出強大的海洋之力，風鳴前方的海水在瞬間變成了厚厚的冰層，一層一層擋下了魔怪可怕的聲波攻擊。

風鳴趁機從魔怪快要適應電擊的觸手上一躍而下，對池霄做了一個感謝的手勢。這時，那三根金色的長箭也直接釘入了魔怪那彷若山壁的蚌殼，在頃刻之間，炸塌了半數魔怪身後的海底巨山，然而即便如此，三支金箭強大的力量也沒有破壞掉魔怪的黑色蚌殼，只是在蚌殼上留下了三道深深的劃痕。

后熠的眉稍揚起，甚至都來不及看走到他身旁的風鳴。

那三支人皇箭的力量耗去了他體內至少四成的靈力，卻只是在魔怪的蚌殼上留下了三道劃痕，這魔怪的防禦已經到了可怕的地步。

不是他自大，如果他的人皇箭都無法碎掉魔怪的蚌殼，那在場的任何一個靈能者都不可能用利器傷到魔怪蚌殼內的本體了。

風鳴顯然也看到了那三道劃痕，臉色微變。

「這魔怪的防禦有點太強了吧？難道只能用那老王八說的方法？」

后熠還沒開口，就有幾個不識貨的靈能者在旁邊說起風涼話。

「看那三支箭分海的聲勢浩大，還以為他有多強，結果連個蚌殼都打不碎？」

那是一個皮膚黑到發亮的國外靈能者，他的身形無比壯碩，手臂比風鳴的大腿還粗，他手中抓著有鋒利尖角的狼牙錘，被他揮舞得呼呼作響，「你們都已經出了力，那接下來也該我展示了！！」

他這樣說著，整個人的身體忽然開始變大，連帶周身也散發出了隱隱的靈能光芒。他的幾個黑人同伴在旁邊忽然鼓起掌、跳起舞來，口中念念有詞，彷佛在召喚大神。

風鳴皺著眉認真聽，最終只聽懂了「大力神」三個字。

他揚著眉毛，怪不得這黑人敢說出那番嘲諷的話，原來也是一個神話系靈能者啊。不過，大力神……不知道他的大力能不能碎掉那個如巨山一般的魔怪蚌殼？

魔怪的上百條觸手此時雖然已經不再被電了，但之前的麻痹感還沒有消失，於是行動的速度很慢，也給了那個大力神攻擊和躲避的時間。

他只跨兩步就到了如山一般的魔怪前方。他此時足足有百米高，光是從體型上來看，確實給人極大的壓力。

然後他高高地舉起手中的狼牙錘，狠狠地對魔怪砸了下去！

所有靈能者在這時都認真去聽、去看巨人和魔怪的戰鬥，希望聽到魔怪疼痛的嘶吼，看到蚌殼碎裂的畫面。

然而，他們卻失望了。

他們聽到了巨錘撞擊魔怪蚌殼的沉悶聲音，但明明巨人的巨錘比剛剛那三支金箭大了不知多少，砸在魔怪的蚌殼上，卻沒有留下一點痕跡！！

黑色巨人發出了不可置信的怒吼：「這不可能！！你怎麼可能正面扛住我的破天錘！！」

然而，接連被打的魔怪此時心情糟糕到了極點。

牠從破滅之境出來這麼久，還是第一次在這個靈氣剛生成的初等世界接連挨打。這些不知死活的螻蟻蟲子，竟然還想打破牠的殼？

牠會讓他們意識到這是多麼愚蠢的行為！！

在那一瞬間，原本有些僵硬的猩紅觸手齊齊增大了一倍，速度也瞬間到了極致。牠們如同數百條可怕、渾身長著獠牙的海蛇，瞬間纏上了黑色巨人的全身，哪怕黑色巨人的身體巨大，但在如巨山一般的魔怪面前，也不過像一個嬰兒面對成人而已。

「啊啊啊啊啊啊啊啊！！！」

黑色巨人的全身瞬間爆出一股股血花，再加上他不可置信的疼痛慘叫聲，瞬間讓以為情勢逆轉了的靈能者們心中一涼。

那畫面實在太過血腥恐怖，以至於有許多靈能者被嚇得失了膽，顫抖著，差點發瘋：

「不不不！魔怪太可怕了！太可怕了！我們贏不了！贏不了的！！」

「天啊！上帝啊！這是撒旦降臨了嗎？我們要迎來終結了嗎？」

「為什麼我出不去！！為什麼我跑不開這裡！！快讓我出去！！快讓我離開！！繼續留在這裡，我們都會死的！快跑啊！跑啊！！！」

靈能者們在這個時候幾乎亂成了一團，而和黑人大力神一起來的幾個黑人卻涕淚橫流地衝到風鳴面前，跪著請他去救人。

風鳴雖然有些不滿那個大力神對后熠的嘲諷，但現在那傢伙已經用實力證明了他的愚蠢和衝動，好歹也是一個不錯的戰鬥力，不能讓他被魔怪吃了，這樣反而是送菜給魔怪。而且，就算是用烏龜老爺子給的那個方法，僅憑他們這五個人，怕也沒辦法戰勝魔怪，到底還是需要所有人的合作。

於是，風鳴吸了一口氣，再次衝向巨大的魔怪。不過，這一次他不打算再像之前那樣用全部的力量化為雷霆電擊，他只打算把那個黑色的巨人救下來就好。

而且，現在最重要的是思考這魔怪的胳肢窩和腳底到底在哪裡。如果把魔怪的觸手當成無數條手臂的話，那連接處就是胳肢窩嗎？？？

風鳴有些嫌棄地看了一眼魔怪的數百根觸手和蚌殼本體的連接處，總覺得那下面積壓了千百年的灰。

然後，風鳴的中等麻痹電流打上了魔怪包裹著黑色巨人的觸手。

在電流打上觸手的瞬間，眾多的觸手僵硬起來，而後正在瘋狂掙扎的黑色巨人趁機從觸手中逃了出來，只是非常狼狽，純黑的臉龐上竟然也顯示出了幾分虛弱的蒼白。

他雖然自大、沒什麼腦子，卻也知道是風鳴救了他，在他對風鳴說謝謝的時候，風鳴卻猛地聽到了另一個被死死憋住，卻沒憋住的細小聲音。

『噗哧。』

「我說謝謝你，這裡危險，我們快走——」

黑人壯漢見風鳴沒搭理他，還想再次開口，卻被風鳴直接用手勢噤了聲。

此時風鳴的雙眼變得無比晶亮，他看著那些似乎有意無意遠離他的觸手們，忽然露出了一個像極了反派得意猖狂的笑。

他伸手，摸出了兩顆雷球，然後用迅雷不及掩耳之勢砸到魔怪的兩條觸手上。

三秒之後。

『噗哈哈！』

這一次，連黑人壯漢都聽到了魔怪難聽到極點的笑聲。

黑人壯漢：？？？

黑人札克以為自己出現了幻聽。

剛剛好像有什麼奇怪的東西發出了奇怪的笑聲？？？

因為發出笑聲的東西是他認為絕對不可能會笑的，所以他下意識看向風鳴，想要從這個救下他的少年這裡確認一下自己的耳朵和腦子是否正常。

結果他看到少年嘴角越揚越高，伴隨著清亮好聽的笑聲，手中又出現了五顆小雷球。

黑人札克：「？？？」他覺得自己的腦子有點不夠用。

不過很快他就不需要動腦子了，他看到少年飛快地把五顆沒有什麼殺傷力的小雷球砸向魔怪那數百條猙獰的觸手。

黑人札克覺得這個少年有點天真，這種小雷球怎麼可能對魔怪造成傷害呢？明明他的破天錘都沒辦法傷到魔怪一分一毫。

結果，札克看到的畫面讓他傻眼了。之前還纏繞著他，很凶殘的觸手們竟然在扭來扭去，躲避著那五顆小雷球，其中有兩條觸手來不及躲過兩顆小雷球，在被小雷球電到的瞬間，他又聽到了以為是幻聽的難聽笑聲。

『噗哈哈哈。』

黑人札克好像有點明白了！

他用不可思議的眼神看向風鳴，風鳴突然就大笑起來，雙手又搞出了十幾小顆雷球，狠狠往魔怪砸去！

這一次，不光是黑人札克，在遠處密切關注著他們動向的其他靈能者們都看到了風鳴的舉動，也都聽到了來自魔怪，再也無法掩飾的瘋癲大笑聲。

『哈哈哈哈哈！嘎！無恥、無恥之徒！！你對吾做了什麼！』

風鳴不再猶豫，直接拍了拍黑人札克的肩膀：「你嗓門大嗎？」

札克愣了一下，特別驕傲：「我是我們村子裡聲音最大的！也是所有地方最大的！」

無視黑人的第二句話，風鳴快速拍了拍他的肩：

「既然這樣，就幫我喊一聲吧。這個魔怪的弱點是怕癢，我可以用比較微弱的電流撓牠癢，但是牠最大的弱點是在胳肢窩和腳底上。你也看見了，用暴力沒辦法打破這個魔怪的殼，只有我們找到了牠的弱點，讓牠笑得不能自己、張開蚌殼，最後我們才能徹底戰勝牠。所以發動大家，一起去找他的弱點，給他撓癢吧。」

黑人札克張大了嘴巴，他萬萬沒想到真相會是這樣！！雖然這個真相非常像一個玩笑，但他親眼看到和聽到魔怪發笑了！

於是，札克又有了力量！

他太恨這個讓他顏面盡失，還差點丟了小命的魔怪了，他可是他們全村的希望，要是死在這裡，村裡的孩子和老人們怎麼辦？

所以札克靈活地躲開了朝他攻擊的猙獰觸手們，深吸一口氣，把靈力集中在喉嚨的部位，如響雷般的吼聲傳遍了這一片海域。

「夥計們！都快過來給貝殼觸手怪撓癢啊！！這傢伙怕癢！！」

「剛剛你們也聽到魔怪的笑聲了吧？那是可愛的小兄弟用細小的電流電牠！我們從外部是無法攻擊和戰勝這個貝殼觸手怪的，牠太大了，殼也太硬了！但是我們可以從內部戰勝牠！我們可以找到牠的胳肢窩和腳底，把牠撓個底朝天！！」

黑人札克連續喊了好幾遍，聽到他喊話的所有靈能者們都是一臉傻眼，然後不可置信。開玩笑吧？這個像山一樣的巨魔怪竟然怕癢？聽起來就像硬漢怕毛毛蟲一樣可笑。

可他們又不得不信，因為在那個黑衣人喊話的同時，長著翅膀的風鳴用無數小雷球，讓那個魔怪笑了好幾次。

靈能菁英小隊的隊長們：「……」

這真是我們打過最奇怪的一場硬仗了。

但隊長們也只是情緒複雜了一些，沒有任何耽誤，就下令讓隊員們去尋找魔怪的腳底板和咯吱窩，進行試探性花式攻擊。

其他靈能者見到幾個菁英隊伍開始行動，猶豫片刻，也都跟了上去。

這個魔怪實在太厲害了，如果不打敗牠，只怕所有人都沒有活路。而且，這片海域似乎還有其他奇怪的力量在阻撓他們離開，既然跑不掉，那就不如拚死一搏！

蠻橫的怕傻的，傻的怕不要命的！他們就不信這麼多人加起來，搞不死這個觸手貝殼怪！就算搞不死，大家眼睛都很好，就不信這麼多人加起來還找不到一個胳肢窩！

於是，靈能者們一個個在心中憋了口氣，凶狠地衝向之前避之不及，像山一樣的魔怪。因為這次的靠近不是為了拚命，而是為了找弱點，靈能者們的機動靈活性就高了很多。

打不過就迅速跑遠，一見勢頭不妙就迅速跑遠，一個人快要被纏住了，夥伴就趕忙拉著他迅速跑遠，反正跑遠之後再調頭回來，然後對那猩紅的眼珠或者看起來猙獰的觸手、利齒伸手撓一撓，說不定就找到了癢癢點和胳肢窩。

然後，集體打魔怪的畫風就變得有些奇怪。

「喔，Shit！那個猩紅色的眼珠絕對不可能是魔怪的胳肢窩！我已經用不同的力度撓了牠三次了！牠除了瞪我瞪得更凶，像認定意中人一樣地攻擊我，就沒有別的反應了！」

「啊！上帝，觸手上的吸盤和利齒也不是弱點！我同樣用了三種不同的力度去撓牠，牠沒有反應，但是我的金剛爪已經快被牠咬斷了！」

「喔喔喔！夥計們、夥計們，我好像找到了！快，快點去撓眼球和觸手相接的地方！我撓了牠三次，有兩次都停止了攻擊，最後在我狠狠地撓那個地方時，我好像聽到魔怪在笑，啊——」

最後一個喊話的靈能者因為太激動，忘記防禦，被另外一條突然出現在他背後的觸手狠狠拍飛了出去，那力道大到他直接噴出一口鮮血來，但這位黑人壯漢還完全不在意地大笑著，為自己找到了魔怪的弱點而高興。

於是，很快就有聽到了他喊聲的靈能者們開始行動，他們各自盯上了一條凶殘，比他們還粗一點的大觸手的……眼球和觸手連接處。

幾十個人沒有口號卻步調一致，配合默契，躲過了觸手的攻擊，狠狠地用腳或者用手，甚至還用自己剃了平頭的腦袋，攻擊摩擦那個相連接的位置。

在他們齊齊攻擊那個位置的瞬間，被攻擊的幾十條觸手集體僵硬了片刻，就開始瘋狂地扭動起來！那樣子像極了受不了混亂，跳腳的人。

這些觸手的集體僵硬和扭動被其他靈能者看得一清二楚，他們剛在心中大喜，就被魔怪憤怒又控制不住的尖笑聲刺激得腦袋發暈。

『桀桀桀桀桀桀桀桀哈哈嘎！』

『該、該死的螻蟻們！小蟲子們！哈哈哈哈哈哈！』

『不可原諒！住、住手嘎嘎嘎嘎嘎嘎！』

『我要殺了你們哈哈哈嗝！』

靈能者們：「……」

風鳴：「哈哈哈哈哈哈。」

靈能者們也都憋不住了，集體笑出聲。

不過魔怪也被徹底激怒，牠觸手上的吸盤和利齒忽然暴增了一倍，猩紅的眼球也可以噴出帶有腐蝕性的黏液。這樣一來，靈能者們再想伸手去撓眼球和觸手的連接處就變得非常危險。

剛稍稍占據上風的靈能者們一下子又有不少人受了傷。不過，風鳴和鮑伯的雷球按摩還在繼續。

哪怕魔怪可以用觸手捲起海底的石頭抵擋、打散雷球，卻沒辦法完全躲避在海中無處不在的雷電全方位按摩的可怕功效。

當風鳴和鮑伯增加了小雷球的數量之後，即便魔怪本身再怎麼努力控制和不情願，牠還是在憤怒的咆哮聲中一點一點地笑開了牠的「嘴巴」。

在這期間，還有鍥而不捨的靈能者繼續尋找魔怪的其他敏感點，終於被他們找到了觸手和本體蚌肉連接的地方。大力撓那裡的話，效果竟然比撓眼球下面還好，靈能者們就又是一頓猛如虎的操作。

在巨大魔怪的蚌殼控制不住地被笑出大開口，海底的山石都因為牠的笑簌簌落下的時候，后熠、池霄、陰陽師、巫女和一直關注著蚌殼開口處的靈能者們，終於看到了藏在蚌殼裡面，灰白色，還帶著複雜紋路的軟體蚌肉。

幾乎是在同一時間，十幾個頂級大靈能者發出了攻擊！

三支人皇箭再次帶著射日破天之勢，狠狠刺入了相對柔軟的魔怪貝殼內的蚌肉，緊接而來的是無數道可怕細小的冰錐、如惡鬼一般的式神、帶著奇異光芒的羽箭和帶著銀白色光芒的騎士長槍……

十幾種不同卻蘊藏著使用者幾乎全部力量的靈能攻擊，全部在魔怪的蚌殼內部炸裂開來，瞬間引發了一場小型的靈能風暴！

在魔怪震天徹地的咆哮聲中，殼內的靈能風暴直接把牠最柔軟的本體攪到粉碎！腥臭的血液混雜著一股異香，陡然在整片海域蔓延開來。

堅持到最後的靈能者們還來不及歡呼勝利，就被渾濁的海水和異香徹底包圍。與此同時，日國的陰陽師和巫女、米國的鮑伯隊長、歐洲兩個魔法師、傭兵隊的好幾個隊員都在第一時間衝向了魔怪張著口的蚌殼內。

他們的目標非常明確，蚌殼內必定有某個地方是「孕育」珍珠的地方，而那個地方十之八九也會有永恆之國國王所說的「不死果」或者「聖珠」。

無論如何，他們都必須是第一個得到「聖珠」的人！！

烏不急和水千畝也在第一時間衝向蚌殼內。這裡是公海區域，公海裡的寶貝當然是誰先搶到就歸誰。國家下達了任務給他們，怎麼樣也不能讓寶貝落到別人手裡。

風鳴也往那裡衝。

國家爸爸給的任務，人人有責，成功了說不定還有獎金。

他只往前衝了五六步的距離就衝進了蚌殼裡，在那一片血肉模糊的蚌殼內，看到閃著靈光，足足有一輛越野車那麼大的金色珍珠。除此之外，還有懸浮在珍珠旁的三顆翠綠色果子。

在這一瞬間，他的眼睛和鼻子告訴他，前方有這一趟祕境之行最重要的兩樣珍寶，而且已經有好幾個其他國家的靈能者開始搶奪那三顆翠綠色的「不死果」了！

風鳴一時之間想都沒有想就衝出去，一道閃電刷地劈在那個日國陰陽師的手臂上。

「放開那個果子，讓我來！！」

陰陽師對他陰森森地一笑：「休想！憑你也配！！」

風鳴呵呵兩聲：「你看老子配不配！」

他雙手合十，抽出了雷霆之劍，身形一閃，出現在陰陽師的身側，一劍刺向他的後腰！

風鳴對這一劍的力度非常有自信，這陰陽師看起來就是弱雞，被他捅了腰，必定會跪！

然而，那陰陽師用極為巧妙的身法避開了大部分的雷劍攻擊，只是他被雷劍劃過了後腰，卻沒有流下一滴鮮血，彷彿身體的防禦和肌肉力量都非常強大。

風鳴看著陰陽師的後腰，有瞬間的違和感，但很快他就無暇思考，因為陰陽師對他投擲了十幾個忍者飛鏢！

風鳴冷笑著伸出手，冰凍了自己前方的海水變成冰牆，打算一口氣擋下所有飛鏢，卻發現這飛鏢銳利非常，竟然一下子就碎掉了他凝聚出來的冰牆。

風鳴瞳孔驟縮。

這個陰陽師的飛鏢如此厲害嗎？他的身體強度也和后熠不相——

這兩個念頭從腦海中閃過，風鳴的臉色一白，背後四翼陡然搧動，向後疾射，接連凶險地躲避那十二支能自動追蹤他的飛鏢。

在這個時候，又有一支黑色箭頭的羽箭裹挾著無聲不祥的力量出現在他背後，風鳴毫無所覺。

眼看著那一支黑色的羽箭即將刺入風鳴的後背，原本敵對的陰陽師面色凶狠地舉著手中的摺扇衝到他面前，往下一揊，一擊碎掉了無聲無息偷襲他的黑色羽箭。

風鳴微微瞪大了眼，被陰陽師伸手緊緊抓住，感受著那緊得有些發疼的力量，他反而笑了起來。

陰陽師的那雙眼睛和表情卻是他從未見過的狠厲。

「老子的人也敢偷襲！！」

陰陽師手中的摺扇陡然爆發出金色光芒，被向後一揊，碎成十幾片的黑色羽箭便全都調轉了方向，往發射的人而去！

片刻後，風鳴聽到了屬於日國巫女低低的呼痛聲，然後他抬頭，看著陰陽師皺眉看著自己，伸手捏住了他的臉，使勁地揉搓兩下：

「你是我的甜心寶貝小鳥兒嗎？我是你的暗戀對象啊！就算那東西搞鬼，讓你長了一張鮑伯的臉，我也能認出你美麗的靈魂！」

風鳴：「……」

他實在很難接受一個陰陽師頂著陰柔的臉，對他說「甜心寶貝小鳥兒」的話，更無法想像自己頂著鮑伯那個中年硬漢的模樣。

然後，風鳴看著捧著自己臉的后熠陰陽師。

在精神力強大的這一方面是他輸了！不過他還可以再掙扎一下！

「不，我不是你的甜心寶貝，我就是鮑伯。你要來個按摩嗎，哥們兒？」

陰陽師后熠輕笑一聲，低頭親吻在他甜心寶貝的唇上。

后隊最終還是被電了個爽，在風鳴覺得快喘不過氣的時候。

不過因為后熠不怕癢，還成功達成了親吻寶貝的愉悅成就，讓他覺得閃電按摩還可以再多來幾次。

但風鳴沒功夫再理他，他閉上雙眼遮罩五感，開始在這片絕對虛假的幻境中感應著整片空間的靈能波動。既然眼睛、鼻子、耳朵和觸感欺騙了他，那就用絕對不會被改變的真實去破除這幻境。

那個魔怪必然沒死，牠應該躲在這片空間裡的隱祕地方，或許正興奮且惡毒地看著這些正在為了重寶自相殘殺的人。

靈能者之前的同盟在重寶面前自然土崩瓦解，只要不是自己小隊的同伴，所有人都可以對其他人毫無顧忌地攻擊，就像風鳴對陰陽師、后熠對鮑伯。

這也很好理解，畢竟所有人來這裡都是為了他們自己的利益。

但魔怪陰毒的地方就是牠製造出來的幻境偏偏讓同一個小隊、本該互為隊友的人變成了敵人，在這種情況之下，即便雙方有任何一個人取得了勝利，等到幻境解除的時候，勝利者的勝利也就變成了屠戮自己心靈的屠刀。到那時，勝利者心靈崩潰，牠便可以趁機偷襲，反敗為勝了。

在這個巨大又顯得無比真實的幻境中，靈能者的五感都被改變，再加上求勝心切和戰鬥中的精神緊繃，除非是非常細心，且對對手的攻擊和習慣非常熟悉的雙方才能意識到幻境的不對勁，脫離這種自相殘殺的狀況。

但也只是這樣。

在后熠和風鳴互相認出對方之後，又有好幾波不同的攻擊到他們的面前。有水系、刀劍還有能量彈，后熠一手緊緊抓住風鳴的手，不讓他離開自己半步，一邊仔細地辨認其他攻擊者的真實身分，然而沒有用。

在一方覺察到不對，另一方卻什麼都沒覺察的情況下，無論一方說什麼，聲音和語句甚至都會被改變。

后熠雖然已經在心中想到了這個可能，但真的和疑似龐超的靈能者對上卻什麼都說不通的時候，他還是有點煩。不過感受著手中牽著的人，他又勾起嘴角。

他和阿鳴只不過過了幾招就互相認出了對方，可見阿鳴對他的在意和認識也不下於自己，所以，他們才是天造地設的一對啊。

后隊笑著，伸手乾脆俐落地掐住龐超的脖子，直接把他捏暈了過去。

這個時候，用靈能波動觀察著整個空間的風鳴也看到了真實的畫面。

他們確實都在魔怪巨大如山的蚌殼內，但他們全都集中在蚌殼的東邊，西邊空空如也。

池霄已經意識到了不對，但他對面的水千畝還在不停地攻擊，纏著池霄打。

烏不急早已變成原型，貼著地面露出背上的龜殼，任由一個騎士對他的殼使勁地戳。

真正的日國陰陽師已經辣手殺死了兩個忍者，殺到第三個的時候，他忽然停下手了。

鮑伯和猛獸傭兵隊的隊長在戰鬥，而他們兩隊的隊員卻在互相對自己人開靈能炮。

總而言之，基本上每個隊伍都在自相殘殺。而且性格衝動，不多加思考的那些對戰者已經出現了很大的傷亡。除此之外，還有更多靈能者們在往蚌殼裡跑，並且進來之後彷彿被這邊的「寶物」吸引，加入了戰局。

可在風鳴「看」到的真實中，那吸引他們過來的「聖珠」和「三顆不死果」，不過是四塊顏色不同的海底礦石而已。

所以，即便受到了幾乎死亡的重傷，魔怪依然還是魔怪，邪惡又狡詐。

在所有人都以為魔怪已死時，牠還能製造出一個欺騙五感的幻境，引誘他們所有人走向死亡。幸好風鳴有從烏老爺子那裡知道了魔怪怕癢的弱點，不然他們恐怕沒有辦法重傷魔怪。

也幸好他有看破幻境的本事，不然最後的結局怕會很慘烈。

風鳴聚集起體內靈能，夾雜著意識力，全部往蚌殼內的西邊擴散。就算西邊空空如也，但那個受了重傷的魔怪必然就躲在西邊的某一處。

在哪裡呢？

在……哪裡呢！

風鳴一瞬間陡然睜開雙眼，反手抓住后熠的手臂，下一瞬消失在原地。等他們身形再現之時，他們已經到了一個約有一間房子大的小空間裡，在那裡面有一灘像是人形一樣的軟肉，那傢伙模模糊糊的腦袋上，有兩個黑洞洞、充滿惡意的眼睛。

「空間……之力！！你、你竟然是有帝江血脈的小子！！哈哈哈哈，吾、吾活不了了，不過能夠看見你，吾、吾也算是立了大功！！」

在風鳴和后熠都沒理解他說的這三句話是什麼意思時，那一灘像軟肉的人形怪物竟開始從下而上分解為灰色的煙灰，但直到最後，牠那黑洞洞的兩個眼洞都盯著風鳴不放。

「吾王終將重臨世界！」

當人形怪物完全消散成煙灰的時候，風鳴突然感覺到整個空間開始扭曲。就在人形怪物消散的位置，空間瞬間裂開一道縫隙，在那道縫隙的裡面，風鳴看到了一雙美麗卻漆黑到極致的眼睛。

在和這雙眼睛對上的瞬間，風鳴渾身僵硬，背後的三對翅膀不受控制地顯現出來，體內所有的血液都在叫囂著「危險」！就連后熠也在這時顯露出從未顯現過的人皇真身，金色繁複的力量紋路遍布了全身，彰顯出至罡至陽的人皇之力。

『呵。』

伴隨著這一聲如炸雷的輕笑，空間裂縫中伸出一隻完美到極致的手，徑直往風鳴抓去。

后熠的九天射日箭裂空而出。

於此同時，風鳴身後雷霆之羽和鯤鵬之羽同時搧動，毫無保留的最強雷霆之力和鯤鵬之力發出。

然而，哪怕是后熠和風鳴合力最強的攻擊，對那一隻完美的手都沒有造成一絲一毫傷害。牠的速度不快，卻堅定地抓向風鳴。

后熠眼中現出狠戾之色，毫不猶豫地震裂手臂，金色的鮮血流淌過他手臂上金色的花紋，最終形成了一支帶著玄奧紋路的金色小箭。

「去！」

金色小箭直射向那隻無暇如玉的手。

而風鳴此時在雙耳之後長出耳鰭，眼下的金色魚鱗浮現，雙瞳一金一紅，陡然睜開，額間的空間印記再次顯現。

他背後的雷霆之翅和鯤鵬之羽未動，無形的帝江之翼振翅而開，帶起強大的空間之力，直接打上被魔怪獻祭出現的空間裂縫，金色小箭也終於在那隻手上留下了一道極淺的傷痕。

直到這時，那隻手才停了下來，然後后熠和風鳴又聽到了聲音。

『也罷，來日再見。』

當聲音消失時，那隻手和空間裂縫也一同消失不見，彷彿剛剛發生的驚險至極的一切，都是一場幻夢。

然而，風鳴依然在微微顫抖的雙手和極速的心跳都在告訴他不是。

他轉頭看向后熠，這從來都遊刃有餘的男人此時面色帶著狠戾，在風鳴看過來的時候，一把把人拉到了懷裡。

他背對著風鳴的眼沉靜森然，像是被動了珍寶的惡狼，拍著風鳴後背的手卻輕緩堅定。

「不怕，沒事，有我。」

風鳴原本渾身顫抖的驚懼感在這懷抱和安撫中，竟真的被舒緩了許多。

剛剛的那一場戰鬥，只要他們兩人反應慢一步、實力弱一點，都不是現在這安穩的結局。

但這麼凶險的戰鬥，對手竟然只是一隻手而已。

何其可笑。

何其驚悚。

面對幾乎無法戰勝的強敵的驚懼感，很快便在雙方的擁抱中消散。無論是后熠還是風鳴，兩人都不是會因為未知的強敵，一直畏縮害怕的性格。

風鳴哪怕是初覺醒的時候，都敢硬槓上黑童組織的三位副隊長，現在只不過是又出現了一個未知又強大的敵人而已，或許之後的戰鬥會非常辛苦，但沒有什麼人是不可戰勝的。后熠就更不用說了，在他的意識中只有越戰越勇，沒有不戰而逃。

所以很快，那個擁抱就變了味道，風鳴忽然身體一僵，感覺到大翅膀和二翅膀被溫熱的手

掌撫摸著，彷彿他是被撫摸的貓。雖然手法不錯，但他還是翻了白眼，後背的二翅膀對后熠就是一頓亂拍。

不過，好不容易把人抱了個滿懷，后隊仗著肉身強悍，死活就是不鬆手。於是，當一群輕傷重傷、面色著急又難看的靈能者們衝進這個像山一樣的貝殼隱藏空間時，就看到兩人打情罵俏的一幕。

害怕被人捷足先登，搶走寶貝的靈能者們：「……」

這兩個人會不會有點過分了？他們在外面自相殘殺、互相打架，這兩個人竟然跑到一間屋子裡摟摟抱抱？

頓時，所有人看向風鳴和后熠的眼神都不對勁了，就連池霄和烏不急他們看到抱在一起的后熠和風鳴，也覺得三觀有點碎裂，水千畝甚至下意識地說了一句我靠，然後失落地感嘆，為什麼他們隊裡沒有女靈能者？

風鳴看到衝進來的這一群人，難得臉色不自然起來，這次沒保留任何力道地拍開了后熠，同時飛快地背過身去，偷偷摸摸地想搧動三翅膀，先把這個空間裡的寶貝帶走一波。

結果，他發現他多此一舉了，因為在那群好不容易從幻境中恢復過來的靈能者裡，已經有人喊了出來：

「這屋子裡為什麼只有一堆破石頭？聖珠呢？不死果和靈泉珍寶呢？你們兩個是不是先過來把寶物私吞了！」

頓時，異能者裡有不少人看風鳴和后熠的眼神變得危險起來。
結果，剛剛質疑的人面前忽然間出現了十幾支鋒利無比的金色箭矢，支支都是對準那個人的要害。
后熠剛剛打了一場凶險、沒有勝算的戰鬥，而且那個對手顯然已經盯上了他的小鳥兒，此時的心情相當不好，連平常嘲諷和不在意的笑容都懶得裝了，只是語氣非常涼薄地道：「沒有腦子就不要亂說話。」
風鳴這時收回了探查別墅空間的意識，表情有點微妙，不過很快就變成了嘲諷和驕傲。
「你們可真有意思，要不是我和后熠找到這裡，和那個製造幻境的罪魁禍首大戰一場，把牠滅了，你們以為你們能從幻境中掙脫出來？我們沒有和你們拿救命錢就已經是彰顯大國風範了，竟然還要被你們汙蔑，要不要臉？而且你以為我們打完惡戰過了多久？有那個時間去找寶貝嗎？」
風鳴的話讓質疑的靈能者們變了臉色，但大家也都感受到這空間中還沒散去的強大靈能波動及力量，這麼強大的靈能波動，除了激烈的戰鬥，沒有第二種解釋。
而且，在靈能者中實力最頂級的幾個人甚至感受到了一絲他們從未感受過，如寂滅一般的力量。
池霄注意到后熠流著血的右臂，還有風鳴眼下的金色鱗片和顏色有些妖異的雙瞳，面色凝重地蹙起眉：「強敵？」

能把這兩人逼到這種程度，不該是那個受了重傷的魔怪。

后熠點頭：「那怪物臨死前自我獻祭，召喚了牠的主人……至少現在，沒有一戰之力。」

池霄瞳孔驟縮，卻沒再說話。這件事情在回去之後，必然要向上面彙報。

鮑伯、歐洲騎士、陰陽師等人顯然也聽到了他們的對話，都微微變了臉色。

雖然他們對自己國家以外的靈能者們都沒有好感，但也要承認后熠這個華國神話系靈能者的實力，能讓這樣的人說出「沒有一戰之力」的話，那個對手可不是普通可怕的程度。

當他們想再繼續詢問的時候，后熠又來了一句：「不過暫時不用擔心，他沒辦法從另外一個空間過來，那應該是在混沌海裂縫後面那個世界的存在。」

這番話算是稍稍讓那些靈能者們安了心。大家不再討論這件事情，卻都不死心地繼續在這個空間不大的密室中翻找著寶貝。

這麼隱藏的密室，一看就是適合藏寶貝的地方啊！怎麼可能就只有角落那一堆破石頭？雖然那些破石頭也是帶著靈力的稀有靈石原石，可是那麼厲害的一個魔怪啊！！背後甚至控制著一整座永恆之城的魔怪啊！牠怎麼可能只藏了這些石頭呢？

可惜，就算所有人把那些堆在一起的靈石原石翻了底朝天，也沒找到其他任何寶貝。

而且他們翻找的時候，風鳴收起了二翅膀和三翅膀，就留下大翅膀抱在懷裡，自己擼，把自己擼得很開心。

那樣子看起來實在溫柔無害又美麗極了，以至於靈能者們用懷疑的目光看向他時，總會感受到一波美顏和聖光的暴擊，覺得他們不該把這樣的美人想得太齷齪——

比如他偷偷藏了什麼寶貝。

而正在擼翅膀的風鳴，此時正在用大翅膀掩蓋自己的興奮和激動。

他需要什麼東西分散一下注意力，不然，空間裡的那一堆灰色空間靈石和藍色水之結晶、一塊材料特殊的灰色石塊、兩顆足球大的蜃珠、一顆結著奇怪果子的盆栽以及其他海底難得的珊瑚靈草，真的會讓他興奮到掩飾不住地笑起來。

他和后熠確實沒時間把這裡的寶貝洗劫一空，但是，他的三翅膀可以啊！能在他們打完之後就第一時間把祕密空間裡的寶貝全部洗劫一空，放入別墅空間裡，他為自己的帝江血脈感到無比自豪和驕傲！！

回去一定要吃著雞腿和海鮮，聽著音樂樂翻天～

風鳴努力讓自己面上沒有一夜暴富的興奮得意，努力讓自己看起來更純良溫和一些。

他這個樣子倒是騙到了不少靈能者，讓那些靈能者覺得他們只是自己運氣差，又或者咒罵那個魔怪的窮酸。但卻騙不了后熠和池霄，甚至連烏不急三人都多多少少發現了一點端倪。

他們認識的風鳴，可從來都不會有如此聖光純良爆表的樣子。

這個隱藏的密室空間不算大，沒用多久，那上百個靈能者就把密室翻得徹底，最終他們只能不怎麼滿意地分光了那些靈能原石，陸陸續續地離開。

到了這個時候，靈能者們來到這個海底祕境的最直接目的已經達到，就算這個結局和收穫和他們想像的差太多，但他們也無法改變什麼。

有不少人臉色都很難看，因為他們計算出這一趟海底祕境之行的付出比得到的多太多，哪怕海底確實有陸地上很難見到的靈草、靈石，但最後和魔怪一戰，他們也損失慘重了。

這個時候，有不少人就想到了永恆之國，說不定還能回永恆之國裡找找機緣。不過，有一些人眼神閃爍，把目光放在走在他們前面的華國小隊身上。

確切地說，是放到了風鳴的身上。

這一趟祕境之行，除了海中可能出現的祕寶之外，還有一個在靈能者世界暗網中價值億萬靈石的「活珍寶」啊。

於是在一瞬間，幾十種不同的攻擊從各個方向突然而至！！

比他們的攻擊更快的，卻是忽然結冰的整片海域，以及攻擊者們接連的哀嚎之聲！

不知什麼時候，那些心有不軌的靈能者們胸口又被一支金色利箭穿胸而過，哪怕是身穿極品靈甲的人也沒有抵擋住那可怕的一箭。出於各種原因沒有動手的其他靈能者們，心中狠狠一跳。

日國的陰陽師才在這個時候緩緩開口：「諸君，不要自找死路。」

這個時候，他們看到走在前方的那個活珍寶轉過身，對他們露出了一個悲天憫人的表情，還說了一句話：

「傻了吧，老子有保鏢。」

在場的人大部分都聽不懂中文，以為他是在說什麼很有哲理的話。只有極少數的人看著他的表情，再看他的口型，狠狠抽了抽嘴角。

第五章　男朋友

風鳴用最無害聖潔的表情說了最囂張無情的話，聽懂了的極少數靈能者還得憋在心裡，裝作自己完全不懂的樣子，心情巨差。

在他們出去的時候，風鳴看到了沒有幻境的遮掩下，魔怪蚌殼真實的內部情況，心情也跟著糟糕起來——

海水中夾雜著濃郁的血腥味和漂浮的碎肉，前方的不遠處則是橫七豎八地躺著不少面容定格在憤怒或恐懼的靈能者屍體，顯然他們是在幻境戰鬥中死亡的靈能者。一部分的死者周圍沒有其他人，身上的物品和裝備也不知被誰拿走了，還有另外一部分的靈能者身邊有活著卻悲傷憤怒的同伴，死守在這裡不肯離去。

甚至已經有人揹上同伴的屍體，決定帶著同伴離開。

這樣的畫面總讓人覺得無力和壓抑。

風鳴抿了抿唇，最終神色淡淡地離開。這也是這個世界真實的一面，他們能做的就是努力壯大自己，無論是實力還是內心，才能繼續走下去。

走出魔怪那巨大如山的蚌殼，風鳴直接跟背後還揹著八個蛇怪腦袋的克里斯汀打了照面，差點被他背後八個扭得亂七八糟的腦袋嚇得雙翅自動攻擊，但好歹忍住了，只是第一時間轉過頭不去看他，加快了離開的腳步。

克里斯汀最後還是戰勝了那個巨大的蛇怪假王子，並且吞掉了假人魚王子的蛇膽、拔掉了他的尖牙和鱗片，雖然他沒能在第一時間衝進海怪的蚌殼內部找寶貝，但這場戰鬥也讓他收益不錯，這趟海底之行就沒有白來了。

而且，在聽到自己剩下幾個隊員說了蚌殼內發生的幻境之後，克里斯汀甚至還笑起來。果然，他是天選的惡魔之子啊。

克里斯汀看著風鳴一行人離去的背影，眼中有些蠢蠢欲動。他是惡魔神話系的靈能者，比起那些自然系或猛獸系的靈能者強大得多，自然不可能被后羿一箭就射死或射成重傷，他還是覺得自己和后羿是有一戰之力的。

但問題是華國小隊裡有兩個神話系在，哪怕不算那個鮫人，就算是風鳴自己也是非常難對付的對手，就憑他在海中可以不間斷地雷電攻擊，他就討不得好。

他不得不承認，現在他動不了那個活著的珍寶，除非在這裡的所有靈能者能像對付魔怪一樣毫不保留地圍殺華國小隊，否則對風鳴，他們就只能看看……或者用其他方法偷襲、交易、招攬了。

反正還要去一趟永恆之國，這個海底祕境的大門也沒有打開，總有時間再做些什麼。

眾人心思各異地想著，一同往永恆之國而去。

或許是因為魔怪已經死亡，之前變成怪物的蝦兵蟹將早已四散而逃，在回去的路上靈能者們幾乎都沒有遇到什麼阻力。

跟隨著假人魚王子出來的差不多有五百六七十人，此時也只剩下了三百七八十人，這一戰還是相當凶險的。

當時選擇留在永恆之國裡的靈能者大概一百多人，加上受了傷不能同來的，永恆之國裡大概有兩百多位靈能者。他們的實力比出城的靈能者們弱一些，但想要自保應該是沒有什麼問題的。

只是這是之前靈能者們的想法，在永恆之國徹底暗下來的時候，出來的靈動者們心中就已經有了不太好的預感。但沒有親眼看到，心中還抱著希望而已。

他們很快就來到了永恆之國，但面前的永恆之國卻讓所有人都嚇得說不出話來。

「天啊！是我看錯了嗎？這就是我們一開始到達的永恆之國？為什麼我只看到了一座廢棄的海底城？」

「……你沒有看錯，這裡確實是一座海底城池遺跡，但這裡也是永恆之國。」

靈能者們都沒有反駁，有了之前在魔怪蚌殼內幻境的經歷，傻子也明白他們從一開始進入到海底祕境的時候，都已經落入了那魔怪的幻境和陷阱中了。

要不是他們最後找到了魔怪的弱點，齊心合力地攻擊，只怕這麼多靈能者，一個都走不出去。

這樣一想，頓時就有一種後怕感襲遍全身，不過也有一個疑問浮現出來。

魔怪怕癢這個弱點，真的是風鳴發現的嗎？是他發現的，還是他提前知道了什麼？

不少人轉頭看向風鳴。

風鳴這時已經走到了緊閉的城池石門前面，招呼黑人大力神札克硬打開城門。

「加油札克，把這個大門打開，我送一顆水之結晶給你。」

黑人札克非常高興，並招呼他的五位黑人小夥伴各站在城門前，然後呼喊著口號，嘿喲嘿喲地把那看起來無比沉重的石製城門推開了。

在黑人靈能者們推開城門的瞬間，城外的靈能者們已經做好了各種應戰的準備。

然而，他們憑藉微弱的海底礦石光芒，只看到了寂靜的街道、被海水侵蝕的破敗石屋、廣場，還有驚慌失措地在海水中亂游的海底生物。

「……我覺得之前就像做了一場夢，那些城池中的居民們呢？」

有靈能者忍不住問出來。

風鳴看了一眼一群迅速逃離的個頭很大的海底龍蝦、在破敗石屋的石頭上裝死的大螃蟹，輕輕勾了勾嘴角。

牠們不是都還在這裡嗎？只是脫去了幻境為牠們披上的外衣，比較聰明聽話的海鮮而已。

「這果然不應該叫永恆之城。」風鳴感嘆了一句。

水千畝在旁邊接話：「那應該叫什麼？」

風鳴斬釘截鐵：「海鮮之城。」

一群靈能者集體翻白眼。

在這個時候，他們已經走到了永恆之國的皇宮宮殿所在地，旁邊就是皇家旅館。

原本大家打算去皇家旅館看同伴，不過在這個時候，從皇宮裡衝出了一隻速度極快，有猙獰大夾子的巨大皮皮蝦。在所有人都戒備地看著牠的時候，牠陡然停了下來，用大夾子指指皇宮，發出嚶嚶嚶的聲音。

靈能者們：「！！」這是什麼和體型完全不符的可怕叫聲！

風鳴卻笑咪咪地走上前，拍了拍皮皮蝦的殼。

「走吧，烏龜爺爺他們既然來到了這裡，想必情況不會多糟。」

靈能者們看風鳴和那巨大的皮皮蝦像是認識的樣子，心裡都更疑惑了。不過，他們還是跟著進入了皇宮，就看到皇宮裡塞滿宮殿，長相奇怪又刺眼，又不像是發瘋海怪的……一大波海怪們。

這麼一大群海怪在眼前，總覺得眼睛受到了傷害。

但他們看到了留下來的夥伴和靈能者們在旁邊，似乎和這些奇怪海鮮們和平共處著，雙方會合之後，留下來的靈能者們才向他們講了永恆之國裡發生的事情。

當永恆之國上方的光源暗下來的時候，靈能者們就意識到了不妙。好在之前收過小紙條，靈能者們知道要防備的就是國王一家，大家快速聚集在一起，抵擋了第一波國王一家帶領的海怪的圍攻。

可他們在這城池中就像甕中之鼈，國王又撤掉了之前的屏障，讓海壓加大。眾人在第二波攻擊的時候開始出現死傷，就在大家以為支撐不住的時候，由烏龜爺爺帶領的正義海鮮大軍就衝了進來。

顯然烏龜老頭這活了成千上萬年的傢伙早就已經計畫好了一切，他一來，竟然讓那些異變海怪們半數都倒戈了，而且烏龜老頭還知道國王一家的弱點，派出四個手下大海鮮，把國王一家打死了。

畢竟在國王一家五口裡，實力最強的還是王子。王子走了，只剩下國王、王后和公主們，對手又知道弱點，國王一家就領了便當，靈能者們也都被救了。

出去的靈能者們聽到這裡，都對烏老爺子這些正義的海鮮有了好感，正想要表示謝意，卻又看到留下來的靈能者們有些糾結的表情。

頓時揚眉，難不成還有其他問題？

那些靈能者們就小聲、悄悄地道：「這一群海鮮精確實是正義的一方，但是……有個要命的毛病。」

「？」

「比較貪財。打敗了國王一家之後，我們打算到城池裡和宮殿裡找一些值錢的東西，但被牠們圍起來了。那個烏龜老頭表示，這裡本來就是他們海鮮精的地盤，城池裡的東西他們接管了，靈能者不能動。看在我們有同一個敵人的份上，他不收我們的救命錢，但想要什麼海裡的珍寶，得跟他們做生意，不然就自己去混沌海找。他們手上好像有很多海底的珍貴物資。」

所有回來的靈能者們：「……這個死要錢的烏龜老王八！」

風鳴忍不住眨了眨眼，然後憤怒點頭：「對！太過分了，死要錢！」

池霄都忍不住一言難盡地看了風鳴一眼，風鳴就對他露出一個自帶聖光的純良微笑。

因為烏龜老爺子的死要錢，原本可以和諧共處的靈能者和海底海鮮精們又互相覺得對方非常醜了。雙方看對方都不怎麼順眼，靈能者們就離開皇宮，去旁邊那個雖然破舊，但是相對還好一點的皇家旅館落腳。

此時的皇家旅館已經沒有之前幻境在的時候豪華又舒適的樣子了，不過比起其他建築要結實並堅固一點。

然而，讓靈能者們沒有想到的是那群海鮮們竟然如此不要臉，他們竟然表示要住在皇家旅館裡也得掏錢給他們！

這些在自己的國家和地盤上都非常有脾氣的靈能者們，怎麼可能同意這樣的雁過拔毛？正決定把這些海鮮精們打一頓的時候，長著水母腦袋的男人走出來，表示他們可以再次開啟這座城的屏障，這才是要收錢的地方。

靈能者們要打出去的拳頭又收了回來，雖然來到這裡的靈能者們大部分都是靈能等級A以上的高級靈能者，但深海的水壓和呼吸問題總是困擾著他們。他們就算可以用自己的靈能覆蓋全身、遮擋海水並吸取空氣，但這樣會一直耗費靈能，時間久了總會非常疲憊。

但要是有永恆之國本身的海水屏障就很好，他們不知道還要在這個祕境裡待多久，白天肯定要去其他海域探尋一番，晚上如果能有放鬆休息的時間，掏點錢就掏點錢吧。

靈能者們只能再次在心中暗罵那一群海鮮精和領頭的烏龜老王八，但還是每人交了一顆水之結晶當十天的住宿費，沒有水之結晶的靈能者們用其他靈石和材料代替，心疼得不得了。

然後他們就等待屏障開啟，結果大家站在破敗的皇家旅館前面，抬頭看著整個城池上方，忽然出現一個閃閃發亮的龜殼？？？

片刻之後，這個龜殼越來越大、越來越大，最終成功地罩在永恆之城的上空，看起來非常結實、可靠，甚至還自帶炫光？然後靈能者們就感受到周圍的深海水壓一下子輕了很多，連海水都變得柔和起來。

「這個是我們特產的水母皮防水口罩，只要戴上這個口罩，就可以抵擋水流，在水中呼吸了！便宜賣給你們啊！給我們陸地上的一塊小靈石就好了，要是有什麼靈能水果、植物的話，可以換一打喔！」

靈能者們看著那個漂在他們面前兜售水母口罩的小水母精。呵呵，為了掙錢，這群海鮮精們真是無所不用其極啊！

這些靈能者們在各種交易裡花費了大量的靈石和金錢，風鳴他們卻受到了不同的待遇。后熠、池霄和烏不急他們每人得到了一個免費的水母口罩，還得到了蟹殼鎧甲、蝦皮軟甲等一些海底祕境特產的五折交易權，彷佛是那些死要錢的海鮮精們的貴賓。

風鳴更是離譜，所有海鮮精們出產或自製的特產靈器他都可以免費擁有，甚至還天天都被請到王宮中，和那個萬年老王八一起吃飯！！

這簡直已經不是貴賓待遇，而是親王的待遇了！差點就有靈能者懷疑風鳴有那個老烏龜的血脈了。

不過，考慮到鮫人池隊、烏不急還有海怪海德拉的克里斯汀都沒受到特殊待遇，大家就只能把這歸結為不公平！

有靈能者非常不忿地問：

「憑什麼風鳴就可以免費得到招待和寶貝？你們都不公平交易的嗎！」

腦袋上頂著一根尖刺，游得非常快卻還無法進化成人形的小箭聽到這句話，在海水中翻滾了好幾圈，好像是在笑，然後牠嘰嘰咕咕地回了一個非常傷人心的答案：

「唧唧，就憑嗚嗚長得好看啊！唧唧咕，就憑他有我們都沒有的大翅膀啊！你們其他人都長得太醜了，我們拒絕免費噠！」

那個問話的南美靈能者指著自己的臉，不可思議地問：「我醜？我是我們鎮上最帥的美男子！」

小箭又在海裡翻了個滾，「爺爺說啦！世界上沒有公平，所有的一切都看緣分。我們對你們沒有眼緣，就喜歡嗚嗚，什麼時候你長得比他好看了再說吧。」

然後，這有著可愛蘿莉音，長得張牙舞爪、凶殘至極的魚精就游走了，順帶還帶風鳴去吃免費的海鮮大餐，留下那一群被說長得醜、沒眼緣的靈能者們心中大恨。

然而，被海鮮們說有眼緣的風囤囤也不怎麼高興。

那些傻子當他這樣的待遇是白得來的嗎！比起他即將付出的，他現在得到的只不過是九牛一毛而已！！

風鳴狠狠咬下一大塊沒吃過的大鰻魚肉，瞪著烏老爺子：「這個鰻魚也要來十條！」

烏老爺子笑咪咪：「沒問題沒問題，等等我就讓皮皮去抓。」

風鳴又連續要了好幾種不同的靈能異變大海鮮，烏老爺子和眾多海鮮們都齊齊點頭，沒有任何不願意的表現，看著他們集體用奇怪的臉和眼睛賣萌的樣子，風鳴終於嘆了口氣。

「算了……就當是我為國家海域和平做貢獻吧。」

他那一堆極品灰色空間靈石最後也不知道會剩下多少。

不過，這個祕境的空間裂縫還是要補的，那裂縫背後的世界實在太危險了，無論如何都不能讓那個世界被汙染的存在和靈氣再汙染這個世界。

於是，接下來的十天晚上，風鳴都會和烏老爺子特派的幾隻海鮮精還有后熠、池隊一起前往混沌海，修補已經在那裡許久的空間裂縫。

這件事情進行得很隱蔽，不管是風鳴自己還是后熠、池霄，都認為空間之力可以作為殺手鐧，能不暴露就不暴露。

雖然那些外國靈能者們多少有些懷疑，但目前在全世界，空間系的靈能者不超過十個。他們基本上都是因為特別想要隨身空間，發生了類似血脈異變的「工具系」靈能者，只有一個是歐洲的空間系魔法師，但到目前為止，還沒有神話系的空間靈能者。

風鳴本身是兩種血脈的混血了，如果讓其他人知道他還有空間神話系的力量，估計許多國家都會不惜一切代價地殺死他。因為僅憑他一個人，就能打破各個勢力之間的平衡——比如在寶物的收集上。

所以風鳴修補空間裂縫修補得很小心，也慢了不少。

好在空間裂縫的中心很少有靈能者能進來，而且其他人都無法看清空間裂縫的真實樣子，在風鳴修補的前九天都沒有什麼意外發生。

今天是最後一天，情況卻不太好，彷彿裂縫對面那個世界的魔怪們感知到這個裂縫即將被修復，在今天晚上的修補期間，空間裂縫都震動得非常厲害。

震動從中心往四周擴散，風鳴覺得必然會引來一些有心思的靈能者。

「果然有人來了。」后熠哧笑。

池霄沒有猶豫地凝水成冰，阻擋了那些人的靠近。

風鳴則在這個時候加快了修補，當他用空間靈石填補上最後一點縫隙的時候，幾乎在這裡的所有人都聽到了從另一個空間傳來無比憤怒的嘶吼。

這個時候，那些靈能者們已經開始破冰，想要往這邊衝了，他們要看看到底發生了什麼！華國小隊在這裡是不是找到了什麼重寶？

然而下一秒，整個海底祕境的空間就震動起來，那不是只有腳下的海底地面在震動，而是整個空間彷彿重獲新生，靈氣暴漲的震動！

「怎麼回事？」

「空間在震動！！難道是祕境的大門要打開了嗎？」

「隊長，我們還要繼續衝嗎？反正大門開了之後，不會強制把我們彈出去，我們能——」

「我靠！」

「怎麼回事？」

「啊啊啊啊，快放開我放開我！那條異變海鰻，我馬上就打死了啊啊啊！喔，Shit，我的鰻魚飯！！」

在所有靈能者猝不及防的震驚之中，整個海底祕境泛出一道深藍柔和的光，直接把他們無情地彈了出去。

當所有人陸陸續續摔到小心島沙灘上的時候，這次海底祕境之行終於結束了。

風鳴站在沙灘上，感受著藍天白雲和海風，手裡還抱著皮皮最後塞給他的一條異變海鰻魚。

他看看鰻魚又看看旁邊竟然還在的燒烤架，直接抱著鰻魚走過去，開始燒烤了。

啊，這次祕境之行真開心，以後有機會，希望還能再見到皮皮和海鮮精們呢。

而在海底祕境的裂縫被填補上的那一瞬間，遠在西北方的歐洲大教堂中，鎮壓著地獄之門的熾天使像陡然裂出一條無法修補的深深裂縫。

被海底祕境彈出來之後，小心島上的靈能者們一個個面面相覷，直到那帶著濃郁醬汁香味的燒烤香氣飄到了他們的鼻尖，大家才反應過來他們是真的被祕境拋了出來。

靈能者們在這個時候心中想法不一，不過大部分人的目光都看向正在烤鰻魚的風鳴。

他們突然被彈出來，必然和華國小隊有關，他們肯定動了混沌海裡的什麼東西才會觸動了禁制。只可惜他們來不及看這個小隊到底做了什麼，現在他們要是問，也必然不會得到答案，只能用非常不善的目光盯著風鳴。

風鳴此時已經把鰻魚烤得滋啦作響，帶著香味的油脂滴落在炭上，看到就讓人口舌生津。

風鳴很敏銳地注意到周圍其他國家靈能者的目光，他往旁邊側身，表情非常認真地道：

「別看我，我是不會把食物分給你們的。」

靈能者們頓時就想翻白眼，誰貪你的食物了？

這個時候，靈能者們開始用自己的防水腕錶通訊器聯絡自己的國家。

他們已經從海底祕境出來了，祕境短時間不會再開，他們的任務也已經完成了，只要回去做一下祕境中的報告就行了。很多靈能者已經決定要把風鳴這個酷愛偽裝、披馬甲的傢伙仔仔細細地上報國家，以免這小子以後再用不同的偽裝騙他們，或者占便宜。

后熠和池霄也對上面做了彙報，大概等回國之後，他們就要一同前往國家靈能總部彙報。之前后熠說國家靈能總部的總負責人和國家研究院的總負責人都想見見風鳴，這一次估計一定會見到，風鳴也沒有幾個月前的忐忑和擔憂，直接點頭了。

他現在的血脈力量已經全部覺醒，雖然三種血脈還無法完全相輔、不排斥，但也在他的體內達到了平衡。並不是他誇大，現在的他無論對上誰都有一戰之力。

而且，哪怕他真的面對許多靈能者的圍攻時打不過，想逃的話，絕對不可能有人能攔下他。沒有任何一個人或勢力能把他關在一個地方。在這方天地中，他擁有絕對的自由，所以就沒什麼好擔心的了，大不了就跑路吧，西方國寶還等著他去當呢。

況且，除了他自己之外，還有人會幫他的。

后熠在這時開口：「到時候我跟你一起去見人。不用擔心，他們加起來都打不過我們。」

風鳴忍不住笑了一下。

池霄十分無語地看了后熠一眼，轉頭看風鳴：「需要幫忙可以叫我。」

他們體內都有神話系能操控海洋之力的血脈，從某種方面來說算是兄弟。

風鳴認真點頭。

「沒事，放心吧。反正我有翅膀，能飛的。」

后熠和池霄就一同笑起來。

很快，各個國家派來接靈能者的直升機都到了，靈能者們陸續離開。

在風鳴吃了整整三斤的烤鰻魚肉，吃得滿嘴流油的時候，屬於池霄小弟的鯨魚就噴著水花來了。

他們也該離開了。

不過在他們登上鯨魚的大腦袋之前，歐洲騎士和魔法師隊伍忽然往他們這邊走過來。

風鳴注意到帶頭的那個騎士隊長臉色非常難看，他上前走到風鳴面前，行了一個非常莊重的騎士禮：

「大人，我們需要您的說明。」

風鳴瞪大了眼。

之後，在大頭鯨的腦袋上，歐洲小隊的人告訴他們大教堂鎮壓地獄之門的熾天使像裂出了一條縫隙的事情。

「雖然現在地獄之門還沒有完全打開，但熾天使像已經出現裂痕了，最短一個月，最長兩個月的時間，熾天使像就會徹底碎裂。到那個時候，如果我們還沒有找到對付魔王的方法，地獄的惡魔們就會以歐洲的大陸為中心對全世界製造災難。這是一場不能妥協的戰鬥，我們必須要戰勝魔王。」

風鳴坐在鯨魚腦袋上，覺得他們邏輯不對：「難道不能再找一個熾天使像鎮壓嗎？現在地獄之門還沒有打開，我們就一直關著門就好了，這樣不是更安全？」

領頭的魔法師聽到這句話，忍不住露出苦笑：「大人，那是因為您不知道那座熾天使像的來歷。」

風鳴有點不怎麼好的預感。

「那個熾天使像不是普通的雕像，在那座雕像中封存著一位真正熾天使的神魂之力。正是因為這神魂之力，才能鎮壓地獄之門。可現在我們要從哪裡再找一位真正的熾天使，並且讓他自願獻出神魂，鎮壓地獄之門？」

風鳴：「……」

他眨眨眼，換了個座位，坐到后熠身後去了。

后熠直接把人擋得嚴實，那張英俊又野性的臉上非常冷淡：「不能用聖騎士的命填嗎？或者你們人工逼出幾個天使？」

騎士隊長和魔法師們的表情都有點無語，也有點失望風鳴什麼也沒說。

他們當然不會逼風鳴說出什麼自願鎮壓地獄之門的話，一方面是這種要求太過分，另一方也是因為風鳴並不是單純的雷霆大天使血脈，他身上還有華國神話系血脈，這樣的人，他們根本無法逼迫。

所以，教皇大人才會讓他們請求風鳴去幫忙，畢竟對抗惡魔，天使擁有的神聖力量才是最有效果的。

等大頭鯨到達了華國沿海，后熠才在風鳴的示意下給了歐洲小隊回應：

「如果這件事情像你們說的那樣事關整個世界的和平，那我們必然不會坐視不管，只是我們還需要把這件事上報，聽一聽國家的意思才能行動。」

歐洲小隊的人也知道這個道理，並沒有強求：「后隊長說得沒錯。我們的教皇大人也會在近期和其他國家的領導商議此事的。畢竟，惡魔之門連通著另外一個邪惡的世界，我們絕對不能讓自己的世界被惡魔占領。」

后熠點頭，歐洲小隊的人才登上他們自己的船離開了。

風鳴他們上岸的時候已經是晚上八點多，大頭鯨魚直接把他們拉到有靈能總部直升機所在的岸邊。

看樣子，應該是要坐直升機去靈能總部了，風鳴看到直升機旁邊有四個身材非常標準的戰士小哥，從他們身上感到了很強的靈力。

后熠拉他上直升機：「他們是國家靈能軍隊的。雖然靈能等級只有B＋，但四個人配合攻擊，戰鬥經驗非常豐富的A級靈能者都會被他們拿下。雖然我很討厭那群老傢伙，但有時候不得不說，他們也有他們厲害的地方。」

風鳴在想后熠口中的那群老傢伙是誰時，敏銳地注意到那四個聽到后熠說話的戰士小哥表情有點僵。

說實話，他從海底祕境走一遭也很累了，現在回到了祖國，雖然要去見一些不認識的人，卻也因為這熟悉的山川空氣放鬆不少，很快就靠著靠椅睡著了。

后熠轉頭看著面色有一些疲憊的少年，眼中是少有的溫和，甚至柔情。他左右看了看，直接拉了一條毯子，幫他的小鳥兒蓋上。

這樣的行為看得那四個菁英戰士差點沒繃住表情。什麼時候從小上天上地、嗆天嗆地，連親爹都敢對打，親爺爺都敢甩臉色的后隊會有這麼溫柔的表情？想當年，后隊要退出軍隊去警衛隊的時候，可是把整整一個團的靈能者戰士都打慘了，連女戰士都沒例外，就連將軍他老人家都說后隊沒心沒分寸，現在這、這……

后熠斜眼看其中一個戰士：「看什麼看？」

那戰士瞬間繃直身體，下意識敬了個軍禮，大聲回答：「報告少校，我什麼也沒看！」

這一聲鏗鏘有力，瞬間把風鳴嚇醒了。

后熠臉色一黑，伸手去揉風鳴的腦袋，還拍了拍他的背：「睡吧，沒事，他在練嗓子。」

風鳴頂著頭上的呆毛，看看后熠，又看看明顯很緊張，彷彿有什麼話要說的那個戰士，嘖了一聲，刷地背後就出現了一對潔白的大翅膀，把自己包成了「羽毛球」。仔細看的話，能發現那個球的周圍有靈力波動，擋住聲音了。

后熠被他這下意識的反應逗笑了，忍不住輕笑起來，還非常輕柔地摸了摸那對白色羽翅，看得那四個戰士更驚悚了。

這這這！少校的樣子絕對不對啊！他們到底要不要把這件事告訴將軍大人啊！

然後他們收到了來自后熠的死亡視線：「沒看見別人在睡覺嗎？小方，你的眼睛什麼時候這麼不好了？」

那個被叫做小方的戰士下意識又想站直身報告，不過在后熠的眼神中立刻閉上嘴，過了片刻才小聲道：

「少校，老將軍知道您從深海祕境回來了，他讓我們告訴您明天中午回去吃飯。」

后熠翹起二郎腿，「喲，老頭子不是說我走了，就別回去了嗎？天大地大，我又不會餓死自己。還有，我早就已經退伍了，別叫我少校，叫我后隊長。」

方超看著后熠又露出那副油鹽不進，老子天下第一的表情，覺得被委派了任務的自己真是太倒楣。他們團有那麼多人，怎麼就偏偏是他被點名過來勸大少爺？

無奈，他只能祭出大旗。

「那個，老夫人最近身體不太好，念著您很久了。還有，魏上校明天中午也會去。」

后熠的腳停了停，最後還是嘖了一聲：「好了，我知道了，不就一頓飯，讓老頭子和我那個渣爹提前吃一點速效救心丸，還有，別讓礙眼的傢伙在我面前晃。」

方超連連點頭。只要大少爺願意回去，那他的任務就完成了！

「啊，還有，我會帶一個人一起回去，你讓老頭子多準備海鮮、雞翅、鵝肝什麼的大菜，別摳門。」

方超抽了抽嘴角，繼續點頭，見后熠沒其他的話說了才終於鬆了口氣。

等第二天一早，風鳴醒來的時候就發現他在一間很舒適的屋子裡。收起後背的大翅膀，他坐在床上有一瞬間的怔愣，然後聞到了水煎包的香氣。
順著香氣走下樓，風鳴看到正哼著歌在加熱水煎包的后熠。
「你這算不算拐賣？」
后熠聽到這句話笑了一聲，沒回頭，「我這是合理帶男朋友回家，住在總部的招待旅館裡哪有在男朋友家舒服？」
風鳴看著那金燦燦的水煎包和已經冒出香氣的電鍋，最終還是傲嬌地點點頭。
「蟹黃包有嗎？」
后熠轉頭看默認男朋友的風鳴，雙眼帶著毫不掩飾的喜悅笑意：「你男朋友什麼沒有？想吃太陽都能幫你射下來當盤菜。」
風鳴咧著嘴對他翻了個白眼，又像得了便宜的小麻雀，步伐輕快地去洗漱了。
后熠看著風鳴的背影，最終也沒壓下上揚的嘴角。
風鳴和后熠早飯吃得非常開心，以至於在他們到達靈能總部時，周身的氣息都很平和。
風鳴是第一次來這個靈能時代下國家最為重要的頂級部門，從坐車進入那道防禦森嚴的大門開始，一路上他看到靈能總部裡的建築都讓他有些驚嘆。
他能感覺到整個靈能總部都被一種強大玄妙的靈能之力籠罩著，而那些建築的位置似乎很特殊。
「你感覺到了？整個總部的建築排列成了八卦防禦陣，是武當山的那一群老道士過來幫忙建造的，厲害得很。」

風鳴揚了揚眉毛，又忍不住問：「道士們現在能修仙嗎？」

后熠看了他一眼，笑道：「只能說可以修行，練出屬性不同的真氣，修仙還達不到那地步。」

風鳴卻感嘆：「那也很厲害了，這個世界……真的變了。」

后熠點頭。

「所以，我們也要跟著變才行，不能被時代拋棄。」

兩人很快就被領到一間小型會議室裡。

后熠說，昨天晚上他和池霄就彙報了海底祕境發生的事情，現在他不過是陪風鳴去見靈能總部的最高負責人，還有總部研究院的院長而已。

風鳴踏進房間，一眼就看到了兩個小老頭和老太太。他們兩個似乎正在爭吵什麼，旁邊各自的保鑣和助理都面無表情。

當風鳴進來的時候，老頭和老太太齊齊轉頭對他招手，然後同時問出三個問題：

「小鳴來啦，來來來，你喜歡甜豆花還是鹹豆花？」

「喜歡甜粽還是肉粽？」

「打遊戲的話，你喜歡打怪獸，還是喜歡種菜養魚啊？」

風鳴愣在當場，思考前兩個問題。

這兩位是認真的嗎？

結果，他對上小老頭和小老太太雖然蒼老卻深邃的眼神，還是給出了答案。

「……吃的我不挑，都行。遊戲的話，做飯、種菜、養魚就不錯。」

然後，風鳴就看到小老頭和老太太同時笑出了皺紋。

「哈哈，就知道你是個好孩子，拿著這兩張卡，去做做身體檢查，再去玩吧。」

風鳴：「……」

？？？想像中的三堂會審、國家大義逼迫實驗、高級監聽監控呢？

后熠笑著拿過那兩張卡，拉著風鳴走了。

不過，老太太身邊一個穿著白袍的助手也跟著他們走出了小會議室。

「走吧，帶你去做個檢查，願意抽血嗎？自願的，還給錢。」

風鳴試探地問了一句：「給多少？」

穿白袍的青年看他一眼：「研究院最近研製出的果味療傷藥劑十瓶，一瓶一萬貢獻值。」

風鳴毫不猶豫：「為國家的研究事業做出貢獻是我該做的事。最多只能抽 200c.c，但是療傷藥劑不能欠。」反正他現在不給，之後也肯定不會放棄。雖然那兩位的態度似乎好得出奇，但有人的地方就有分歧啊。

穿白袍的青年這才頓住腳，仔細打量了一番風鳴。

「好。」

這個人比他想得還聰明，如此也省了很多麻煩。

風鳴的檢查做得很順利，或許是因為他脖子上掛著那位研究院老奶奶給的卡片，在研究院裡的研究者們對他都比較友善。

只不過有一些研究大佬們用看稀有動物、絕世實驗材料的眼神看他，讓他忍不住有點毛。在檢測身體強度的時候，他還被頭髮花白的老爺爺仔仔細細地摸了手臂和大腿。風鳴當時翅膀都快炸出來了，后熠更是在外面像不要錢似的放著冷氣，看起來彷彿要殺人。

不過，除此之外就沒什麼了。而且，風鳴在這裡得到了比之前幾次更加精准的能力檢測結果。

『檢測者：風鳴

靈能等級：S＋

穩定性：C

成長性：S

危險性：S

三系混合覺醒靈能者。

混合覺醒血脈分析：雷系天使血脈25％、疑似鯤鵬血脈25％、未知神話系血脈50％。

註：未知神話系力量根據檢測分析，為瞬移、空間屬性。

基礎資料：力量A、速度S、防禦S。

綜合實力評定：S＋

註一：三系覺醒混合者，體內力量暫時均衡。危險性高，不建議淨化血脈，血脈淨化會打破測試者體內力量平衡，引發靈能暴動。實力極強，可參與所有任務。

註二：已更新靈能者血脈覺醒檔案。恭喜我國又增加一位神話系高等靈能者，並且成功存活。

註三：依然謹防西方教廷前來要人，建議少出國。』

風鳴看著檢測的結果，想起了最早在龍城醫院和滬城靈能者基地被檢測出來的結果，那時候一個結果檢測出他是鵰系，另一個讓他偽裝成鵰系。現在想想，那彷彿是過了很久的事情，不過，依然能讓人會心一笑。

還有，永遠都有謹防西方教廷的注視，墨了智能也很有意思。

研究院使用的智能系統和滬城靈能者基地的是同源相近的，都是墨子智能，只不過滬城基地的墨子一號是第一個衍生系統而已。

顯然，比起一號，墨子智能本身更加穩重一些的樣子。

得到檢測結果之後，就是最後一步的抽血。

研究院的研究者們看著風鳴的檢測結果，都雙眼放光。他們才不在意綜合實力等級評定是多少，他們在意的是風鳴竟然是三系混合靈能者！從他覺醒到現在已經有半年的時間了，他卻沒有一點混合靈能者精神不穩的情況，反而實力越來越強，甚至能讓體內的力量達到平衡！

於是，這些研究大佬們就聚在一起，激烈討論著能不能仿照風鳴體內力量的狀況，也讓其他混合系靈能者體內的力量達到某種平衡，從而維持生命呢？

雖說大部分混合靈能者的體內力量總歸是一強一弱，但如果加上外力，增強其中一個或削弱另外一個，是不是就能達到平衡？

還有讓研究者們很在意的一點，是風鳴體內的靈能似乎相對溫和，不如其他混合系靈能者那麼暴烈。

就在風鳴接受一位很穩重的研究者阿姨抽血的時候，他看到了之前在會議室裡爭論豆花和粽子甜鹹的老奶奶。這位老奶奶的表情十分慈祥，雙眼中彷彿有能看透一切的智慧和包容一切的寬和。

「哎呀，小鳴竟然願意獻血啊，真是個好孩子。其實老婆子我之前還在想要怎麼說服你，沒想到小鳴你就自己做貢獻啦。」

風鳴看著這位老奶奶點了點頭，他對她沒有惡感，甚至還有幾分好感，就為她之前那麼乾脆地就放他離開，沒有三堂會審。

研究院的院長金時驟又笑了：

「小鳴可以叫我金奶奶，后熠那小子以前也是這樣叫我的，還偷偷跑到我家院子裡拔蘿蔔吃呢。一轉眼這小子就長大了，不過當了警衛隊的隊長，我那幾個蘿蔔也算是沒被他白吃。」

后熠在旁邊聽得嘴角直抽，風鳴倒是忍不住想笑了。

哎嘿，除了覺醒時對天空射太陽，他又找到了某人的一個黑歷史。

見到風鳴笑起來，金奶奶也跟著笑了。此時風鳴的血已經抽好了，周圍有資格觀看的權威級研究者們都忍不住看著那由特殊材料製成，防爆防摔的透明試劑瓶驚嘆出聲。

風鳴被抽出來的血液除了血液本身的深紅之外，還帶著點點金色和銀紫色光芒，看起來竟有幾分流光溢彩之感。

「哎呀，果然是混合系的血啊。之前后熠那小子的血抽出來是紅色帶金色的，池霄就是紅色帶海藍色，還是這個三色的更好看點。」

「哼，老頭子你蠢了吧？這小子是三系混血，所以不應該是三色的，應該是四色的才對！你仔細看紅色的部分，有一部分是深紅，有一部分是火紅呢。」

風鳴自己都很意外抽出來的血液竟然會是這樣的顏色，金奶奶就在這時候很善解人意地跟他解釋：

「靈能者的血液大都是這樣的。血液中也蘊含了你們本身血脈的力量，力量越高越強，就越能顯露出來。哪怕是覺醒等級最低的F級靈能者，他們的血液中也蘊含著覺醒血脈靈力的力量。只不過因為太過稀少，所以顯現不出來而已。

但基本上，A級以上的靈能者血液能用肉眼發現一點點靈光，但最明顯的還是S級，甚至更高的靈能覺醒者。之前我拉小后熠抽血的時候，他的金色血液還嚇了我一跳呢。

不過，血液的顏色最怪的還是羌騁。他覺醒的血脈力量是在右手中多了一把黑色長槍，那把長槍的力量非常強悍，但我們到現在也不確定那把長槍到底是神話傳說中誰的兵器。不過他的血液是紅色混著黑色靈能光點的，看起來可邪惡了。」

金奶奶笑咪咪地評判：「看來看去，我們華國的四個神話系靈能者，還是小鳴的血液顏色最好看啊。」

風鳴又被這位老奶奶說得開心起來。后熠這時候在旁邊直翻白眼，特別想要拉著快要被騙的傻男朋友離開。

別看這老太婆不顯山不露水的，事實上是個非常可怕的智慧工具系靈能覺醒者。墨子智能就是她一手研究製造出來的，老太婆的腦子價值比整個研究院都重。要不然這老太婆和那個屠老頭怎麼可能只看風鳴一眼，問了三個問題就放他走啊！

可惜小鳥兒沒見過人精中的人精。

后熠覺得不能再讓他家小鳥兒待在這裡了，想找個藉口離開。反正血液也已經抽了，他可以帶男朋友去見他家的老頭子和那個渣爹，至少面對他們的時候，他和風鳴可以智商碾壓。

結果，金奶奶又開口了：

「接下來我有不情之請，想要帶你去看一些人，不知道小鳴你有時間嗎？」

后熠直接拉住風鳴的手：「不，他沒有，中午我們還得回去吃飯呢。」

金奶奶就微笑地看著風鳴，風鳴從她那雙蒼老的眼中看到了悲憫和期待，忍不住捂了一下自己的胸口。

風鳴也知道他怕是被這位金奶奶騙了，但面對這一位老者，還有旁邊其他不修邊幅，卻面容誠懇地看著他的研究者們，風鳴最終還是沒辦法拒絕。

后熠要被氣死了，可他能對他家老頭拍桌子瞪眼，卻不能對這位華國最有貢獻的研究者無禮。如果沒有她和研究院團隊的存在，華國的靈能者們會因為在覺醒的初期遇到各種各樣的問題，成倍死亡。

科研者，有時候或許是瘋狂且沒有理智的，但我們不得不承認，他們也是時代進步的先行者。

然後，風鳴就在那一群研究者的帶領下，來到了研究院的治療研究室。

在這個極大的治療研究室中，風鳴看到住在特製玻璃房中的……混合靈能者們。他只是粗略地看了一眼就有些不忍再看，心中產生了極大的震撼。

在這個治療研究室中大約有二十多個不同的混合靈能者，他們每一個人看起來的狀況都不是很好。有些初覺醒，狀況比較好的可以自由出入玻璃房，還能端著一杯水跟金奶奶他們說自己現在的感覺和情況，但那些狀況比較差，已經快要覺醒三個月的混合靈能者就有些不好了，風鳴看到一個同時覺醒了竹子和山貓異變的靈能者，半邊竹子半邊貓地滿地打滾，抱著頭神智不清地不停撞牆。

那樣子看起來非常怪異和恐怖。

風鳴皺眉：「他的狀況應該很嚴重了吧？為什麼不洗掉一個靈能？」

他記得他還上交了不少洗靈果給國家呢。

金奶奶溫和地對風鳴笑了：「他其實是可以洗掉靈能的。不過因為他是一位軍人，他主動申請參加混合系靈能者研究，所以才會撐到現在。在這裡的二十多個人，有一大半都是主動申請來給我們做研究和實驗的。因為混合系靈能者的處境太難了，他們希望能幫助國家早日製作出更好的藥劑。要是沒有他們，我們就連弱化藥劑都沒辦法製作出來。不過，祝風快到極限了。」

金奶奶嘆氣：「雖然他自己要求要撐過覺醒的三個月，讓我們檢測他體內力量的變化，但他的身體狀況和精神狀況也已經不允許他繼續下去了，我們原本打算在今天給他強制服用洗靈果的，不過今天在你檢測過之後，我們有了新的想法。

我們打算給他服用弱化藥劑，針對性地弱化他體內比較強的山貓異變力量，讓毛竹和山貓的異變達到一個均衡。」

風鳴微微睜大了眼，他聽到金奶奶道：「所以，小鳴，我們很感謝你來這裡檢測。你的檢測對很多人來說都是至關重要的。也因此，我對你保證，只要有我在，研究院裡就不會有任何一個人對你做出你不願意，或是見不得光的實驗。我不想研究長生，不想研究強大的神話系力量，我只是想要找到能跨越這新時代死亡之牆的一個方法。可以嗎？」

當風鳴從靈能研究院出來的時候，幾乎有一種恍如隔世的感覺。

看到后熠那恨不得揪著他耳朵、翅膀罵他傻的眼神，風鳴才回過神甩甩頭，笑了起來。

「唉，那位金奶奶可真厲害，我都被她弄傻啦。」

后熠拉著他的手，氣呼呼地往前走：「我中途幫你製造了三次離開的機會，你明明看見了還死活都不走，現在倒是不怕人家再把你關進小黑屋了？底都快被看光了。」

風鳴看他的表情，忍不住笑了一下又嘆口氣。

「那不一樣，我不想被關小黑屋做瘋狂實驗，但也想為那些混合靈能者做點什麼。」

雖然金奶奶很會唬人，但他還是有腦子能決定要不要跳進這個圈套的。

所以在研究院裡，他把自己的身體情況仔仔細細、從內到外和那些研究大佬們說清楚，還把他這幾個月感受到的體內力量變化也說了出來。甚至在最後離開的時候，他還把人參老爺子教他的「吐納法」教給了祝風，因為是當場教的，這套吐納法自然也被研究院記錄下來了。

「吐納法」是人參老爺子同意可以教給其他人的基礎功法，不比墨逍給他的玉簡裡記錄的劍法和掌法精妙。但一下子就把這功法上交給國家，就等於是教了所有靈能者，風鳴還是覺得有點虧。

感覺他讓人參老爺子吃了個大虧。

因此，風鳴對金奶奶等一群研究院的老頭們強調，這是他在祕境中被高人教導的吐納法，最後這吐納法就被定名為「人參吐納法」，也算是對老爺子有一個交代和補償。

「吐納法」是讓他體內的靈力變柔和的一大原因，如果可以，他是真的希望這個功法能幫助到那些掙扎著的混合靈能者們。

至於人參老爺子，嗯，就等下次的長白山祕境開了，他帶上厚禮去感謝補償吧。

因為風鳴主動提供了很多研究資料，貢獻了「人參吐納法」，甚至還加入了研究院的老頭、老太太群組，方便隨時提供一些資料，他們離開的時候得到了研究大佬們的各種關愛。

不光是拿了一大堆新研究出來的藥劑、許多功能不同的靈能卡片，還有研發出以靈能當能源的家用工具，到最後老頭、老太太還塞了幾十張名片給風鳴，據說都是他們家裡非常優秀的晚輩，讓他們可以有空好好聊聊。

后熠在這個時候終於忍不住了，摟著風鳴，表示這是自己的男朋友。結果老頭、老太太們壓根不怕他，一個個都表示沒有結婚就還有機會嘛，氣得后熠差點要把研究所射成坑洞。

等離開研究院，坐上回后家老宅的車，后熠直接掏了風鳴的口袋，把幾十張「俊男才女」的名片一張一張拿出來讀，然後一個一個從頭到尾罵了一遍。

風鳴坐在車裡，看著這個無比嘴毒地說這個青年才俊身體就像個弱雞、那個有為青年花心濫情，前女友都換了幾十個、這個美女長著一張小白花的臉，卻一肚子黑水、那個女強人一心只有工作，比爺們兒還爺們兒就忍不住在心裡憋笑。

到最後，后熠竟然看到自己繼母生的那個渾身毛病的二妹名片，簡直要氣炸了，卻被風鳴突然用雙手拍住臉，夾著抬起頭，然後一口親了上去。

「好了好了好了，誰都比不過你后隊長嘛，我知道。所以積點口德，別老是吐槽別人。而且，就算池隊比你好看點，理查比你紳士很多，我也沒說什麼啊，」風鳴在后熠要瞪眼的時候又快速地親了他一口，坐直身子認真道：「別吃醋，我就喜歡你這樣的，誰也比不了。」

原本一肚子酸水的后隊長看著那雙眼帶著笑意，亮晶晶地看著自己的少年，瞬間就露出了一個英俊燦爛至極的笑。

「那當然，我也喜歡你這樣的，我們是天生一對啊。」

后熠這句話說完，在前面開軍車的司機士兵最終還是沒穩住，手跟著驚悚的腦子一滑，軍車直接在地上畫了個S形，差點撞到花花草草們。好在後面的兩個人處在粉紅氣氛中，不然小戰士覺得他可能要遭到后少校的毒打了。

但，他現在的精神也遭到了毒打啊啊啊啊！！

他們第五軍團傳說中嗆天嗆地嗆親爹，一人幹翻全軍團，一言不合就揍人，天生就暴躁野蠻屌炸天的后少校，怎麼可能是後面那個散發著戀愛粉紅色的人啊！

最重要的是，后少校是大家公認會孤注終生的偶像和安慰對比者，總想著就算自己戀愛失敗了，連后少校那麼優秀的人都還是單身狗，就很安慰。

結果呢，這才過了多久，后少校他就戀、愛、了！！

靠！！！！

第六章　天使惡魔

不管那位開車的小士兵怎麼在心裡吐槽，他也被迫在粉紅泡泡的籠罩下開了一路的車，聽見了后少校完全不為人知的另一面語言系統。

等最後把車開到軍區大院，老將軍家門前的時候，小士兵幾乎是在后熠和風鳴下車的瞬間就踩油門跑了。

風鳴是第一次來到軍區的大院裡，一路走來看到不少訓練的士兵，還有小隊巡邏的戰士們。大院的氣氛不算緊繃，卻也帶著一股嚴肅。

風鳴實在無法想像后熠竟然是從這個地方出來的人，畢竟他本身表現出來的性格，實在是不接受任何束縛和管教的樣子。

從某種方面上來說，他和后熠都是同樣不羈，愛自由的人，不過在某些時候，后熠那種像軍人一樣乾脆俐落的作風和戰鬥方式也就有了解釋。

后熠接收到了男朋友帶著一點疑惑和調侃的眼神，輕嘖了一聲：

「這地方不適合我。雖然我也很敬重那些軍人戰士們，但除非所有人都聽我的，不然我是不會留下來的。」后熠聳聳肩：「我從小都不太喜歡聽別人的命令。」

風鳴抽抽嘴角。幸好你沒留下來，要是這傢伙真的成為了軍隊的最高領導者，怕是整個國家都會變成一言不合就戰鬥的戰鬥狂國吧？

「幸好你有自知之明。」

而且沒對普通人展現這種唯我獨尊的霸道個性。

后熠就笑了笑：「性格不能變，但分寸總要有。大家都那麼喜歡我、崇拜我，總要為他們樹立一個比較好的榜樣。」

這才是靈網上那個「英俊堅毅屌炸天，高冷卻樂於助人」的后隊長人設由來啊。

「而且，面對你的話，我可以更溫柔體貼一點。」

風鳴翻個白眼，拒絕了這碗甜言蜜語。

這時候，他們面前的兩層樓小別墅門忽然被打開了，從裡面走出一個穿著粉白色連身裙，看起來很清秀的女孩。這女孩的年齡看起來比風鳴稍大一些的樣子，大概在二十歲左右，只是她的表情卻非常不好：

「爺爺和爸爸為什麼要讓我走？我都已經保證不會和后熠吵架了，我都已經做出讓步了，他們怎麼能這樣？」

她背對著后熠和風鳴，和正對著兩人的中年婦人抱怨。

「而且我走了，媽妳怎麼辦？每次后熠回來，都會對妳冷嘲熱諷，還擺臉色給妳看，妳怎麼能受得了？妳該叫爸爸給他一點教訓的！連自己親爹的話都不聽，他是神話系的靈能者又怎麼樣？」

那個婦人在開門的第一時間並沒有看到后熠，不過很快就看到了站在門口的兩個人，差點沒忍住後退一步，跑回屋子。反應過來之後，她直接用手捂住了自己女兒的嘴巴，讓她趕緊閉嘴，免得慘遭毒打。

后儷儷被母親捂住了嘴巴，睜大眼睛想要掙扎，忽然就聽到了一個讓她頭皮發麻，冰冷帶著嘲諷的聲音。

「那妳恐怕要失望了。我是神話系靈能者我驕傲，每個月享受國家發的最高級別工資、待遇和福利，國家還分配了首都的房子，還是獨棟透天厝的那種。另外，我還是好幾個食品和高科技研發公司的安全供奉，每個月光是拿到的供奉物品和金錢，就是妳這輩子都掙不到的財富了。還有最重要的一點，都告訴過妳好多次別作夢了，我那個渣爹永遠都不可能教訓我。不是他不想，是因為他無論從哪方面都打不過我，就只能憋著而已。」

說到這裡，后熠終於擺了擺手：「好了，今天我心情還算不錯，妳快走，別在這裡礙眼。妳要是不走也行，就老老實實地當個木頭別說話。不然，我就要人工用膠布幫妳安靜了。」

風鳴聽后熠一下就快要把人嗆到黏在牆上，摳不下來了，表情也有點尷尬。

他大致能猜到這位還算年輕的婦人應該不是原配，但是，這樣也有點不好？

后熠拉著風鳴往別墅裡走，順便介紹了一下他家的情況。

「我七歲那年，渣爹說和我媽沒感情，只剩親情，要跟我媽離婚。然後我渣爹被我奶奶和爺爺一起混合雙打了一頓，死不悔改之後，又被我媽和我舅舅揍得半個月下不了床，之後我媽就和渣爹離婚了。然後他火速找了小三懷孕，就進家門了。不過，那小三生孩子的時間是在我爸媽離婚之後的六個月，所以，你懂吧？」

風鳴秒懂點頭，所以是小三，不是繼母，不過，幸好阿姨本人十分凶悍也很乾脆，而且：「爺爺和奶奶都是明白人。」

后熠就笑了：「那當然，要不是老頭子和奶奶都是明白人，那渣渣又跟我媽跪地道歉，認錯賠錢，而且奶奶和我媽關係又很好，像是親母女，現在還會時常一起逛街，我當初走的時候就不是揍我那渣爹一頓了。我會把他揍到半身不遂，在床上躺一輩子，然後再幫他盡孝。」

風鳴：「……」

早在客廳裡等的后老爺子、老夫人、渣爹本渣還有洛舅舅：「……」

幾人面面相對，場面一度十分尷尬。

還是后老爺子一巴掌拍在茶几上：「你這臭小子怎麼這麼說話！三天不打，上房揭瓦是不是？」

后熠特別放蕩不羈地朝天翻了個白眼，像一個巨型熊孩子，氣得后老爺子特別想拿拖鞋打他。

「好啦好啦，好不容易小熠回來一次，別說那些不開心的了。小熠，快過來讓奶奶看看，看看有沒有長高長壯啊？還有，這個就是小鳴吧？真是個俊俏的男孩！奶奶都聽阿金說啦，小鳴是個善良懂事的好孩子，也過來讓奶奶看看。」

顯然后熠對這位老夫人的感情是最深的，他沒有顧慮地拉著風鳴，直接走到老夫人的旁邊坐下。

后老將軍和后渣爹看著后熠拉著風鳴的手，眼皮有點跳。后熠這小子從來不會在他們面前掩飾什麼，所以……他們要有一個男孫媳和兒媳了嗎？一時之間，怎麼覺得這麼糾結呢？

風鳴和后奶奶的對話很順利愉快，當然，在中途他也承認了和后熠的戀愛關係。

后奶奶聽到這句話，開心得跟什麼一樣：「哎呀，這真是太好了，等等發郵件告訴阿飛，她一定會非常高興的。前幾天我和阿飛一起逛街的時候，還在擔心小熠的終身大事呢！那小子對普通人就是一副冷冰冰、公事公辦，最多幫個忙的樣子，對手下的人就是冷冰冰可靠的隊長的樣子。哪怕對我們，也是暴躁熊孩子的模樣，哎喲，從來不會有溫和好臉色的樣子，哪個女孩或者小夥子看上他，那不是都會吃苦嗎？」

后奶奶說著，就笑著拍了拍風鳴的手：「感謝你收了這個大麻煩啊。」

風鳴沒忍住，直接笑出聲。

后熠就在旁邊翻白眼：「我麻煩什麼？我跟鳴鳴是一箭定終身，而且我還會做飯給他吃呢。」

此話一出，客廳裡又集體靜了一下。

風鳴算是徹底知道后熠在家裡有多惹人厭了。

后奶奶拍拍風鳴的手，拉著他往餐桌走：「來來來，來吃午飯吧。聽小熠說，你喜歡吃炸雞和海鮮？我們準備了不少。」

風鳴看著那一桌的菜，心情又高興了一些，還看了后熠一眼，得到一個得意的眼神。

憋著氣，看到兩人當眾撒狗糧的后儷儷：「……」

她真是百思不得其解，風鳴天使怎麼會看上后熠這個無賴冷酷嘴炮大魔王啊！

百思不得其解的不只有后儷儷，還有在場除了后奶奶以外的所有人，包括后熠他舅舅，洛川。

因此，在餐桌上，風鳴就收到了來自洛川舅舅的各種夾菜，那頻率比后熠還多一點，就連后老爺子和后渣爹也轉著餐桌，推薦了好幾道菜給風鳴，他們的熱情讓風鳴都有點傻住。

直到快把自己撐死了，風鳴放下筷子，才聽到老爺子和后渣爹的叮囑。

「小鳴啊，看樣子你是鐵了心，要和這個臭小子在一起了吧？」

風鳴立刻坐直身子，總算感覺到了熟悉的高門大戶見家長的劇情：「是的，爺爺。」

后老爺子就露出了一個頗為讚賞的笑：「既然是你自己選的，那爺爺我就不說什麼啦。不過，以後要是這小子做了什麼對不起你的事，或者脾氣不好、想打你家暴什麼的，你都可以過來跟爺爺說。雖然這小子現在滿有本事的，但是作為他爺爺，我還是可以幫你脫離苦海的。」

風鳴：「……啊？」

后渣爹痛心疾首：「你既然這麼想不開，我們也沒辦法。不過好歹這臭小子有了伴，他要是不對你好，你回來告訴我，我告訴他奶奶和他媽，救你出來。」

風鳴：「……」

所以，他剛剛一直看這兩位面露糾結之色，並不是因為他們看不上自己，而是因為看不上他們的孫子和兒子嗎？

早就知道回來之後會面對所有人嫌棄的后熠翻了個大白眼，一巴掌又拍到桌子上：「都說了，我和嗚嗚好得很，我打敵人和惡人，又不會打他！你們不要一個個都破壞我名聲啊！」

然後后熠就被他舅舅拍了後腦勺：「看看你這個火爆脾氣！收斂一點，不然回去我就告訴你媽！」

這麼好的一個小青年看上你，怎麼就不知道好好表現呢？

后熠：「……」

我真是冤死了，家人對我都有偏見！

風鳴終於忍不住，大笑出聲。這和他想像的見家長完全不同，但真的十分開心，哈哈哈。

后熠的長輩都十分擔心自家的熊孩子會某一天把眼瞎撞上來的風鳴氣走，直到風鳴當著他們的面，笑咪咪地用一道閃電劈碎了后渣爹最喜歡的一座景觀石，才在長輩們先震驚後欣慰，最後喜悅無比的眼神中得到了肯定。

「哎呀，嗚嗚啊！看你這麼厲害，奶奶就放心啦！」

后熠的舅舅也拍了拍風鳴的翅膀：「不錯不錯，你很有我們洛家人的風範啊！」比如老公渣就打老公的乾脆俐落。

風鳴有些哭笑不得。

之後后熠就被后老爺子拉去書房說話了，后渣爹和洛舅舅也跟了過去，顯然是有重要的事情要商量，風鳴這才明白為什麼洛舅舅會在這裡。

后奶奶十分通透地笑著拍了拍風鳴的翅膀：「鎧子不是一個好丈夫、好父親，但是至少在工作上和部隊裡算是個人才，比起我那個不懂變通的固執老頭子，鎧子更能接受小熠的一些想法。

洛川那小子原本跟鎧子的關係比親兄弟還親，現在每次見到鎧子都得嘲諷他一波，也是鎧子自己活該，就隨他們去吧。不過，等等你可能就要聽到書房傳來一些動靜了，別在意，那是他們拍桌子吵架的常有狀態。」

風鳴一開始還不太明白后奶奶說的話，不過很快，他就聽到了二樓書房傳來的憤怒咆哮和拍桌子，甚至是……幹架的聲音？

聽聲音的話，咆哮的主要是后老爺子和后熠，打架的似乎是后渣爹和洛舅舅，似乎是關於軍隊未來的發展和訓練方法的爭執。

風鳴：「……」

后奶奶笑咪咪：「沒被嚇到吧？」

風鳴搖搖頭：「是沒有，就是有點出乎意料。」

后奶奶哈哈笑了兩聲：「他們這樣子估計要吵一下午。下午的時間你想要怎麼安排？需要奶奶找一個人帶你在京城逛逛嗎？還是你自己想去溜達？你想怎麼樣都行。」

風鳴覺得后奶奶十分善解人意。

「那我自己溜達吧，奶奶您不用管我，有事直接讓后熠叫我就行了。」

后奶奶沒有意外地點頭：「那你拿著這張卡，有什麼想買的就自己去買，就當是奶奶給你的見面禮啦。」

后儷儷從頭到尾都坐在沙發的角落，裝隱形人沒說話，現在看到后奶奶竟然給風鳴一張黑金卡，心裡嫉妒得眼珠都發紅。

她知道爺爺和奶奶都偏心后熠，可是竟然連后熠帶來的外人都能得到這樣的優待，她實在太不甘心了，哪怕她現在的吃穿用度對很多人來說已經是非常好的了。

風鳴對這樣的惡意情緒非常敏感，不用轉頭都知道這惡意的視線是來自於誰，不過他並不在意，想了想，還收下了這張黑卡，然後從口袋裡掏出了兩根看起來非常不起眼、不值錢的蘿蔔乾。

「謝謝奶奶。卡我收下了，這個是我在祕境裡找到的小人參，給您和爺爺每天切一片泡泡茶、喝一喝，應該對身體有好處……」風鳴說到這裡又搖搖頭：「這人參的效用估計比較厲害，您還是先找人測試一下藥性，再看要怎麼喝吧。」

想想圖途他們吃三分之一就能把體內的靈力全部補滿，還連帶治好所有傷口，給普通人吃多了，怕會補出血，所以風鳴又多提了一句：

「奶奶，您千萬要先找人檢測一下藥性啊，千萬別隨意切片喝掉。」

后奶奶看著那兩根乾巴巴的小蘿蔔乾，眼中沒有一點瞧不起的樣子，反而很認真地接到手裡：「好的好的，謝謝小鳴鳴的孝心啦，奶奶會找人檢測藥性的。」

然後風鳴就笑咪咪地離開了，在他踏出后家門的時候，他聽到了屋裡的后儷儷終於憋不住，惡言惡語：

「奶奶，您真的相信他說的話啊？這明明就是兩根不值錢的蘿蔔乾啊！還用這個冒充藥性非常好的人參，他也太黑心了吧？」

風鳴揚了揚眉毛，聽見了后奶奶的聲音。

「沒有眼光就要學會動腦子，妳母親也不是個笨的，妳這個智商是像誰？去找妳母親問問吧。」

風鳴忍不住笑了笑，能跟離了婚的媳婦處得非常好的婆婆，那可不是普通聰明豁達的人。

風鳴很快就溜出了部隊大院，然後找了一個五星級旅館，開一間房就住了進去。

設置了免打擾之後，他打開手機，看著有一大堆訊息的「龍城少年天團」群組，笑咪咪地冒泡了。

兔爺：今天又是沒有天使消息的一天，想他！@老刀，我們今天晚上去吃麻辣小龍蝦和烤

豬腰子啊！！

熊大：今天又是沒有鳥人消息的一天，想他！@老刀，我覺得小龍蝦不錯，不過烤魚更好？

煉器學徒：你們想吃燒烤並且讓老刀請客就直說，別扯上風鳴。

金口玉言：對，你們打著我弟的名義，坑了刀子多少頓飯？你們敢跟我弟說嗎！

兔爺：我怎麼不敢了？嘿嘿，又不是不帶他去，是他自己不來的啊！而且別以為他是神話系，兔爺我就怕他了！哈哈哈，這個月爺成功晉級A級靈能者了！哈哈哈，就算是風鳴站在我面前，我也能一腿蹬飛他！

熊大：呵呵，我也不是自誇，但是我覺得自從我練了大熊寶典，要輕輕鬆鬆打一個A級靈能者沒啥問題，也想和風鳴打一場，畢竟我可是有傳承的熊啊！

功夫再高也怕刀：請客可以，但是我老大永遠是最厲害的，不接受反駁。你們之後就等著被打吧。

金口玉言：嘿嘿嘿，兔子和熊你們別得意，我覺得你們今天晚上就要挨打了。

兔爺：……閉嘴。

熊大：……？？？

混血大天使：我覺得我哥說得對。今天晚上一起吃燒烤啊，順帶打個架。

兔爺：我靠！！

熊大：我靠，鳴子，你詐屍了！
功夫再高也怕刀：老大！！今天晚上龍城海鮮一品燒，我請客啊！
金口玉言：我的能力彷彿又厲害了點，不是，弟啊，你回來了？
混血大天使：沒有，不過我可以試試看。
風鳴笑咪咪地打上最後一行字，然後深吸一口氣，閉上了眼。
在群組裡的小夥伴瘋狂地標註和提問的時候，風鳴周圍的空間忽然飛快地扭曲了一下，而後他的身體憑空消失在這間房間裡，彷彿這裡從來就沒有人。
不知過了多久，風鳴的身影陡然出現在龍城西區最高的觀賞大樓樓頂，他雙腳落下的時候身形猛地向前傾，踉蹌了好幾步，差點就撲倒在地上，好在最後還是穩住了。
不過此時的他比之前在旅館中的樣子還狼狽一些，臉色看起來有些蒼白。
他伸手看了一眼腕錶，發現此時已經是下午三點三十分，距離他從京城離開的時間，已經過去了十五分鐘。
用十五分鐘跨越了坐高鐵也要四個小時的距離，顯然非常非常快了。不過風鳴沒有特別滿意，他的本能在告訴他，他其實還可以更快，就像傳說中真正的「瞬移」一樣快。
不過，現在的他還沒有瞬間跨越半個華國的力量吧。能做到現在這樣，他也幾乎耗光了體內所有的靈力。
「唔，所以……還要繼續努力啊。」

他雖然血脈都覺醒了，但如何運用、如何讓三種力量好好配合，甚至相加出更大的力量，都是他要繼續努力和探尋的方向。不過，現在嘛，就可以去見見老同學，順帶好好用實力刺激他們奮發向上了。

於是，在下午五點，龍城最高檔的海鮮一品燒包廂裡，風鳴受到了來自龍城天團小夥伴們的熱烈歡迎。

「你這小子怎麼不聲不響就回來了？之前去深海祕境怎麼樣啊？那個祕境好玩嗎？危險嗎？你得到了什麼大寶貝或者奇遇嗎？」

「對啊，那個祕境是在公海，看到其他國家的靈能者了嗎？他們的能力如何？有沒有屌打他們？」

五個人圍著風鳴問東問西，風鳴卻注意到那個坐在燒烤架旁，面帶著非常溫柔的笑，乖巧漂亮的小女孩。

蔡濤在這個時候走過來，語氣非常地感激：「老大，她就是我妹妹澄澄。澄澄過來見見老大，沒有他，我們兄妹的命都沒了。」

蔡澄澄走過來，向風鳴深深地一鞠躬：「風鳴哥哥，謝謝你救了哥哥和我，真的非常謝謝你。」

風鳴倒是被她這麼鄭重的感謝弄得有點不自在，迅速把人扶起來後道：「妳哥是我的好兄弟，能幫總要幫一把的。而且，如果沒有你們兩個各自的堅持和努力，也不會有現在的好結果。所以比起謝我，你們更該感謝當時努力拚命的自己。妳和妳哥哥都很棒。」

這一瞬間，蔡濤和蔡澄澄的眼睛都微微發紅。蔡澄澄第一次見到哥哥口中說的風鳴，就明白了哥哥為什麼會那麼推崇他，然後蔡澄澄在她哥之後，也成為了風鳴天使後援團中的死粉老大。

之後便是愉快的聚餐。吃完飯，風鳴再次追著圖途和熊爸打了一場格鬥，風勃和楊伯勞在旁邊看著，都有些不忍直視。被人追著打的畫面實在太眼熟了，區別只不過是當初的教鞭變成了更凶殘的閃電和冰錐。

風勃嘆氣：「我就說嘛，那兩個傢伙今天晚上有血光之災，肯定得被毒打。」

楊伯勞和蔡濤抽了抽嘴角。

然後，風勃忽然左右看了看，又抬頭看著天空的那輪新月，忽然莫名來了一句：

「你們覺不覺得那月亮的顏色有點紅啊？」

楊伯勞的眼皮在使勁地跳，伸手就想去捂風勃的嘴巴，卻最終還是慢了一步。

「看著這個月亮，我就覺得有什麼大災難要來了。」

與此同時，世界各國的首腦們都接到了來自歐洲教皇大人的視訊會議請求。

§

風鳴在晚上九點的時候接到了后熠的視訊電話。接電話的時候，他正在拿著一杯冰奶茶和圖途、風勃幾個人聊得很開心。

后熠在視訊中看到風鳴身邊坐著的圖途、風勃幾個人，表情有一瞬間的驚訝閃過，而後才道：『已經九點了，你該回家了。』

他顯然是發現風鳴已經回到了龍城，卻什麼都沒有問。

『另外，我家老頭子一個小時前被拉去開首腦研究會，可能是歐洲那邊的事情。你最好快點回來，之後幾天說不定要離開了。』

風鳴原本還想在龍城多待幾天，聽到后熠後面的話，倒是把嘴巴閉上了。他對后熠點了點頭，「那我等等就回去，大概十點左右吧。」

后熠沒說別的，直接掛斷電話。

等通訊結束，楊伯勞看著風鳴的眼神變得有些詭異。這傢伙一向是幾個人中最敏銳的，他覺得風鳴和后熠的對話中透露出了好幾個不得了的訊息。

風鳴和他眼神對視，沒有任何慌張地笑起來。

然後，圖途忽然摸了摸下巴：「其實我之前就想問了，你這小子是怎麼來龍城的？從京城到龍城的高鐵，好像沒有下午三四點到的。而且，是我的錯覺嗎？我總覺得你在群組裡冒泡的時候還不在龍城。」

風鳴嘿嘿笑了兩聲，沒有正面回答，卻讓龍城天團的幾個小夥伴慢慢睜大了眼，最後還是風勃狠狠地抹一把臉，做了總結：「我靠！難不成你掌握了空間瞬移大法？妖孽，你往哪裡跑！」

風鳴笑得得意了幾分：「唉，我要是真的跑了，你們誰都抓不住。而且，只許你們一個個進步，不許我變厲害嗎？」

風鳴就被羨慕嫉妒恨的小夥伴們輪番揉了腦袋，不過大家都是為他高興的。

「嘿嘿，雷兼明那小子還天天在羅漢群組裡曬他的靈能等級和最新技術呢，他要是知道你連瞬移都會了，估計得氣成河豚。」

「對對，還有紅翎和郭小寶那兩個人，甜甜秀恩愛，哼！」

「最生氣的難道不應該是金逍遙嗎？天天把風鳴當假想敵。」

圖途他們又和風鳴分享了一下一百零八羅漢群組裡的小夥伴的消息，讓風鳴忍不住生出幾分懷念。

不過可以肯定的是，大家都在往自己的目標努力，沒有荒廢時間。

「好了，我就是抽空回來看看你們，你們過得都很好，也在認真修煉就好。之後我可能要出國了，或許得兩三個月才能回來，你們自己照顧好自己就行。」

聽到這番話，蔡濤和圖途他們都沉默起來。倒不是不捨得風鳴離開，畢竟每個人都有自己需要做的事情，只是他們在這個時候會清晰地感覺到自己和風鳴之間的差距越拉越大，哪怕他們已經非常努力進階成A級靈能者了，但和同樣在進步的風鳴相比，似乎依然差了很多。

「那老大，你小心，我和澄澄會幫你加油的。」

蔡濤原本是想說能不能帶他去，他這一個多月都在努力參加格鬥，還參加了兩次龍城靈能者舉辦的野外戰鬥，都取得了很不錯的戰果，他或許可以幫上忙。

但他最終還是什麼都沒說出口，因為這不是國內的戰鬥，很可能要出國，他不知道要怎麼才能參與。

風鳴注意到了小夥伴們的沉默，多少也能理解他們的心情。他拍了拍蔡濤的肩膀：「你放心，我肯定會小心的。而且你們不要放棄努力啊，不然真的需要用到你們時，你們卻都是弱雞就不好了。」

大家都笑了，然後他們看著風鳴在夜色之中騰空而起，沉默片刻之後，各自轉身。

「唔，明天開始我要再加強一倍的訓練強度，老熊跟我一起嗎？」圖途開口問熊霸。

熊霸拍了一下胸口：「當然！」

風勃和蔡濤、楊伯勞互相對視，雖然沒有說什麼，卻都能看到對方眼中的決心。

蔡澄澄在一旁看著一下子戰意滿滿的哥哥，小小地笑了笑。從哥哥成為街頭老大之後，就很少再看到哥哥這樣的表情了呢。

風鳴在九點四十分的時候回到旅館裡，十點準時回到男朋友家。

進門的時候，濃郁的香味從廚房飄了出來，后熠卻像大爺一樣坐在沙發上，長長的手臂掛在沙發靠背上，翹著二郎腿：「從今天開始規定門禁。晚上十點後不許亂跑，如果非要亂跑，必須帶你能打能嗆聲的男朋友，知道了嗎？」

風鳴走到他面前，身子往前傾，面上帶笑：「好吧，雖然我自己也能打能嗆聲，不過我就勉為其難地和你共享快樂吧。」

后熠閃電出手，把人拉到了懷裡，正想嘿嘿嘿，懷裡的人就一秒消失了。下一秒出現在廚房門口，對他得意地笑。

后熠：「……」

直到這個時候，后隊長才終於驚覺某個可怕的問題。

他神情嚴肅地站了起來：「我覺得在家裡，我們就別動用靈能了，做個普通人滿好的。」

風鳴對后熠露出一個十分好看的假笑。

「不，我覺得做個會飛的鳥人也滿好的。」

后熠：「……」

風鳴心情特別好地喝著湯，后熠也沒辦法把人捆在自己身上，只能特別鬱悶地說正事：

「歐洲那邊的教皇求助了，我們在歐洲靈能者辦事處的人也傳了相應的消息回來。情況不太妙，歐洲地獄之門周圍已經開始向外溢泄魔氣，如果地獄之門真的被打開，惡魔們從地獄之門裡跑出來，光憑歐洲那邊的靈能者是沒有辦法阻擋的。到時候惡魔們會全世界肆虐，我們國家也免不了，所以上面已經決定要派靈能者參與歐洲救援了。」

風鳴啃掉一個雞翅膀。

「是派軍隊去？還是警衛隊去？」

后熠搖了搖頭：

「都不是。軍隊和警衛隊是維持國家安全的根本，不到關鍵時刻，國家不會動。而且靈能研究總部最新的資料顯示，在近三個月的期間，國內的靈能者異變率在加速增加。光是這半個月，上報的靈能異變覺醒者就是去年同月分的一倍之多，而且在這些靈能覺醒者中，混合系的靈能覺醒者占了四成……」

后熠說到這裡，臉上的表情有些嚴肅：

「這不是一個好現象，彷彿是整個環境和世界都在加速人們的覺醒異變。而且不光是靈能者，研究總部發現這三個月裡，動物和植物的覺醒異變也在飛速增加。然而比起人類，牠們的覺醒應變更快更簡單，也因此，國內以前還算安全的D級自然探索區大部分都升到了C級。甚至一些靈氣充裕的著名風景區，危險等級已經達到了B級以上，危險程度幾乎相當於未被開發的深山了。

之前舉辦全國靈能者大賽的青城學院，十天之前還被從青城山下來的一群狼攻擊了。要是青城靈能者學院只是一個普通的學院，估計就已經被血洗了。不過有草老頭和郭小寶他們那一群學生在，青城靈能者學院沒出事，但這已經是一種示警了。」

后熠看著風鳴，一字一句道：「雖然不知是什麼原因，但靈能時代侵襲的速度在加快。」

風鳴忽然覺得嘴裡的雞翅膀沒什麼味道了。

后熠沒有說出口的話他明白。靈能侵襲的速度在加快，世界都在變化，人類即便現在還掌握著主導權，但食物鏈霸主的位置上正搖搖欲墜。如果沒有跟上進化覺醒的腳步，那才是真正的災難。

偏偏在這種時候，還有歐洲地獄之門的事出現，實在讓人覺得不妙。

「所以現在我們自己國內也需要人手，那國家打算派什麼人去？總不至於用招募的吧？」

風鳴隨口一說，后熠卻看著他露出了一個「你說對了」的表情。

於是，原本以為兩三個月內都不會再見到的龍城少年天團，在國家在靈網上公布「歐洲援助任務」的第二天再次聚集了。

風鳴看著站在他面前，一人拖一個行李箱，還穿著幾乎同款卡通原型T恤的風勃、蔡濤、圖途、熊霸、楊伯勞五人就一言難盡，想翻白眼。

「其他四個我就不說了，楊伯勞，你不是警衛隊的嗎？」

楊伯勞推了推眼鏡：「唔，我請年假了。而且相信我，我已經是自學成才的靈能煉器師了，我還學了一點基礎傷藥的煉製方法，我一個比他們四個都有存在的價值。」

圖途聽到這番話，立刻跳腳：「可別在這裡吹牛吧！現在就你和風勃的靈能等級死活卡在B+上不了A，你有什麼資格說你更有價值？」

楊伯勞沒理會這跳腳的兔子，風勃則是直接把一大袋食物塞到風鳴懷裡，然後長長地舒一口氣：「我靠，總算把這一袋東西給你了，我都跟我媽說了，你這邊有吃的，什麼都不缺，但是她非得說這是家鄉親人的味道。你拿著吧，不是有那個別墅空地嗎？隨便找角落放吧。」

風鳴看著那一袋來自大伯母自製的瓶瓶罐罐，抽了抽嘴角，還是直接收進了空間。風鳴看到那裡面至少有十幾罐醬料、幾十個真空包和七八隻真空處理的燒雞罐頭，切實地感受到了來自大伯母的愛。

然後，蔡濤道：「除了我們之外，澄澄還查到了雷兼明、俎楊龍、墨子雲三個也報名參加了。他們在羅漢群組裡互相聯繫了，現在在雷兼明家裡。郭小寶和仙人掌等其他不少人也想來參加，但要不是綜合實力評定沒過關，就是他們那個地區有異變的靈能動物和植物任務，最後就只有他們三個來了。」

風鳴想到墨子雲的各色蘑菇、俎楊龍的畫圈圈詛咒你就表情一言難盡，最重要的還是雷兼明那個大少爺。

「雷兼明的家人願意讓他去？」

歐洲之行別人知道的不多，但地獄之門可不是什麼安全的地方。

蔡濤聳聳肩：「自己想去的話，誰都阻攔不了。」

就像他們五個，第一時間就報了名。一方面是為了風鳴，另一方面也想要去開開眼界、見見世面，然後尋找自己的機緣。

風鳴原本還想要勸一勸蔡濤五人，最後還是閉上了嘴。但他單獨問了一下蔡澄澄，蔡濤微笑：「老大你不用擔心，澄澄這幾天都會住在龍城北區警衛隊，她現在也算是警衛隊預備役了。」

風鳴頓了一下：「我沒問過，澄澄的靈能異變是？」

蔡濤十分驕傲：「喔，那丫頭的異變還是不錯的，是絞肉機。我家包餃子的時候，她動動手指，肉餡就絞好了，還能榨果汁呢。」

風鳴：「……」

他看到了圖途、風勃幾個同樣一言難盡，三觀碎裂的表情。

「……是滿好的，真看不出來你妹妹這麼厲害。」那簡直是凶殘啊。

之後，風勃五人就在國家為「歐洲援助隊」準備的旅館等待集合、休息。

風鳴和后熠也在任務發布的第三天成為了援助隊的一員。其實國家並不想讓風鳴這個全世界只有一個的混血神話大寶貝去歐洲，不說他本身對混合系靈能者生存研究的珍貴價值，就憑他之前從海底祕境帶回來，上交的那一盆疑似結了三個不死果的不死小果樹，和一顆S級以上魔怪蜃珠的貢獻，就足以讓他有最高的待遇，混吃等死到老。

這個大寶貝，國家爸爸藏著都來不及了，怎麼可能送出去？

但歐洲那邊也提出了非常誠懇的請求以及打算支付的酬勞，考慮到風鳴本身具有天使神話系的血脈，風鳴本人也口頭承諾過，國家才放行，只是后熠要作為保鏢一同跟著。

然後，風鳴還接到了靈能者總部最高負責人，那位之前問他喜歡甜豆花還是鹹豆花的屠老爺子的電話。

屠老爺子在視訊電話裡千叮嚀萬囑咐，翻來覆去就是那幾樣：

『一切以自己的安全為重！打不過就跑，一點都不丟人啊！』

『這次出行，在國外想買什麼就買什麼，想做什麼就做什麼，國家爸爸幫你掏錢撐著，讓他們看看我們大國之威，無所畏懼！』

『打惡魔的時候，能收寶貝就收寶貝，收不到也沒關係，反正都是白得的，國家不會強迫你上繳任何東西。』

以及最重要的一點——

『國外再好也不是老家，千萬別迷路。你的小夥伴、好朋友和男朋友一家都在華國呢。』

風鳴聽得直想笑，不過心中還是感到了被重視和關愛的酸脹感，所以，他回了屠老爺子一句很安心的話。

「您放心，無論鳥兒飛得再遠，終歸還是要回家的，華國就是我的家。」

屠老爺子就在那邊笑開了懷，風鳴才發現屠老爺子的旁邊，還有好幾個老頭、老太太都在微笑，其中竟然有后老爺子和后奶奶？

然後，后奶奶笑咪咪地說：『嗚嗚，你送給奶奶的兩根小人參，我已經託阿金檢查過啦，阿金差點就當著我的面搶走了。哼，她也不看看我是誰？能讓她搶走！不過，這東西實在太貴重了，倒是讓爺爺奶奶不知道要怎麼補償你了。』

風嗚笑起來：「那是我孝敬您二老的，不用補償。啊，我要去採購一點出國必備品了，后奶奶，我掛了啊！！」

風嗚看到旁邊那個研究所老大金奶奶想要開口說話，就迅速掛掉了視訊。他又不傻，那老太太肯定想騙走他的蘿蔔乾呢，還以為他跟之前一樣願意被騙嗎！

然後，風嗚就拿著國家爸爸給的卡，開始瘋狂出入各大商場、集市囤東西。

后熠因為極有可能成為華國援助小隊的隊長，被拉去商議事情，陪風嗚購物的就是風勃五人，和後來加入的雷兼明、俎楊龍、墨子雲三人。

八個大小子愣是拜倒在風嗚可怕的囤積購物欲下，第一天逛下來，哪怕是風嗚的頭號小弟蔡濤和頭號翅膀粉墨子雲，都自動閉酒店不出了。

風囤囤那傢伙太可怕了，仗著他有空間，簡直喪心病狂地在買東西啊！

比不過比不過，惹不起惹不起。

三天之後，八月二十一日早上，華國歐洲援助小隊的人在軍用機場集合。

果然是后熠領頭，他身邊一左一右還有兩個穿軍裝的A級靈能者，應該是副隊長。援助小隊總計一百位靈能者登機，起飛。

華國小隊到達歐洲的時候，是歐洲時間早上八點多。

彷彿他們坐了幾個小時的飛機都白坐了一樣，有些不怎麼適應出國的靈能者們還不適應時差。

飛機降落在義國郊區的一個軍事基地，下飛機的時候，風鳴還看到了來自其他國家的靈能者隊伍的飛機。顯然這些靈能者隊伍和他們一樣，都是來歐洲幫助歐洲聯盟度過這次地獄之門危機的。

風鳴在這些隊伍中看到了三群比較面熟的隊伍——米國的大兵英雄團、日國的陰陽師和巫女忍者團以及……眼睛特別好，在一百多人裡一眼就發現他，被陽光照得油光發亮的黑人札克團。

此時人高馬大的黑人札克對風鳴直揮手，還叫著「好兄弟」、「好哥們兒」的詞。

風鳴受到了華國靈能團員們的集體注視。

圖途用十分詭異的眼神看他：「你什麼時候和黑人壯漢變成好兄弟了？」你讓我們這些真兄弟的面子往哪裡擺？

風鳴抽了抽嘴角：「在海底祕境遇到的。我救了他一命，還給了他幾顆水之結晶，他就自動把我當兄弟了，自來熟，別在意。」

然後，和札克同一村的二十個黑人竟然學著札克，齊齊地對他擺著手叫兄弟，那場面實在太過動感，以及非常傷眼。

風鳴捂著臉，此時特別想披上假身分，可惜在眾目睽睽之下，他實在不能這麼做，只能非常克制地對黑人團點了點頭，然後加快速度走了。

好在札克不是黑人小隊裡的隊長，除了他們村的黑人，其他黑人倒是對風鳴他們沒什麼表情，反而一個個對米國的大兵們都非常討好，顯然更看好米國的實力。

原本以為過了黑人這一關就可以順利去旅館，然後等開會或者打惡魔了。然而，華國百人團沒走幾步，就迎來了在陽光下金光、銀光閃閃的聖光騎士團。

足足一百個身穿金銀雙色鎧甲的騎士，整齊劃一地走到華國百人團的面前，瞬間就引來了所有在場的各國靈能團隊集中注視。

站在騎士團最前方的人，赫然是穿著更華麗的靈能鎧甲的騎士團長理查。即便將近三個月沒有見面，他帶著溫和肅穆的眉眼、彬彬有禮的氣質卻分毫未變。

他在眾目睽睽之下上前一步，走到風鳴面前，帶著喜悅和恭敬地行了騎士之禮。

「歡迎您來到西歐，我們的天使閣下。」

風鳴在這一瞬間，覺得自己腦袋後面彷彿被畫了個圈圈，順帶頭頂還有聖光籠罩，成為了整個機場最亮眼的那個人，差點就在各種意義不明的注視之下向理查跪下了。

「……真的不用這麼隆重。」

他的聲音都有點抖，他雖然想過要來西方當國寶，但如果國寶的待遇是這樣的，他寧願去流浪！

理查看著風鳴有點緊張又十分無語的表情，微微笑了起來：「您還是這麼靦腆。不過，這並不是我的主意。教皇陛下已經在聖光大教堂等您了，而且歐洲聯盟中其他地位尊崇的領導者也想要見一見您的風采。您的到來或許是這次我們戰勝魔王，或者重新封印地獄之門至關重要的希望，所以，請原諒我們的不請自來。」

理查說到這裡，又輕輕地補充了一句：「近日地獄之門的震動實在太大，歐洲的國民們也已經為此感到惶惶不安，他們都在期待著您的到來，國民們也在等著您。」

風鳴聽到這裡有點傻住：「什麼叫國民也在等著我？你們該不會，要開直播吧！」

理查對此的回答是帶著幾分歉意的微笑。

風鳴無言以對，特別想不顧身分和國家來一句國罵，但莫名地看著那一百個閃閃發亮的騎士團，他就一句話都說不出來，感覺好像被迫套上了某種人設。

沉默幾秒之後，風鳴在心中狠狠嘆了口氣。低頭再抬頭，臉上有了彷彿佛系聖子的微笑。

「既然大家都在等我，那我自然不能辜負大家的等待。雖然我覺得我不過是一個意外覺醒了血脈的幸運兒，但是如果因為我的存在，能讓歐洲的國民們感到稍稍安心一點，那也算是做了一件好事。」

風鳴輕輕地彎了彎腰：「我們走吧。不過，我的這些夥伴們也要跟我一起嗎？」

風鳴五秒變臉的樣子驚呆了華國靈能團的所有人。

要知道，在坐飛機來這邊的一路上、幾個小時的時間裡，大家還和風鳴有說有笑，各種搞笑哏和黃色笑話齊飛呢。剛上飛機的時候，華國靈能者們還以為風鳴這個神話系靈能者會很高冷，不好接近，最終發現這是個個性開朗又會開玩笑的大可愛，就很愉快。

結果，這種愉快現在變成了變臉崇拜。

要不是風鳴現在就站在他們面前，他們親眼看著風鳴那聖父般的微笑和矜持微揚的下巴，他們絕對不會相信之前在飛機上跟他們吹牛，說老子一個能打十個的風鳴會是現在這樣。

真的只是一瞬間，風鳴就從好看的普通大眾變成了矜貴的天使閣下。即便是同一張臉、同樣的穿著，氣質一下子就變了。

這個時候，華國的靈能者裡有個女靈能者痛心疾首地小聲說了一句：「我靠我靠我靠，我現在是真的相信他是鳳俊俊變的了，嗚。」

作為死忠俊俊粉，這位女靈能者一直不相信她家軟萌可愛的小俊俊會是氣勢淩厲、自信的風鳴，堅信人不可能變得那麼快。但是現在，親眼見到風鳴變人設，她終於不得不接受慘痛的事實。

其他華國靈能者也在心裡暗自感慨點頭：怪不得人家小小年紀就是頂尖的混合系神話靈能者了，光是這種處變不驚、迅速適應環境並融入環境的能力，他們就萬分不及啊！

圖途、雷兼明、蔡濤等幾個小夥伴對視了一眼，都看到了小夥伴對風鳴迅速變臉的大白眼。

風勃：「真不愧是我弟，我有預感……」

風勃被俎楊龍踹了一腳：「快閉嘴，不然我就對你畫圈了。」

風勃：「……」

這個隨時就會畫圈圈詛咒別人的傢伙真討厭，怎麼連話都不讓人說呢？

風鳴的變化讓自己人心裡驚訝，但對來迎接他的那一百位聖光騎士團的騎士們來說，這樣的風鳴才是他們想像中的天使閣下應該有的樣子，是理所當然的！

天使閣下果然像他們想的俊美溫和！

天使閣下果然像他們想的珍愛子民！

他們願意為了保護天使閣下，奉獻出忠誠和生命！誰也別想傷害他們的天使閣下！

聖光騎士團的氣勢彷彿又增加了許多。

理查看著風鳴的樣子，微微笑了起來。他能看出風鳴眼中的那絲無奈和狡猾，畢竟他和他的天使閣下也相處了十幾天，不過，這樣的天使閣下才更適合去見教皇陛下和那些政要、勢力者們，不然他還要擔心天使閣下會被那些目的不純的人們算計了。

「他們不需要和我們一起去，會有接待者引領他們去旅館入住。天使閣下，請跟我來。」

風鳴微微揚起嘴角，點頭。

當他往前踏出第一步的時候，有一個人比他速度更快地往前踏出一步。

在他有動作的那一瞬間，原本集中在風鳴身上的目光全部轉移到了他的身上，彷彿這個人有某種魔力，只要他想，任何人就無法忽視他的存在。

「抱歉，如果想帶走他，你們要問過我。」

后熠的聲音並不大，也沒有帶著什麼厲色，只是那平淡的聲音讓聖光騎士團的騎士們在一瞬間感受到了巨大的壓力，如果他們不是訓練有素的聖光騎士，恐怕已經頂不住壓力拔劍了。於是，眾騎士看向后熠的眼神都變得危險，彷彿下一秒就會集體衝上來，滅殺掉這個危險的存在。

然而，在壓力中心的后熠沒有半點在意，好像那些加諸在他身上的壓力完全不存在一般。他又向前走了一步，伸出左手攔在風鳴的身前，那張淩厲逼人的臉上甚至帶著一絲微笑。

「我不是在開玩笑，而是在認真地告訴你們。你們的天使閣下，是我要護著的人，在我們踏上這片土地的那一刻起，我就會一直跟在他身邊，沒有人能把他從我身邊帶走，這是我不容更改的規矩。請遵守這個規矩，否則他不會跟任何一個人去任何地方。」

如此囂張又霸道的話語，原本應該讓人感到非常憤怒又不屑，但由眼前的這個男人說出來的時候，得到的卻是警惕和沉默——在他第二次開口的時候，屬於神話系靈能者強大的靈壓已經擴散到整個機場，短短的時間內，已經有一些靈能等級較低的靈能者因此臉色發白，甚至身形都不穩起來。

不過很快，機場內其他隊伍所在的位置也爆發出了強大的靈能，顯然其他國家的高級靈能者們不允許有人在這個場合給他們下馬威。甚至有個東南亞的隊伍頭領還想反壓后熠的靈壓，可最後的結果卻是臉色發白地後退一步，強忍著，沒有吐出喉嚨裡的那口鮮血。

由此，許多人看向后熠的眼神都帶著驚駭之色。

理查在后熠的靈壓即將逼得聖光騎士團拔劍的時候終於動了。他抬腿向前一步，與此同時身上爆發出能與后熠相抗衡的強大靈壓。

這是西方神話系靈能者和東方神話系靈能者的第一次力量碰撞，雖然無聲無息，機場卻爆發出了強大的靈氣之風。

不過很快，理查就主動收起了靈壓。

「抱歉，是我們考慮不周。雖然我能以我的性命起誓，保護天使閣下，但我們忘記了天使閣下也是貴國重要的存在。既然如此，就請后熠先生陪同風鳴閣下一起去聖光大教堂。我想教皇陛下和其他等著的閣下們，也會想要見一見華國傳說中的神話系靈能者的風采。」

后熠在理查收起靈壓之後，也停下了動作。

他震懾和申明的目的達到了，就不能得寸進尺了，畢竟這裡是騎士們的老窩，要是真的打起來，一波一波的也很麻煩。

后熠點點頭，轉頭對旁邊的副隊長龍浮潛開口：「之後你帶大家去休息，順便收集一下各種資訊，等我們回來。」

龍浮潛點頭：「我明白，少校。」

然後，風鳴和后熠在理查和百人騎士團的帶領之下，頗有聲勢地坐上了皇家馬車，往聖光大教堂而去。

直到他們離開，機場的靈能者們才偷偷鬆了口氣，討論起剛剛的事情。

「我靠，我只知道后隊強，卻沒想到后隊能強成這個樣子！老天，剛剛我差點沒出息地跪下了好嗎！那種鋪天蓋地的可怕靈壓，讓我覺得我就像掛在天上的多餘太陽。」

「后隊剛剛簡直帥爆了。不過說實話，那個領頭的騎士也不弱啊。他能跟后隊硬碰硬，應該也是S級的神話系靈能者。」

「神聖騎士理查，是歐洲第一個覺醒的神話系靈能者。神職是神聖騎士，疑似體內有神罰之力。隊長，這個人我們一定要注意一下，他的戰力不亞於華國的后熠。」

「嘖，后熠的實力比我們預想的還要可怕一些，想要從他和理查的守衛之下對那個風鳴做點什麼，怕是非常不容易，只能再慢慢找機會了。」

各國的團隊在討論中各自離開機場，坐上了已經等著的接機遊覽車。

然而，在他們坐遊覽車往旅館去的路上，發現道路的兩邊竟然有許許多多歐洲民眾正拿著自製的天使翅膀和光環，還有歐洲各國的國旗和華國國旗非常興奮地揮舞著。

看起來簡直就像大型粉絲接機現場，或者是大型節日狂歡現場。

「……這些人都是衝著風鳴來的嗎！」

圖途坐在車上看著外面的歐洲民眾，整個人都被嚇到了。

而風勃嘆了口氣，指著車上的螢幕：「是啊。而且，我那可憐的弟弟已經被逼得展示出翅膀了。你看，歐洲電視臺全程直播呢。」

眾人看向車裡的電視螢幕，果然看到在一輛華麗的馬車上，風鳴接過了兩個像小天使一樣可愛的男童女童的花，然後在男童和女童期盼的目光之中，顯露出了背後那雙潔白的羽翼。

當這華麗聖潔的翅膀出現的瞬間，道路兩旁的歐洲子民幾乎瞬間進入瘋狂狀態，甚至還有直接跪拜的，可見他們心中有多麼激動，就連站在馬車上的風鳴都有點裝不下去了。

在他的想像中，在這邊頂多就是受歡迎、受尊敬一點而已，天使光環也不會讓他太有別於其他人，但是他真的沒想到歐洲人民對天使會這麼瘋狂啊。他明明不是天使，最多只能說是有一部分的覺醒血脈，這些人不該這樣。

某些事情太過了，就會讓人覺得不安。

他覺得這個神棍可能不太好當。

就在他腦子飛快地想著這些的時候，人群中忽然有人尖叫出聲，一個渾身都冒著黑氣的人形怪物陡然出現在風鳴他們的馬車前方，口中發出難聽的嘶吼聲，衝著風鳴而來。

風鳴瞇起了眼，他聽到下方的人群有人在喊：「是惡魔！！」

「天使大人！請你殺了惡魔吧！！」

沒過多久，這聲音變聚少成多，帶著一種咄咄逼人的浩大氣勢。

風鳴看著那忽然出現在馬車對面，渾身冒著黑氣的「惡魔」瞇了瞇眼，覺得有問題。

為什麼他一到這裡，就有疑似惡魔的傢伙出現？好歹他也是被歐洲人民期待的天使大人，天使大人走的路上怎麼能有惡魔擋著呢？這邊的安全防護做得很不到位啊。

而且，更有意思的是下方的呼喊聲。

現在呼喊聲已經越來越大，幾乎成了全民請他出手殺了惡魔的情況，好像他如果不動手就不配當天使大人，不動手就是個冒牌貨一樣。

在這種情況下，如果讓理查或者后熠出手，就會顯得他這個天使大人是個不中用的擺設。但這種很明顯帶節奏的手段，當他這個長期隱身在華國靈網上的八卦小能手看不出來嗎？

在之前的絕色美人大賽上，這種類似的語言逼迫就多得是。很多人還因為他的人設是軟萌可愛的傻傻，就逼他做這個、做那個，不然就不是可愛溫柔的鳳傻傻了。

現在要他出手擊殺惡魔，如果那個惡魔真的是惡魔倒還好，要是那個惡魔最後被發現只是冒著黑氣，有特殊靈能血脈的普通人呢？那他豈不是成了殺人犯？

天使認不出惡魔還殺了普通人，光是這一件事就能直接把他在歐洲的好名聲全部毀掉吧。退一萬步講，若那個惡魔真的是惡魔，也是歐洲的某些人對他實力的一種試探。那些人想要看看他會怎麼應對，也想要看看他是不是好控制的人吧。畢竟，自己現在才十八歲半呢，十九歲生日還得等到十二月，還是個心智剛成熟的少年。

飛快地想清楚這些後，風鳴露出了完美的聖潔假笑。

他轉頭看向后熠，后熠給了他一個大膽去做的鼓勵眼神，風鳴的笑容就更真實了一些。

然後，在越來越響亮的呼喊聲，夾雜著「天使大人為什麼不行動？」的有心人士疑惑的聲音中，風鳴忽地抬起右手，那在人群中亂飛了幾圈，終於衝向他的「惡魔」周身就猛地出現了一個大水球，把他包裹在水中。

不過幾秒鐘的時間，大水球就喀嚓喀嚓地結成冰。中途，那個「惡魔」還想要掙扎，風鳴在水球中加了一些電花，很輕易地把他電暈了。

在攻擊這個惡魔的時候，風鳴才感覺到這個「惡魔」的體質非常虛弱，似乎稍稍用些力量就能殺死他一樣。而且就像他之前猜的那樣，「惡魔」的氣息不是他之前遇過的血腥暴戾的邪惡之氣，雖然有些沾染，但他本身的靈力給人的感覺更像是……嗯，黏黏膩膩的泥水或霧氣。

於是，風鳴臉上的笑容更加「真誠」了。

他真的是受到了「熱烈」的歡迎。

風鳴出手非常快且乾脆，以至於道路兩旁迎接的人話都還沒喊完，「惡魔」就已經變成了冰塊。不過，在風鳴出手冰凍了「惡魔」之後，不知情的人們就發出了高興的歡呼聲，他的稱呼也從天使大人變成了守護天使、戰鬥天使等各種吹捧的稱呼。

不過就在這個時候，人群中又再次衝進了一隊人馬，他們的面色看起來非常焦急，其中一個人看到被風鳴拖到馬車上的冰球，眼神閃了閃，大聲指責起來：

「你是什麼天使大人！那並不是惡魔，你連這個都分不清嗎！那是除魔小隊第五分隊的隊長先生！他為除去惡魔受了重傷，並且被惡魔的力量感染了，但就算是這樣，布魯特倫先生也是個英雄！你真的是天使大人嗎？竟然連這個都分不出來，這樣就算你有天使的羽翅，也不過是個半吊子！」

那個領頭的人越說越起勁，越說越義正言辭。

原本激動呼喊著風鳴的人群也漸漸地安靜了下來，大家看看風鳴身後的潔白羽翅，再看看他和歐洲人完全不同的黑髮黑眼，一時間心情變得複雜。

為什麼覺醒了天使血脈的人，不是他們歐洲的人呢？

領頭說話的人在這種氣氛之下，眼中暗藏的光芒更亮了幾分，他還要一鼓作氣再說什麼，就直接被一團水球糊了一臉，水球裡還夾雜著看不見的小電花，差點就把他的臉皮電癱了！

然後，風鳴清亮的聲音響了起來。

「他還活著，我只是暫時把他冰凍住了而已，並沒有殺他。這位先生，說話之前要看清楚事實，不要空口白話地說假話。在接觸到這位『惡魔』先生的時候，我就已經發覺到他的不對勁了。只不過大家都太過激動，我怕群情激奮之下會有什麼不好的結果，才出手冰凍了他，但並沒有傷害他。甚至……」

風鳴露出微笑：「我的冰凍還能減弱他體內邪惡力量的擴散，幫他爭取更多活命的時間。我不知道你們這邊的惡魔是什麼樣的，不過，一個靈能者的力量是美好還是邪惡，我分辨得出來。所以，你剛剛說的話錯了，就閉嘴別說了吧。」

風鳴此時雖然微笑著，但也同時在釋放屬於神話系高級靈能者的靈壓。配上他那華麗的羽翅，給人一種神聖不可侵犯、質疑的感覺。

「還有，現在大家冷靜下來了，那我也需要提前聲明一點。」

風鳴對注視著他的路人們微微點頭，又揉了揉抱著他大腿的童男童女的腦袋：

「我首先是華國人，只是我母親有歐洲民族的血統而已。我只是很幸運地覺醒了傳說中的天使血脈，但這血脈並不是我體內力量的全部，因此，我並不能算是你們心中期待的完美天使大人，所以請各位不要對我有過多的期待或者要求，我願意幫助大家對抗地獄之門和可能會出現的惡魔，但請記住，我並不是你們的完美天使，只是半吊子而已。」

風鳴忽然對人群眨了眨眼，顯露出了幾分機靈：「所以，不要對我要求太多，我會用水球堵住你們的嘴巴喔。」

說完這番話，風鳴轉頭看向理查：「聖光大教堂是不是前面那個白色尖頂的大建築？」

理查下意識地點點頭，結果下一秒風鳴淩空而起，直接疾飛出去。

「我已經感受到了大家的熱情，多謝你們。不過，我性子比較急，就先走一步啦。」

誰知道之後的路上還有什麼亂七八糟的「意外事件」等著他，還是直接去見見那些歐洲的大佬和教皇吧。

憑什麼他得按照那些人規定的套路走，他可是會飛的好嗎？

心心念念的天使大人竟然一言不合就飛走了，還特別直白地跟他們說他只是個半吊子，不要要求太多，不然會堵嘴的話，直接讓不少人心中的天使形象崩塌得徹底。

一時之間，有不少上了年紀的虔誠信徒接受不了，嘆氣搖頭，甚至小聲咒罵，但還有不少年輕、比較理智的歐洲人民覺得這位半吊子天使說得對啊。人家本來就不是純血嘛，那怎麼能用純血的要求去要求他呢？而且，很多年輕人還對他一言不合就開罵，不想坐車就直接飛的直爽行為非常欣賞。

這個半吊子天使的性格很不錯啊！虛偽不做作，比一些喜歡裝派頭的人好多了！最重要的是，人家雖然是半吊子天使，可是依然很厲害，很有風範啊。

於是，在風鳴完全不按套路走地飛走之後，路旁的歐洲路人們反而爆發出更高的喝彩和歡呼聲。一個個喊的不再是「天使大人」、「神愛世人」了，而是「半吊子天使」、「酷哥天使」等稱呼。就像他們稱呼一些厲害有特色的靈能者一樣，他們突然就意識到就算是「天使血脈」也不是真正的「天使」，而是覺醒了血脈的「靈能者」而已。

后熠站在馬車上，看著飛得又高又遠的風鳴，低低地笑了起來。

他轉頭看向旁邊帶著一些無奈苦笑的理查，道：

「沒想到吧？有了這一幕，不管是那些想要利用『天使』之名還是想攻擊『混血天使』的人，都能打消念頭了吧？我還以為你們內部多團結一致地對抗惡魔之門呢，結果也不過是各自為了利益。」

后熠心情非常好：「可惜，我們風鳴不想當你們的工具人。誰想利用他，都得做好被他反殺的心理準備。」

理查抿了抿嘴沒說話，不過最終還是輕輕笑了笑。拋開他的身分不說，其實這樣很好。

在這個時候，風鳴已經站在聖光大教堂的白色尖頂上。他看著大教堂下用詭異的眼神看著他的神父、騎士和魔法師、冒險者們，想了想，歪著頭對他們比了個你真棒的手勢。

然後拿出自己的手機，特別沒天使格調地幫自己拍了唯美的照片。畢竟是聖光大教堂的頂部，和他的大翅膀絕配啊。

下面齊齊注視著他的神父、騎士、魔法師等靈能者們：「……」

不是，這個天使有點讓人傻眼啊。

在大教堂內通過直播和攝影機看到一切的教皇和各路勢力的領導們，此刻臉上的表情已經快癱了。

其中有兩個人的臉色非常難看，忍不住開口指責風鳴沒有一個天使應該有的樣子！

不過教皇大人靜靜地看了他們兩人一眼，又看了風鳴站在大教堂頂端的樣子，卻呵呵地笑了起來，然後毫不在意地評價道：

「天使閣下不是說了嗎？他只是個混血半吊子而已嘛。我們不該對他要求太多，而且，我覺得他會給我們帶來戰勝惡魔的驚喜。」

其他勢力：「……」

喔，確定不是惡魔說天使來戰吧，他卻說我來當你小弟的驚喜嗎？

不管教堂裡的老大們對這個從華國來的半吊子不合格天使有什麼不滿，最終還是要把天使請到下面，和他們來一次誠懇認真的交流。

於是風鳴照完相、傳上靈網，就聽到了來自教堂內部的邀請。那是一個聽起來有些蒼老卻充滿著智慧的聲音，風鳴甚至在那聲音中聽出了幾分笑意和包容。風鳴覺得，如果這個聲音的主人是聖光大教堂的教皇陛下，那他或許會對這位老者很有好感。

他也沒有長時間站在人家的教堂頂部，順著邀請，下到了教堂的大門前。

此時那些三觀被他震得有點碎的牧師、魔法師、騎士等都收斂了神色，用十分恭敬的眼神注視著風鳴。

風鳴對他們笑了笑。他覺得這些人表面正經兮兮，可能心裡都在罵人呢，不過他速度很快地走進這個聖光大教堂。

聖光大教堂是歐洲最大也最華麗的一座，有數百年歷史，從外部看氣勢恢弘，十幾個矗立的白色尖頂組成巨型十字架的形狀，僅僅是遊人們見到它的外表，就會下意識屏息凝神。

當你從正門走進教堂內部的時候，才能更加直觀地感受到那種低調的奢華和肅穆，名貴的大理石地板、雕花的彩繪玻璃窗，還有掛在教堂牆壁上的天使聖戰圖、教堂正中間的那座天使聖像，無一不彰顯著神聖與高貴。

風鳴從正門進入，輕輕踩在大理石地板上。隨著腳步發出噠噠的聲音，前方坐在教堂兩邊的男女們都緩緩地轉過頭，齊齊注視著他。

至少有二十多人在用不同的眼神看他，風鳴從這些眼神裡看到了驚訝、疑惑、善意、敵意等許多情緒。不過被這麼多人注視著，他倒是沒有心虛或膽怯的樣子，反而在那些人的注視之下，身形筆直、神態自若，甚至每走一步，表情就柔和聖潔幾分，彷彿他每走一步就更像一個真的憐愛世人的天之使者。

直到他走到用和藹微笑看著他，站在教堂祭壇前的教皇面前，風鳴的表情和笑容已經無懈可擊了，就好像剛剛不按套路出牌，站在教堂尖頂照相的半吊子天使完全不是他一樣。

坐在坐席上的二十多個重要人物此時看著躬身、對教皇陛下問好的青年，完全無法把他和剛剛看到的那個半吊子天使相提並論。而且，更讓這二十多位重要人物覺得牙疼的是，他們發現現在這個叫風鳴，擁有天使血脈靈能的小子的笑容，竟然和教皇陛下有那麼點神似。

都是不管你在吵什麼，我都悲天憫人地看著你，然後原諒你的那種嘴臉。

一開始就覺得華國人玷汙了天使血脈的一位老大直接捂住心口，他看到這種笑容就難受。其他老大很快就適應了風鳴的變臉，畢竟一個個都是見過大風大浪的人，變臉的技術等級也不低。不過，只不過是從正門走向祭壇的路，他們就真切地意識到這個有著華國神話系和歐洲神話系血脈的小青年，並不如他們所想的可以輕易控制或者左右，他們要改變對待這位混血神話系靈能者的方法了，不然，就會像克朗姆那樣設計不成，反而把事情搞砸。

於是，二十多位老大都露出了溫和友善的表情。

這個時候，教皇陛下伸出了他蒼老有力的手，輕輕撫過風鳴的頭頂，給予祝福。

「感謝你的到來，主會保佑你康健、順利。」

風鳴微笑起來，再次矜持地躬身：「神愛世人。」

教皇陛下就呵呵地笑了：「既然天使閣下已經來了，那就見一見這次會帶人抗擊地獄之門的主要參與者和領導者吧。大家都想見你，想見見屬於真正『天使』的力量，或許見到了『天使』的力量，我們就能想出更多對抗地獄之門的方法。我始終堅信，能戰勝惡魔的必然是無懼的勇士們，而天使是勇士中最為強大，並且能克制惡魔的那一個。只是在這裡的一些人卻有些擔心你的力量不足以震懾惡魔，所以才想要見識一下。」

風鳴聽到這裡，眉毛揚了起來：「所以你們才會故意找人在中間攔我的路嗎？如果我沒有看出來那個人不是惡魔，又或者直接失手殺了他，你們打算怎麼樣？道德綁架我，讓我為你們做事嗎？」

教皇陛下搖頭笑了兩聲。

「那種愚蠢的手段，是攔不了真正強者的。我只能說我對此並不知情，畢竟我會直接在這裡請求你展現實力，而不是在那種時候。所以，那樣做的人也嘗到了苦果不是嗎？他的愚蠢會被人記住很長一段時間，然後影響到他現在所擁有的一切。」

風鳴注意到在教皇陛下說這幾句話的時候，下方的坐席上有一個肥頭大耳，方臉小眼，一臉刻薄的中年男人臉色越來越難看。想來這就是那個只用愚蠢手段的傢伙了。

風鳴笑了笑，「您說得對。愚蠢的人總會想把錯甩給別人，而看不到自己的腦子不好。」

說完，風鳴不理會那個一臉憤怒的傢伙，直接上前一步開口：

「那麼，你們想要我怎樣展現實力？隨便說一種方法吧，我都接受。不過醜話說在前面，今天這種事我只會同意一次，也算是我們華國前來援助的誠意。但過了今天，如果還有什麼人腦子不好，想給我扣什麼鍋、潑什麼髒水或者做不好的事情，請相信我。」風鳴的表情非常誠懇，眼神卻是銳利無比的威脅：「我會打人，打到他媽都認不出來的那種。」

此時，理查和后熠剛踏入大教堂的正門，聽到風鳴微笑著說出威脅的話時都頓了一下。

然後理查有些無奈地搖搖頭，后熠卻是帶著笑和縱容點點頭，還唯恐天下不亂地補了一句：「不用天使大人出手，是我的靈力不夠了，還是我的射日箭射不出去了？我會提前為我的天使大人做好一切的。」

風鳴就站在那裡和后熠隔空而笑，坐席上的那二十多位老大也都齊齊轉頭看向后熠和理查。

不得不承認，這個東方強大的神話系靈能者走在他們最強的神聖騎士身邊，完全不遜色分毫。即便他們兩個人一個嚴謹一個散漫，那強大的氣勢卻分庭抗禮。

后熠的到來讓那二十多個老大有些警惕，不過他們的注意力很快就放在了展現風鳴的實力上。

這一點彷彿大家早已經想過了很多遍，很快就有一個穿著黑色風衣的健碩男子從坐席上站起來。他先對風鳴很有風度地躬了身，才道：「可否隨我們去教堂的自省室？在那裡，我們已經準備好了您需要面對的存在。」

風鳴聽到這番話，瞇了瞇眼：「你們該不會去找了惡魔在那裡等吧？地獄之門不是還沒有打開嗎？」

穿黑色風衣的男子點點頭又搖搖頭：「地獄之門確實還沒有打開，不過在地獄之門附近，我們卻找到了很多被邪惡力量侵襲的異化動物。那些被魔氣侵襲的動物和植物異化後，會變得非常凶殘且毫無神智。除了殺死牠們會很耗費力量之外，牠們沾染上的魔氣還很難消散。」

黑風衣男子那雙深褐色的眼瞳看著風鳴：「如果是天使血脈的話，我們覺得，您應該有淨化魔氣的力量。」

風鳴眨了眨眼，這個推論倒是很有幾分道理的樣子。

不過，他從覺醒之後就沒用大翅膀打過魔物了，充其量就是劈死很多被混沌裂縫的混亂邪惡靈氣侵蝕的祕境生物，但他也沒有注意過劈死那些祕境生物之後，牠們身上的混亂靈氣怎樣了。

想到這裡，風鳴心中曾經隱隱浮現過的一個猜想再次占據了他的腦海。

這時候，他倒是很迫切地想見見那些被魔氣侵染的動物和植物到底是什麼樣子。如果……那事情就有些大條了。

風鳴的表情一下子變得嚴肅起來，眾人還以為他是為了即將到來的挑戰才這樣，倒是后熠伸手去握了一下風鳴的手，風鳴緊緊地反握了一下，嘴角上揚。

理查盯著那握在一起的手，突然有種拔劍的衝動。不過很快，他們就集體到了聖光大教堂的自省室內。當那黑色風衣的男子推開自省室大門的瞬間，一股邪惡、腐朽、混亂的氣息撲面而來，同時瘋狂的野獸嘶吼聲也在風鳴的耳邊響起。

風鳴在門口站了幾秒之後，深深地嘆了口氣。

之後十幾道紫色的雷霆憑空而現，直接劈死了那幾隻異化發瘋的異化獸，甚至連同那些魔氣也在那雷霆之下消散得一乾二淨。

所有人看向風鳴的眼神陡然變得晶亮且熱切，只有風鳴自己滿臉苦笑：「我現在特別相信地球是個大家庭了。」

同一個世界，同一片裂縫後面的恐怖空間啊。

這些侵襲了動物和植物的「魔氣」，和他在長白祕境、深海祕境裂縫處感受到的混沌靈氣幾乎沒有區別呢。

第七章　地獄之內

雖然在面對深海祕境裂縫時，風鳴心中已經有了猜測，但真的發現西方所謂的「惡魔」，其實和另外兩個祕境裡被混沌腐朽的靈氣沾染的生物一樣的時候，風鳴還是覺得很沉重。

這就意味著在那個縫隙後面，充斥著腐朽邪惡靈氣的世界範圍非常大，大到從長白山到太平洋，再從太平洋到歐洲。風鳴甚至有點感覺，那裂縫後面的另一個「祕境」範圍可能大到超乎他的想像，而那一個「祕境」，似乎正在緩慢地侵蝕著他們現在的這個世界。

而且，在另一個「祕境」裡的生物，似乎正在瘋狂地往這個世界過來。

風鳴想到了長白山祕境裡人參老爺子的話——在裂縫後面是腐朽、沒有生機、正在崩潰的另一個祕境。那些被腐朽混沌的靈氣沾染的生物不願意隨著時間一起滅亡，就不停尋找出路。

或許地球就是牠們找到的，可以重獲新生的出路。

但如果是這樣，歐洲的地獄之門只怕都不是重頭戲。如果那個必然會崩潰的祕境世界走到了盡頭，裡面還活著的存在必將會用一切方法尋求出路。到了那時候，地球上或許就不會只有一兩道被強行打開的空間裂縫了，或許地球的空間壁壘都會被在絕望中掙扎求生的祕境生物們撞成篩子，尋求那一線生機。

但是，對於地球的人類和生物來說，祕境世界的生機卻是危機。

地球上原本還算溫和純淨的靈氣會變得混亂腐朽，本應該正常進化覺醒的動植物會因為無法承受異變的力量，變得瘋狂沒有理智、嗜殺，最終走向滅亡的絕路，就像那個即將崩潰的腐朽祕境裡的生物一樣，整個地球也會慢慢成為第二個腐朽的祕境世界。

風鳴深深吸了口氣，他不想再繼續想下去了，這件事情不是他一個人能解決的，他得把這件事情告訴國家，甚至再由國家告訴整個世界。

如果他的猜測是正確的，那麼比起歐洲的地獄之門即將打開了，地獄之門對面的祕境到底是什麼樣的存在，還有多少瘋狂地想出來的魔化生物、妖獸，才是整個地球上的人類要注意的重點。

除此之外……

風鳴忽然看向理查：「理查，被惡魔之氣侵襲的除了動物和植物之外，有普通人或者靈能者嗎？」

理查一早就注意到風鳴進入這個屋子之後，變得越來越不好的臉色。

他雖然心中憂慮，卻沒有直接詢問出聲。現在風鳴開口，理查自然知無不言，這位神聖騎士輕輕點頭，表情也有些沉重：

「雖然地獄之門所在的區域早已被我們畫上了警戒線，不允許普通的民眾接近，但在那邊負責守衛的騎士和牧師有被魔氣侵染的人。被魔氣侵染的騎士和牧師會喪失理智，和那些異變的植物和動物一樣，嗜殺、瘋狂、喪失理智。不過，有一位騎士隊長用他堅定的意志力撐了下來，保持了理智，但也無法完全控制自己暴戾弒殺的心，現在正在最危險的元素森林獵殺變異獸。」

風鳴點點頭，然後感覺到頭頂又被溫和地摸了摸，風鳴抬眼看去，教皇老爺子那雙有智慧的眼睛正對著他微笑。

「孩子，你想到了什麼是嗎？不用害怕和糾結，你要相信人們齊心協力的力量。」

風鳴發現自己原本有些焦灼的情緒竟然真的被安撫了一些，甚至感到一股微弱柔和的靈氣在他的頭頂散開。他有些驚訝，這位教皇老爺子無論怎麼看都只是一個普通人而已，但他的話語和行動卻能引動靈力。

風鳴忍不住感嘆地笑了起來：「多謝您，您是一位真正的教皇。」

只有真正無私且擁有智慧和包容的澄澈之人，才能引動大地的靈力吧。

教皇感受到了風鳴的善意，笑呵呵地問：「那麼，你可以和我說說你發現了什麼嗎？」

風鳴想了想，決定還是先說一部分。不管他的猜想對不對，總歸能多給出一點警示。

「是的，之前在深海祕境和長白山祕境裡，我也見過被魔氣侵染的覺醒異變動植物。雖然被侵染的動植物種類和模樣並不相同，但被侵襲之後，牠們所展現出來的瘋狂、暴虐、嗜殺等行為卻都是相同的。所以，我有些懷疑……」

風鳴說到這裡頓了一下，有老大忍不住詢問：「你懷疑什麼？」

風鳴看向他們：「我有些懷疑，在那兩個靈能祕境裡的空間裂縫背後的世界，是不是和惡魔之門背後的惡魔世界相通？」

聽到風鳴這番話，在場的歐洲老大們第一反應就是否定。

「惡魔的世界怎麼可能和你們華國的祕境、太平洋深海的祕境相同？惡魔的世界就是惡魔的世界，它是獨一無二的。」

風鳴對此只說了一句話：「聽您的口氣，您是去過魔王的世界對嗎？那裡風景如何？到處都是岩漿火山嗎？」

否定的肥頭大耳老大被堵得滿臉通紅。

其他老大把差點脫口而出的話全部憋回肚子裡，然後開始仔細地思考風鳴所說的推測。越想就越心驚，顯然他們也想到了某種極為糟糕的可能。

「如果各位還需要證人的話，理查也和我們一起去過長白祕境，見過長白祕境裡被混亂靈氣侵襲的靈獸們。而在深海祕境裡，歐洲也派了騎士和魔法師的小隊參與，他們應該也跟各位說過裡面被混亂靈氣侵襲的狀況。

或許是他們一時沒有把這些和地獄之門聯繫起來，但在我看到這房間裡被魔化了的動物和植物時，想到的就是那兩個祕境裡的情況。或許是我想太多了，杞人憂天，或許是邪惡的力量總有相似之處，不過我已經把我的想法跟各位說清楚了，接下來我也不會再說什麼。」

那二十多位老大各自互相對視，最終點了點頭，不再說話。

教皇老爺子則認真地思考了一番，然後道：「這件事，小風你會和你們的大將軍說嗎？」

風鳴點了點頭：「會的，而且我還會做非常詳細的總結和報告。」

教皇老爺子就微微閉上了眼，臉上是悲天憫人的肅穆表情。

「我知道了，這件事情，我會召集大家認真應對的。今天辛苦你了，下午和晚上就請好好地在安排的旅館休息吧，我們這邊的風景還算不錯，人民雖然有些不安，卻也熱情好客。請好好感受一下這裡吧，希望你能愛上這個你體內血脈的第二故鄉。」

風鳴聞言，輕輕笑了笑。

「謝謝，我會的。」

然後，風鳴和后熠直接離開了聖光大教堂，留下教皇、理查以及那二十多位老大繼續商討後續的事情。

在風鳴和后熠即將走出大教堂的時候，風鳴忽然拉住后熠的手：「我覺得我不適合這樣走出去，大家可能都已經知道了我的臉。」

后熠揚眉：「那你想要幹什麼？」

風鳴嘿嘿兩聲。他走到教堂的角落裡，裝模作樣地從身後的背包裡拿出一個墨鏡、一個金黃色假髮套在頭上。

風鳴那原本長到腳踝的黑色長髮早已隨著他對力量的吸收而縮短，現在是剛過耳垂的正常長度了，戴假髮十分便利，隨便用手弄兩下，再配上遮住大半邊臉的墨鏡，最後再把身上的白色T恤換成彩色的套頭衫，他就完全不像華國小青年了，像是很潮的歐洲混血小哥。

「這樣就行了，反正行李也被圖途他們拿走了。走走走，先去逛逛義國的商場，看看風景和浪漫的美人們。」

后熠看到風鳴十幾秒內披了個化身，像是換了一個人，眼中緩緩放出晶亮的光。在風鳴疑惑戒備的眼神中，這位華國頂級靈能者隊長竟然伸出手道：「我知道你肯定不止準備了這一套，好歹我也是隊長，不太能崩人設。來，也給我一套。」

風鳴看著他翻了個白眼，不過最終還是給他了一套行頭。

於是，當風天使和后隊長攜手從教堂後門而出的時候，等在教堂後門的熱情歐洲人民兼天使粉絲們，就看到兩個看起來就不怎麼正經，頗有嘻哈風的年輕人。

其中一個人竟然穿著花襯衫、大短褲，還綁了滿頭的髒辮，怎麼看都不像是會出現在聖光大教堂的虔誠信徒。於是，這兩個嘻哈小青年很輕易地離開了，歐洲人民還繼續拿著手機，苦苦地等著天使。

走出了人群包圍圈，風鳴就覺得壓力大減，連風都是自由自在的。

有了偽裝就不必考慮那麼多，還有國家爸爸給錢，風鳴和后熠就開始在歐洲街道上興奮地亂逛。

雖然此時歐洲的人民因為地獄之門即將打開的事有些惶惶，但不得不說教堂和這邊的領導者，安撫和保全工作做得也很好，大家的生活並沒有混亂，而是帶著一種終將戰勝惡魔的堅毅和決心。

這種心態讓風鳴和后熠都很是欣賞，於是開始了沿街掃蕩。

今天一下午的時間，義國最繁華的一條商業街上有兩道非常「亮眼」的吃貨風景——風鳴從麵包吃到鬆餅，從特色的水果聖代吃到熱狗烤腸，還有很多精緻的手工糖果和巧克力，總之風鳴和后熠逛了一路，也吃了一路。

反正別墅大空間還在，而且地盤好像又大了點，看見什麼就囤起來吧！又不會放不下！

風鳴一路上吃得很開心，卻總覺得有奇奇怪怪的視線若有若無地看著他和后熠。

他一口咬掉了一大塊炸雞腿，拉下墨鏡用疑惑的眼神看后熠：「我覺得有人用奇怪的眼神看著我們？」

后熠掃了一眼周圍的義國人民，片刻後忽然笑著搖頭：「沒事，他們沒有敵意，或許就是覺得我們兩個身高腿長還長得帥，天然就有一股明星風範吧。」

這樣說著，后熠就伸手把自己的鮮榨果汁端到風鳴的嘴邊，風鳴剛好覺得有點渴，直接吸了一大口。然後他覺得，周圍那些人看他的眼神好像更明顯了。

直到片刻之後，兩個穿著小襯衫、打著領結的孩童一人抱著一束花，衝到了風鳴和后熠的面前，用風鳴聽得懂的英語說了一句：「兩位十分相配的大哥哥，要不要互相送花給對方呢？今天陽光燦爛、空氣清新，雖然不是情人節，卻是個適合送花的日子。」

風鳴瞬間就懂了之前那些眼神的意思——喲！快來看看這兩個花襯衫小同志，竟然敢公然秀恩愛！

風鳴又想到了后熠特地餵給他的果汁和搭在他肩膀上的手，就知道這傢伙早就已經猜出那些圍觀的人的想法了，結果這傢伙不告訴他，還樂在其中。

咳咳，不過他其實也滿樂在其中的。反正現在他只是個混血歐洲小哥嘛，誰能知道他的真實身分呢？

后熠原本還以為，風鳴猜到他故意不說那些眼神的意思之後會直接上電流，結果就看到他的黃毛小鳥把雞腿塞到嘴裡，然後大手一揮，吐出兩個英文字：「都要了！」

直接從口袋裡掏出十張歐元，把兩個孩子手裡藍色和銀色的花全買了下來。然後，風鳴轉頭看向有些意外的后熠，喀嚓兩下就嚼碎了炸酥的雞腿，咽下去。

他嘴角往上一揚，在街道上的眾人注視之下，手攬著兩束花彎腰躬身：「親愛的，你考慮嫁給我嗎？工資上繳一半，和我一起打怪獸、放風冒險，偶爾鹹魚癱的那種？」

頓時，周圍熱情的歐洲人民就圍了上來，一個個帶著善意地哄鬧起來，一同說著答應他，答應他！

后隊活了這麼一大把年紀，經歷了不知道多少大場面，在這一刻竟然也有一瞬間的僵硬和不知所措。不過那情緒一閃而過，被狂喜所取代。他看著那個對他笑得美好無比的少年，覺得心也飛揚起來。

然後，眾目睽睽之下，后隊長直接把他放在心上的小鳥兒抱了個滿懷，原地轉了幾個圈之後又興奮地把風鳴朝天扔了五次，最終在一片哄笑聲中接住了已經揚著眉毛要電他的風鳴，直接吻了下去。

「別說嫁了，入贅給你都行。」

然後，兩人撒狗糧撒了一路，在吃晚飯的時候，后熠還拉著風鳴去了這裡最豪華的景觀頂級餐廳。一來就要情侶套餐，閃瞎了一整路人的眼。

等晚上，兩個人終於回到專屬於救援隊的旅館時，聚集在休息廳的華國小隊隊員們看著那渾身冒著詭異粉紅泡泡的兩個人，總覺得有哪裡不對。

風勃吃著泡麵，突然摸了摸下巴：「我覺得你們兩個背著我們去做了很多見不得光的事。弟弟，你一定要從實招來啊。」

俎楊龍瞇起眼：「我突然有種想要畫個圈圈，燒死他們的感覺，這是為什麼呢？」

風鳴不懼隊友的目光，淡定地從背包裡掏出了炸雞、可樂、麻辣燙、炒河粉、臭豆腐、醬香餅，還有老乾媽臭豆腐和榨菜三件套，放到桌上。

「給你們一個機會，再說一遍。」

風勃：「！」

俎楊龍：「！」

要吃還是要尊嚴，這是個問題。

最後，風勃和組楊龍他們還是在美味和尊嚴中選擇了美味。畢竟尊嚴可以時刻都重新崛起，但美味在異國他鄉卻不能時刻品嘗到。就比如他們是今天上午到達旅館的，中午吃了一頓很豐盛的酒店自助餐，但在一堆披薩、麵包、歐式烤肉和各種濃湯的料理中，他們就算吃得肚子滾圓，卻總覺得好像缺了點什麼。

到了晚上的時候，哪怕吃了烤鵝肝、濃香魚子醬、法式焗蝸牛等名貴菜肴，華國這些土生土長的靈能者們也感受到了胃的空虛。大家聚集在休息室裡，莫名就開始討論起各種家鄉美味了，場面一度難以控制。

就在這個時候，風鳴和后熠從外面回來，帶回了家鄉的味道。

「啊啊啊！誰也別跟我搶臭豆腐，不然我會打人！」

「老乾媽是我親戚，你們總不至於和我搶親戚吧？」

「麻辣燙麻辣燙麻辣燙！天啊，竟然還有麻辣燙，喔，涼了我都能吃下去。」

除去那幾個知道風鳴自帶空間的小夥伴們，其他華國靈能者們一個個都驚嘆不已，最後鳳傻傻的媽粉張虹才代替大家問：「所以傻傻啊，你是去唐人街了嗎？」

風鳴聽到這個稱呼，忍不住稍稍笑了一下：「姊姊，妳猜？猜對了傻傻也不會告訴妳的，這是祕密～」

張虹忍不住想要捂臉尖叫，后熠則在旁邊面帶謎之微笑——不管是嗚嗚還是傻傻，又或者淼淼和迪卡，包括可愛的大天使，全都是他的。他擁有這麼多的戀人，他驕傲了嗎？

等休息室裡的華國靈能者們爭搶完風鳴拿出來的食物後，副隊長龍浮潛才開始說他們調查到的一些情況。

「義國和歐洲的人民現在對地獄之門雖然有些驚恐，卻沒有不戰而逃的想法，意志力還算比較堅定，情緒也正常。而且，很多民間的靈能者已經自發地聚集起一個個小型的安全基地，就等待地獄之門打開的時候，用來抵抗惡魔。

歐洲的靈能研究似乎也有一定進展，據說德國的研究基地已經研製出了靈能晶石、靈石防護罩。一旦防護罩打開，就可以籠罩周圍三千公尺的範圍，隔離大部分的魔化動植物或惡魔。不過損耗巨大，我們國家和米國、日國也都研究出了類似的靈能防護罩。

這次來幫助歐洲面對地獄之門的國家和不同勢力，總共六十四個，其中勢力大國都派了五十人以上的小隊前來。還有一些富豪和各大勢力也派了人來，但數量較少。不過我們在那些人裡，發現幾個國際混亂組織也派人來這裡了。」龍浮潛說到這裡看了風鳴一眼：「他們的目的可能並不單純，我們行動的時候都要小心一些。」

風鳴自然明白龍浮潛的意思，點點頭。

「放心，我會注意。而且，我們這次來的人很多嘛，大家都是我的保護傘啊。」

靈能者們都笑了起來，還以為風鳴這是相信他們的表現，只有圖途、雷兼明幾個很明白風鳴騷操作和想法的同伴才抽了抽嘴角，心想也不知道之後會看見一個什麼樣的「風鳴」，希望不要太挑戰三觀就好。

「然後，等到明天，我們就應該會去『地獄之門』的所在地了，那裡是義國邊境的一處國家森林，原本是全範圍封鎖，有騎士和牧師小隊看守，但因為地獄之門周圍的惡魔之氣太過濃烈，那處國家森林現在已經幾乎要淪陷了。」

龍浮潛眉頭皺了皺：「我們探聽到歐洲這邊對地獄之門的處理方法有三種不同的設想，但具體是什麼，還需要等到那裡才能知道。不過我和連翹、辛瑙幾個仔細地推測了一番，覺得最後也不過就是在外面重新封鎖地獄之門，或者在地獄之門外設置陷阱破壞它，以及進入地獄之門，從內部破壞這三種方法了。

后隊，如果是第一種，他們可能會想要讓風鳴試試力量，風鳴或許會面對逼迫。如果是第三種，那將會非常危險，辛瑙不建議您和風鳴進入地獄之門。」

風鳴忍不住去看那個面色蒼白如鬼，一副馬上就要魂遊天外的青年，這個人的樣子實在和他的名字一樣，讓人迷惑啊。

后熠卻很重視地皺了皺眉，看向辛瑙，頓了一下後問：「根據你的推測，最後我們進入地獄之門的可能性有多大？」

辛瑙收回看著虛無天空的眼睛，想了想道：「大概八成。」然後又虛無地補了一句：「死在裡面的可能超過七成。」

后熠的面色嚴肅了起來。

這時候，楊伯勞才推推眼鏡，介紹了一下這個「辛瑙」。

「他是A級預知類大腦異變覺醒的靈能者，好幾個祕境的開啟時間都是他預知出來的，是我們國家需要特殊保護的珍貴人才之一，這次他能跟來，我也覺得很驚訝。」

辛瑙看一眼楊伯勞，然後又一副神遊外太空的樣子：「不，這次是我主動申請要來的，我的靈能想要升級，必須多次感應和使用才行，待在沒有危險的地方預知的正確率會下降很多。而且，來之前我心神不寧，我的靈能告訴我，我要跟著風鳴一起來這裡，才能得到最準確也最重要的一個預知。」

他說到這裡，突然沉默下來，把頭轉向風鳴，毫無根據地開口：「有個非常可怕的事情被證實了，是嗎？」

風鳴忍不住苦笑一下：「……不算徹底被證實吧，只能說被證實了一部分，情況到底是什麼樣，或許得進入地獄之門才能明白。」

休息室裡的華國靈能者們聽到他們的對話，都有些發愣。看著他們的樣子，風鳴想了想就把自己的猜測告訴了大家。畢竟，如果他的猜測是真的，在場的靈能者們都會在未來的某一天成為對抗「祕境世界」的力量。

當天晚上，華國的這些靈能者們有一大半都做了一夜和各種「妖魔鬼怪」戰鬥的噩夢，以至於第二天早上在前往「地獄之門」的路上，各國靈能者看著他們的眼神都變得有些怪異。

華國這一群人昨天晚上偷偷摸摸幹什麼了？怎麼一個個黑眼圈都這麼重的樣子，難不成到了國外以後都狂歡不禁了？

華國靈能者們：氣死人，但還是保持尷尬又不失禮的微笑。

幾十輛遊覽車在路上行駛了兩個多小時，終於到達了地獄之門所在的那片國家森林。

此時，在森林周邊居住的所有義國人民都已經安全撤離，甚至因為這片森林散發的氣息太過恐怖，在距離這片森林幾千公尺的區域都已經變成了無人區。

在國家森林的入口，已經能看到那彷彿有實體的黑色霧氣彌漫在森林之中，散發著不祥之氣。

「天啊！在那片黑霧的中間好像有一道巨大的裂縫！是我看錯了嗎？」

有一個澳洲的雙目異變靈能者忍不住高呼出聲，在呼喊的同時，他還遮住了自己的眼睛：「那地方太可怕了，我光是看一眼就已經眼睛刺痛！那裡的惡魔之氣超標了！！」

他這樣說著，看向其他站在他身邊的各國靈能者們，似乎是想要找認同者或者想要表達其他意見，但是幾乎沒人回應他。

這個時候，由歐洲靈能者組成的數百人冒險隊的隊長歐利文上前一步，神色平靜地看向那個澳洲靈能者：「先生，在你們來的時候就應該已經知道，等待著我們所有人的是未知的危險，和不知何時能結束的戰鬥。這不是一場集體旅遊，在這裡，您和其他國際友人都有可能受傷，甚至是死亡，我們歐洲人民會感謝各位的援助和付出，也要認真地提醒各位，現在是各位可以做選擇的最後時間。

此次的援助可能非常危險，沒有做好心理準備和對自己實力沒自信的人請留在這裡，不要深入。我們並不會輕視在這裡停下的人，畢竟每個人都有做選擇的權利，而且，每個人擅長的也不相同。

但，一旦各位走入這片森林，就請全力以赴，面對一切危險。從森林入口到地獄之門前，我們會遇到各種魔化的森林異獸和異植的攻擊，一不小心就有可能受傷，甚至喪命。那麼，請各位做出最後的選擇。其他人，跟著我們走。」

這位冒險隊隊長說完話後，並沒有等待眾人的選擇結果，而是直接領著歐洲的冒險隊員們進入森林。

理查帶領著百人騎士團看向風鳴，風鳴露出一個完美的假笑，跟著后熠和一幫黑眼圈華國靈能者們進入森林。

華國小隊和騎士團一動，另外幾個大國的隊伍也迅速動了起來。

到最後，停留在森林入口的靈能者大約是援助總人數的五分之一。不知為何，留下的人莫名都有種臉上火辣的感覺。

進入森林的將近兩千位靈能者們，在進入森林不到十分鐘的時間，就遭到了來自這片已經從國家森林，變成詭祕黑暗的原始森林的異變魔物攻擊——

風鳴看著在淡淡黑霧中張牙舞爪的樹枝、藤蔓，渾身雞皮疙瘩都冒了出來。怕是不怕，就是這畫面實在太討厭了一點。

偏偏這時候，靈能者中還有人驚呼出聲：「都小心點！這些樹枝的藤蔓好像有毒！！」

華國的靈能者們以三角方陣聚集在一起，每人負責一個方向切砍藤條，二十分鐘後，內部和外部的人交換。

蔡濤這時候走在風鳴旁邊，雙臂變成了超長的西瓜砍刀，飛快地砍著抽空想要偷襲他們的藤蔓。而組楊龍和風勃不是第一批外部攻擊人員，兩人就一個接一個地碎念：

「東方有不祥的預感。」

「畫圈祝福你。」

「西方也有不祥的預感。」

「畫圈祝福你。」

「后隊，相信我，一直向前走，別回頭！我們這個方位風水極佳，比其他人都安全！」

然後，在華國靈能者們被這兩個傢伙煩得不得了的時候，他們聽到來自其他方位的靈能者們憤怒的咒罵聲和尖叫聲——

「喔！Shit！為什麼這片林子裡還有吸血蝙蝠？」

「明明沒有到湖水的方位，為什麼大地突然變成沼澤了？這該死的惡魔森林！！」

華國靈能者們：「……」

算了，還是讓他們兩個繼續念吧。作為華國人，要相信老祖宗們玄學的力量。

結果這時候，風勃忽然面色一變，張口就道：「糟了，我有一種不祥的預感，有一大波危險會來臨！」

華國靈能者們：「……」

在風勃大範圍烏鴉嘴的五分鐘後，華國小隊和離他們最近的歐洲冒險小隊、理查的騎士團已經把附近變得腐朽有毒的藤蔓砍完了一大半，來到一片相對空曠的地方。

偏東或偏西方的靈能者隊伍則是在被毒藤攻擊的時候，還遇到了一些其他的突然攻擊，比華國和歐洲小隊顯得狼狽了幾分，不過現在剛進入森林，來到這裡的靈能者都不是泛泛之輩，雖然有的隊伍相對而言狼狽了一些，卻沒有一個隊伍有減員的情況出現。

只是，這種還算順利的狀態在大家剛剛鬆了一口氣時戛然而止，一些聽力較強的靈能者們忽然變了臉色，同時幾乎有三個靈能者大喊出聲：「注意防禦！有東西過來了！」

其實不用他們說，很快其他靈能者也都聽到了那從遠處而來，像是昆蟲振翅的嗡鳴聲。

風勃這個時候臉色蒼白，顯然那群朝這邊過來的東西就是他覺得的「一大波危險」。熊霸在這時突然開口：「是馬蜂！那聲音和我去密林冒險裡掏蜂窩的聲音很像，又凶殘很多！」

后熠卻在這時聲音更冷地否認：「在這片森林中，那是殺人蜂。全員戒備！高防禦者迅速到周邊站定，遠端攻擊者居後，時刻攻擊！」

風鳴想了想，主動站到陣型的最外面，熊霸伸手拉住他：「你身上連個毛都沒有，你還站在外面？怎麼看都是老哥我更皮粗肉厚吧！快點在我身後站好！」

風鳴對熊霸的維護十分感動，然而還是堅定地拒絕了他的好意。

「兄弟，小看我是不是？雖然我身上沒有厚實的皮毛，但想要厚實的防禦還不容易嗎？」

他這樣說著，周身有一陣濃郁的水系靈力波動，站在他對面、一臉不以為然的熊霸就看到風鳴全身上下開始結出一層厚厚的冰晶，當那一層冰晶大約凝結到十毫米的時候，水的靈力波動才停了下來。

風鳴這個「冰塊人」很愉悅地跟熊霸打了一聲招呼。

「大熊啊，這身鎧甲你覺得怎麼樣？是不是最漂亮的鎧甲？」

熊霸被他堵得一句話都說不出來，癱著臉想，要比腦子騷氣，他還是比不過這孫子。

風鳴在自己身上凝結的冰晶並不像凍結敵人一樣，不是一整塊厚厚的冰，而是在每個關節處都留了可以活動的縫隙。這樣一來，他不會因為渾身上下都結了厚厚的冰，不能移動，同時也保證了昆蟲類密集的攻擊無法傷害到他。

說實話，這是一個很絕妙的想法，但看一看現在風鳴的樣子，和歐洲騎士團以及冒險團看著他的三觀崩碎的眼神，就能知道這想法有多喪心病狂。

你能想像一個腦袋凍成冰塊的人對你轉頭微笑，渾身上下凍成大冰棒的傢伙伸手和你打招呼嗎？還是像機器人那種，哪怕是墨子雲這個風鳴粉都有點承受不住。

就在風勃思考著該怎麼委婉地告訴自家堂弟，不要再用這副樣子刺激把他當成大天使的歐洲人民時，那群光是振翅聲就讓人覺得頭皮發麻的殺人蜂群鋪天蓋地地襲來。

牠們一個個足足有成年人的食指長，距離近的，甚至能看到這些殺人蜂可怕的複眼和身上腹部的絨毛。當然，最讓人覺得心中發寒的是牠們尾部黑得發亮的尖銳毒針，如果一不小心被那毒針刺到，絕對不是像被普通的蜂類刺到一樣，只是局部腫痛而已。

有密集恐懼症的人光看到這一幕，恐怕就會被嚇暈過去了。

風鳴雖然把自己凍成了冰塊勇士，但他的身體靈活性也沒有被減弱太多，在不少人都下意識後退的時候，他反而大步往前走了兩三步，頓時就成了殺人蜂群的主要攻擊對象。在理查和歐洲小隊的人為這一幕提心吊膽的時候，他們忽然在嗡嗡的震翅聲中聽到了清脆，像是鋼針打在玻璃上的脆響聲？

所有人看到冰塊風鳴很是輕鬆地站在蜂群中，即便殺人蜂的尾針非常鋒利，卻都沒有辦法刺破用強大的靈力凍成的冰晶。風鳴在那些殺人蜂的第一波攻擊力竭，準備開始第二波攻擊的時候，忽然在渾身上下的冰晶上布滿了強烈的雷電之力。

於是，每當有一批殺人蜂認定要攻擊風鳴的時候，牠們的尾針刺不破風鳴的冰塊防禦，還在刺冰的時候被電得僵直，撲簌簌地往下掉，生命力強一點的還在地上掙扎，弱一點的就直接被電暈，甚至電死過去了。

不得不說，風鳴這個操作雖然有點沒品，但是比起其他必須拿出靈能卡，或者高等級靈能道具防禦的靈能者不知道方便安全多少。而且攻擊的精准度和殺傷力也比那些拿刀劍劈砍，甚至用火球、爪子攻擊的靈能者強太多了。

就算是同為雷系靈能者的雷兼明，在這個時候也只能把他的雷電之劍加寬加厚，一波掃掉一大片殺人蜂，卻依然防不勝防。

風鳴轉頭看了他一眼，然後有點恨鐵不成鋼：「你自己又不怕電！用武器攻擊幹什麼啊！直接在自己身上造一層電網不就好了嗎？兄弟，出來混就不要在乎面子什麼的了，多動動腦子不行嗎？」

此時場面變得非常混亂，人家為了防禦無孔不入的殺人蜂，已經很是混亂。不過雷兼明還是非常神奇地聽到了風鳴的聲音，他甚至都沒辦法想通風鳴是怎麼隔著凍成冰球的腦袋，跟他說這些話的，但是也得到了提示。

用雷電攻擊還是太麻煩了，還真的不如為自己披一層防禦電網。

不過他可不傻，這電網不能貼著他的身體，那些殺人蜂的尾針可是非常長的。他想了想，最後在自己周身十五毫米的位置布了一層雷電之網，這樣雖然非常耗費靈力，卻能達到最強大的攻擊和防禦。

風鳴看雷兼明還聰明地知道不能貼著皮膚披電網，輕輕撇了撇嘴。

然後他又看向后熠、龍浮潛、辛瑙等人，發現這些高手們果然一個比一個狡猾，他們早已經用靈力在周身布了一圈防禦屏障。那些殺人蜂雖然圍著他們，卻像刺不破他的冰晶防禦，也沒辦法攻擊到他們。

圖途和楊伯勞、風勃他們幾個比較慘一點，不過很快也注意到了后熠等人的防禦方法。少年人的學習能力極強，馬上就有樣學樣，穩住了戰鬥。

而歐洲小隊和其他小隊那邊，他們大多也都是有強者先開啟了靈能屏障做示範，其他人也都陸陸續續想到了這一點，並且加以實施。只是每個人的靈能力量和等級不同，維持屏障的時間長短也不一，很快就有人有點撐不住了。

甚至沒有任何皮毛的詛咒系俎楊龍開始對風鳴喊：「鳴哥、鳴哥！也幫我弄個冰吧！我不需要動，就幫我弄個冰屋，讓我待在裡面就好了。我在裡面畫圈圈祝福你啊！兄弟我快撐不住了！」

風鳴看他的左臉已經高高腫起，顯然是被螫了，也沒有猶豫地對他用了靈力，然後華國團隊裡就多了一個冰塊人，不過比起俎楊龍自己要求的冰屋，他這個更像是站在豎立的冰棺裡。偏偏，他還在那個冰棺的牆上不停畫著圈圈，畫面一度非常詭異。

但有了俎楊龍的率先開口，華國團隊裡不少不善於防禦和攻擊的靈能者都忍不住開口，向風鳴要一個冰棺。風鳴看他們的情況，酌情給大小不同的棺材。眼看著華國團隊的冰棺越來越多，攻擊的蜂群也終於現出牠們圍在正中間的蜂后時，理查那邊的聖騎士團終於開始行動。

「神聖懲戒！」

理查首先大喝一聲，他身後穿著讓靈能者們特別羨慕、密不透風的鎧甲的騎士們，也一同拔劍厲喝：「神聖懲戒！」

頓時以這些騎士們為中心，一道照亮這整片區域的銀白色光芒籠罩在森林的上空。聖光照耀到的地方，那群被魔化了的蜂群頃刻變為飛灰。

那壯觀的畫面，讓不少靈能者都忍不住心中讚嘆，同時也對騎士團升起了警惕之心。

他們的實力非同小可！

大家的心情正激昂著，轉頭就看到華國隊裡突然冒出來的那十幾個冰棺，差點沒被嚇得直接上本國國罵。之後就見到一個個冰棺碎裂開來，裡面的華國靈能者滿臉舒適，還對他們露出詭異的獰笑。

其他國家靈能者：「……」

早就聽聞華國是個非常神奇的國家，還有各種鬼怪傳說和術法道法，現在看來！他們的實力也相當可怕啊！！

華國團隊：？？？

於是，就在歐洲騎士團和華國冰棺大放光彩的情況下，眾人挺過了殺人蜂群的攻擊，繼續往「黑暗森林」而去。

之後的路上，還有其他被魔化的蟲蛇猛獸的攻擊，但比起密密麻麻的殺人蜂群，這些單兵實力更強一點的魔化猛獸更好對付，畢竟前來的靈能者眾多。

等到靈能者們可以用肉眼清晰地看到那在半空中的巨大空間裂縫，以及在裂縫前濃郁的魔氣裡，依然閃著白色聖光的熾天使像的時候，他們也迎來了這片森林中，被魔氣侵襲得最為厲害的幾個「裂縫守護魔獸」。

那是有著和人類身體極相似的四肢，卻還是蟲蛇獸類的腦袋、尾巴的魔化「獸人」。

歐洲冒險隊長歐利文一聲大喝：「警戒！迎戰！」

在眾人準備迎戰的時候，風鳴看著那懸浮在黑色霧氣中的熾天使像，心中陡然湧起一股憤怒和悲傷。

那並不是屬於他的情緒，是自願把靈魂封入熾天使像中的那位天使的憤怒和悲傷。

憤怒惡魔，悲傷世人，卻沒有半點對他自己的愛憐。

風鳴緩緩……垂下了眼。

在風鳴直直注視著那個熾天使雕像的時候，被魔化過頭，幾乎沒有原本形態的那六隻魔獸開始在冒險者隊伍中肆虐攻擊。

雖然牠們總數只有六個，但每一個幾乎都把種族的天賦鍛煉到了極致。

蛇形魔怪一身全是毒液，滴落到地上都會激起土地被腐蝕的聲音。

叢林獵豹的速度快到靈能者們也只能看到殘影，每當牠消失又出現的時候，利爪之下必定會有一個被捕獵者。如果被牠撲倒的靈能者沒有及時自救或者被同伴幫助，之後會被凶殘地咬斷脖頸，哪怕用了靈能護罩也無法抵擋牠的利齒。

然後是會打地洞的叢林鼠，和在水陸都攻擊力非常可怕的鱷魚怪。牠們分別能使用土系和水系的攻擊，還能召喚同伴過來，一時之間倒是讓靈能者們有些難以招架。

偏偏還有兩個隱藏在暗處的植物系魔怪，時不時發動幻覺和聲波的攻擊，在這樣瘋狂又不停歇的攻擊中，靈能者隊伍終於開始減員。

但也到此為止了。

后熠在那條瘋狂咆哮，試圖用渾身毒液攻擊華國靈能者的蛇怪衝過來的時候，手心上緩緩顯現出一支箭頭帶著繁複花紋的金色箭矢。

片刻之後，那支金箭疾射而出，精准地沒入蛇怪雙目之間的位置。牠的身形陡然僵硬，但口中的嘶吼卻沒停，身上的毒液也掉得更加厲害了。

甚至，這個蛇怪還想伸出牠短小又畸形的手，拔掉額頭上的那支金箭，結果后熠在遠處靜靜地看著牠，忽然冷笑一聲，「爆。」

金色箭矢就瞬間爆裂開來，巨大的靈能把蛇怪的腦袋和上半身都炸了個粉碎。

蛇怪發出震天的嘶吼，而後徹底成為一灘爛泥。牠在剛剛的爆炸中被炸了個粉碎，哪有能活的道理？

剩下那五隻厲害的魔怪也被米國、歐洲、日國、熊國、白象國幾個厲害的國家隊伍收拾得乾乾淨淨，S級的頂級靈能者一出手，高下立判，結局已定。

當那六隻被魔氣侵蝕得最為厲害的魔怪接連死去後，地獄之門周圍的環境忽然變得極其安靜。這裡彌漫著魔氣，沒有鳥叫蟲鳴，沒有風聲落葉，有的只有預示著危險的死寂。

「理查閣下……」

這個時候，米國的鮑伯隊長開口要說什麼，卻忽然聽到有人驚呼：「你在幹什麼？不要碰聖像！」

頓時，所有人的目光都往那邊看去，就看到風鳴已經張開翅膀，飛向了那個熾天使像，並且有伸手去觸碰他的意思。

理查和歐利文看到這一幕，眼神都微微一閃，卻沒有開口說話、阻止風鳴的動作。這讓那個開口的東南亞靈能者覺得沒有面子，面上的陰沉之色一閃而過。

在風鳴的手指觸碰到熾天使像的瞬間，他的腦海中似乎被強行灌入了許多他不曾知道的一些故事和祕辛。風鳴並不是第一次體會到這種感覺，之前使用墨嘯給他的玉簡的時候，精神海也被這樣強行衝擊過。甚至風鳴因為有了之前的經驗，哪怕這一次的知識灌輸依然讓人很不舒服，卻能讓他保持清醒和平靜的面部表情。

在下方的一眾靈能者眼中，風鳴接觸到熾天使像的時候，他們兩個身上都散發出了非常耀眼的白色聖光，只是漸漸地，風鳴身上的白色聖光越來越重，而熾天使像上的白色聖光卻漸漸暗淡下來。

還是那個東南亞的靈能者第一個驚呼出聲：「你們快看聖像的樣子！他的手臂和身體開始一點一點碎裂消失了！！嘖，我剛剛就說不應該隨意觸碰聖像吧！」

那個聖像一看就是一個至寶，之前他是不希望風鳴一個人有資格去觸碰，現在卻是幸災樂禍至極。弄壞了這個厲害的至寶，就算這個風鳴有天使血脈，也肯定無法逃過歐洲人的敵視和不滿。他看到風鳴這個受到各種禮遇和歡迎的人要倒楣了，心裡很是高興。

然而，他預想中來自歐洲靈能者的憤怒和指責並沒有發生，氣氛只是變得沉重，難言了起來。

當熾天使像徹底消散為一片白光時，在場的所有人似乎都聽到了他深深的嘆息之聲。

理查更是雙目微紅，單膝緩緩跪地：「感謝您千萬年的守護。」

騎士團的百名騎士也同時單膝跪地，整齊劃一地開口：「感謝您千萬年的守護！」

從他們成為一名神聖騎士時起，便知道有這麼一尊鎮守著地獄之門的熾天使像。當他們知道那天使像中有一位真正的熾天使的靈魂的時候，心中的震撼無法用言語訴說。

那需要多大的勇氣和多麼堅定的信念，才能忍受千萬年不能行動也不能說話的孤寂，無時無刻消耗著自己的神魂之力，鎮守著地獄之門？

至少他們自問，他們是無法做到這一點的，因此無比尊崇和敬重。

然而，即便是神靈也有黃昏落日之時，熾天使的神魂之力經過時間長河的消磨，終歸走到了盡頭，或許能在生命的最後一刻見到擁有天使血脈的人，交付傳承和使命，便是一件讓他欣慰之事了。

等風鳴從半空中落下，理查站起身看向他。那雙碧綠的眼睛裡似乎蘊藏了無數的情緒和語言，有一瞬間讓風鳴都不敢直視。

但想到腦海中的那些東西，他看向理查：

「我得到了一些關於地獄之門另一邊世界的資料，還有……一些事情需要和教皇陛下親談。」

理查的目光明亮燦爛起來，他能看出風鳴準備毫無保留地交代的情緒。

「好。那什麼時候去？只要你有時間，他老人家就有時間。」

風鳴卻搖搖頭：「那位天使閣下的力量最多只能再鎮守這裡一天的時間，一天之後，地獄之門將會徹底被打開。到那時便是生死之戰了，我們不會再有時間，甚至如果我們想要阻止地獄之門另一邊的魔物來這裡肆虐，就要去屬於惡魔的世界，直接毀掉『魔王的空間之劍』。那位天使告訴我，地獄之門之所以可以開啟地獄到人間的通道，就是因為有那把可以破開空間的魔劍。只要那把魔劍被毀，地獄之門也就跟著毀滅了。

到那個時候，雖然人世的空間壁壘還是被破壞了，但至少惡魔們沒有了地獄之門，想要過來就會受到各種限制，人世也能夠得到保全。」

風鳴的話，讓理查和主動走到這邊的十幾個頂級國家和勢力的領頭者面容嚴肅起來。

「這麼說，我們還要進入地獄？」米國隊長的表情從來沒這麼難看過。

日國那年輕的陰陽師閣下也眉頭輕蹙，「那裡或許便是無間百鬼所在……其中的凶險不言而喻。」

大家雖然是來這裡除魔的，可是在自己的地盤，和去別人的地盤是完全不同的情況。即便再強大，在一個什麼都不知道、沒有任何相關認知的地方，也是非常有可能送命的。

氣氛一時沉默起來，風鳴看向華國隊伍裡的辛瑙。

此時他緊閉著雙眼，額頭冒出細密的汗珠，似乎是在做什麼重要至極的預知。

「噗！」

忽地，辛瑙一口血噴了出來，引起同伴的驚呼和周圍的關注。

辛瑙卻不在意地伸手抹了一把嘴角，而後看向風鳴：「你必然是要去的，所以我只預想了一下和你相關的結局而已。主角活千年，我看不到你的死局。但是，要小心有火的地方，任何有火的地方，以防你功虧一簣，甚至重傷不治。」

風鳴微微站直身體，抿了抿嘴：「……多謝了。」

辛瑙笑了笑：「客氣了，你活著，我以後的好處可多了，不差這麼一次。」

然後辛瑙看向后熠：「老后啊，我就不幫你預測了，畢竟你老奸巨猾，皮糙肉厚的，禍害總能活千年的。」

后熠輕笑一聲，拍了拍辛瑙的肩膀。

其他靈能隊的隊長看著風鳴和后熠，都露出了驚訝，甚至是震驚的表情。

他們實在沒想到風鳴和后熠兩個人會進入地獄之門。畢竟他們兩個都是極為罕見的頂級神話系靈能者，無論他們在哪個地方，都能非常肆意舒服地活著，甚至地獄之門的事還不是華國的事情，但作為華國的靈能者，他們卻要在歐洲這裡主動送人頭。

雖然心中很佩服他們的決斷力，但最終其他國家的頂級靈能者們都沒有要進入地獄之門的打算。不過他們對理查和歐利文表示，願意在地獄之門開啟的時候帶領眾多靈能者鎮守地獄之門，殺掉所有從地獄之門裡出來的惡魔，為歐洲的人們爭取更多的時間。

這是理查他們早就已經想到的結果。

鞠躬。

甚至，理查都沒想到風鳴和后熠會和他們一起進入地獄之門。就像其他國家的隊長所說，地獄之門的另一邊是一片未知和危險，進去就不一定能活著回來了。

因此，最後理查什麼都沒說，他只是帶領著他的騎士團和歐洲冒險隊，對風鳴和后熠深深鞠躬。

「日後，兩位便是我們最尊貴的客人，願神祝福你們。」

風鳴對理查笑了起來：「之前我不是說了嗎？你在靈能者大賽上幫了我，我自然也該幫你。是朋友，就不用那麼客氣。」

理查看著面露笑容的風鳴，也緩緩露出一個溫柔至極的微笑。他輕輕點頭，幾乎像嘆息似的道：「你說的對，我們是朋友。」

最終，選擇進入地獄之門的非歐洲靈能者加起來也不過十人。除了后熠和風鳴之外，另外的八個人要不是因為曾經欠下救命的恩情，就是因為和歐洲決定前去地獄之門的五十位最厲害的靈能者有過命交情，捨命陪君子。

原本圖途、風勃、雷兼明等小夥伴打定了主意，想跟風鳴一起去，卻被后熠用一句話嗆了回來。

「量力而行，不是逞匹夫之勇，國家不需要沒有頭腦的未來。」

於是少年們一個個都不再說話了，甚至浮現出幾分懊惱之色。風鳴伸手拍拍他們的肩膀：

「留在這裡不一定會比進入地獄之門好。地獄之門的另一邊只是未知的情況，未知就代表著有好或者壞，萬一我幸運S呢？但留下來的你們要面對一波又一波可能不間斷的惡魔攻擊，雖然留下來的人很多，但說不定從地獄之門跑出來的惡魔更多，到時候打的就是持久戰和疲勞戰了。時間一長，大家都顧不上別人了，到時候可不要指望別人來救啊，兄弟們。」

風鳴這番話說完，就遭到了夥伴們的毒打和回擊，然後收到了一堆叮囑。

之後風勃他們自動走到龍浮潛副隊長的旁邊，聽從他對整個隊伍的人員調配。

風鳴則是趁著這個時候找到理查，跟他說自己要單獨去找教皇陛下，和他要一個可以通過的信物。

理查其實很想說，只靠風鳴本人的這張臉就足以讓教皇見他了，但想了想，還是把騎士鎧甲上的那一枚金色勳章交給了風鳴。

「拿著它，所有的教堂都會把你奉為上賓。」

風鳴看著那枚做工非常精緻，甚至帶著隱隱神聖之力的金色勳章，覺得有些燙手，不過和理查的目光對上之後，又鄭重地點了點頭。

「那我走了，你有什麼話要跟教皇陛下說的嗎？」

問完，風鳴又有些後悔。總覺得這句話帶著一股濃濃的不祥，好像最後的留言一樣。

風鳴剛想要反悔，還是別讓理查開口，理查卻笑著道：「請讓教皇陛下放心，我願意為了世人和主的榮光，奉獻我的一切。」

風鳴：「……」

大兄弟，你快閉嘴吧，這些話真是越聽越不中聽了。

他翻了個白眼，直接伸開雙翼，陡然之間一飛沖天。

還在商量對策的眾多靈能者們瞬間就注意到了他，然後還是那個東南亞的靈能者皺眉：

「直接飛上去，也不怕天空中有什麼陷阱？像這樣的地方肯定會禁空的。」

他話音剛落，天空中果然出現了一群極其凶殘的魔化飛鳥，搧著翅膀圍攻風鳴。

東南亞的靈能者還來不及露出笑容，風鳴的周身就閃過強大的電光，攻擊所有圍攻他的魔化飛鳥，同時身後巨大的白色羽翼陡然搧動，下一秒他就像一道閃電，在空中留下一道殘影，消失不見。

那速度看得東南亞的靈能者不可置信地張大了嘴巴，臉色如豬肝一般爆紅。

他旁邊早就看不慣他得意的靈能者哧笑了一聲：

「同樣都是速度系的靈能者，某人不是認為他的花豹速度最快嗎？我就問，花豹的速度能抓到天空中的那位一根羽毛嗎？從頭到尾都不會說一句好話，真的把自己當一顆蔥了嗎？這種人就算當韭菜讓我割，我都不想割，怕黏到腦子就變蠢了。」

東南亞靈能者被這些話嗆得憤怒至極，卻不敢在這個時候出來和那些人爭論。他本就是一個欺軟怕硬，還見不得別人好的人，要不然國家也不會把他派出來援助歐洲了，於是只能在心裡暗自磨牙冷笑，詛咒所有說他不好的人不得好死。

本來在聽副隊長解釋計畫的組楊龍和風勃兩人忽然心神一動，對視一眼，看到對方的表現就明白肯定有人在背地裡說他們的壞話。
於是，一個直接用腳在地上畫圈圈，心裡不停念叨：詛咒反彈，詛咒反彈，詛咒反彈。另一個直接開了金口：「罵我和我兄弟的都不是好東西，必有血光之災。」
正在講解任務的龍浮潛：「……」
你這小子是什麼意思？當眾威脅我，派比較容易的工作給你和你兄弟嗎？
風勃頓時擺手：「不不不，我不是說副隊您，我就是忽然有種……」
「好了，你閉嘴，我繼續講解任務。」
就算是龍浮潛也知道這個烏鴉精的可怕嘴巴能力了。
風勃撇了撇嘴，嘖，果然鴉大說的沒錯，人們對烏鴉嘴的偏見實在太重了。

§

風鳴在飛離眾人的視線之後，直接用了空間瞬移的能力，幾分鐘後他悄無聲息地出現在聖光大教堂的尖頂之上。在他想著要不要直接拿動章進入教堂找人的時候，原本在大教堂內做彌撒的教皇停下了所有動作。
他輕輕嘆息一聲，開口了。
於是，風鳴又聽到了那蒼老卻蘊含著力量和信仰的聲音。

風鳴和教皇陛下的這次見面，只有極少數的人知道，但這一次的會面卻被記載在聖光大教堂的歷史年記之中，尤為重要。

因為，在這一次的會面之後，聖光大教堂中曾經因為數次惡魔侵襲，遺失了大部分的「神聖之槍」、「大天使懲戒」和「神愛世人」三部頂級的術法都被補齊，從此奠定了歐洲教庭在歐洲靈能時代的鼎立之基。

歐洲教廷至此和華國永久交好，不論歐洲政權更替。

等風鳴帶著教皇老爺子非得塞給他的一堆聖水、聖藥和靈能晶石回去的時候，時間也不過過了兩個小時而已。這還是風鳴路過了好幾個商店，又囤了一堆東西並分揀之後的結果。就算這樣，靈能者們也被他的速度嚇到了。

風鳴把他分揀出來的一大堆聖水、聖藥一股腦地交給理查，然後對著理查那雙溫和漂亮的綠眼認真地道：「教皇老爺子說了，盡忠可以，但只有活著才能盡忠。別因為這件事不把自己的小命當成一回事，沒事別亂幫自己立旗，你懂了嗎？」

理查聽著這絕對不可能是教皇陛下說出來的話，忍不住輕笑著點點頭：「阿風你放心，我的命也很珍貴，我明白。」

風鳴這才給他一個你很上道的眼神，然後就被早看他們兩個互動不順眼的后熠伸手拉走。

后隊此時心裡酸得很，那天才剛問他要不要入祖墳，今天就跟別人說要好好珍惜自己的生命。他的小鳥兒毛色太漂亮，總有人想搶他的鳥。

又過了幾個小時，當太陽落下地平線，整個「黑暗森林」徹底陷入黑暗的時候，靈能者們聽到了來自後方各種車輛的嗡鳴聲，和嘈雜的說話、提示、叫喊聲。

眾人尋聲看過去，看到了一輛輛的軍用卡車，滿載著最先進的各種靈能武器和防具，以及大批的靈能軍人和民間武裝者前來。每個到來的人臉上都是堅毅無比的神情，簡略地和這裡的靈能者們打了一個招呼，便開始自己的工作。

一開始，風鳴等人還不知道這些人想要做什麼，但等到一夜過去，地獄之門周圍的森林全部被砍伐殆盡，取而代之的是拔地而起的各種防禦和攻擊用建築的時候，所有靈能者都不得不感嘆這些建造者的效率和速度。

看到這樣的變化，風鳴忽然覺得這一場和地獄之門的戰爭，歐洲人不會輸。甚至，在未來有可能發生的那場世界侵襲浩劫之中，全世界的人們都不會輸。

不過是一場戰鬥而已，如果這就是時代變遷時必須要過的關卡，那跨過去就是了。

風鳴抬頭看著天空中再次明亮起來的烈陽，和在那一瞬間被撕裂開的地獄之門，深吸一口氣，緊握著后熠的手，一躍而入！！

理查和另外五十七位靈能者接連而入，在惡魔們還沒有出來的時候，已經全部衝進了地獄的另一邊。於此同時，眾多靈能者隊長齊齊點頭，同時大喊出聲：「後撤！戒備！！」

接著，這些隊長再次整齊劃一地高喝一聲：「願英雄凱旋！死守地獄之門！！」

此時聚集在這裡的上萬個靈能者在同一時間調動了自己體內的靈氣，一邊戒備，一邊大喝出聲。

「願英雄凱旋！死守地獄之門！！」

第八章　六翼烈陽

比速度，風鳴自問是絕對不會輸的，所以在地獄之門開啟的第一時間，他就拉著后熠衝進門內。

不過在衝進門內的那一瞬間，風鳴有些後悔，覺得自己好像衝得有點快。萬一門的另一邊也早已集合了一群惡魔大軍，準備出門橫掃人間，那他這一衝，豈不是直接衝進了敵人的包圍圈？

這個念頭只是在風鳴的腦海裡一閃而過，就被他迅速甩掉。他可不是他堂哥那個烏鴉精，但凡想什麼不好的事情就必然會發生。

此時，地獄之門內的空間波動也從微弱上升到了極限，強烈的空間撕扯和震動感到達頂峰後戛然而止，就像是忽然穿過了一層壁障，風鳴感受到了另一個世界撲面而來的腥風。

睜開雙眼，風鳴看清了眼前的景象，一瞬間閉上眼，覺得肯定是自己眼花了。

旁邊的后熠狠狠捏了他一把：

「別裝看不見！回去以後再打你那個烏鴉精的表哥，肯定是他在心裡碎念了。還有，後面馬上就會有人來，我們要幫他們製造離開的機會。」

風鳴聽到這裡，無奈地睜開眼睛，強迫自己去看對面密密麻麻，彷彿數不盡的惡魔大軍。

是的，就像他剛剛衝進地獄之門後想的那樣，他們衝得太快，甚至比已經做好全員動員，躍躍欲試地想出門肆虐人間的惡魔們還快了幾分，以至於惡魔們還沒衝出去，他和后熠就已經先衝進來了。

然後，面對著那一雙雙猩紅的眼睛，一個個猙獰還帶著一點傻愣的惡魔面孔，風鳴有種彷彿要升天的感覺。

別說風鳴和后熠覺得這第一次見面十分尷尬了，就算是殺氣四溢的惡魔大軍也一個個傻愣到不行。

不是，他們剛剛才做完戰前演講，誓死要為魔王陛下征服整個外界的世界，還來不及排隊出去呢，怎麼有人類突然進來了？

不不不，那並不是人！

看看那兩個傢伙，其中一個背後的白色翅膀！他是惡魔們的死敵，是天使啊！！！

在惡魔大軍的十三位魔將第一時間憤怒地尖叫、嘶吼指揮攻擊的時候，風鳴和后熠鬆開緊握的手，一左一右，往不同的方向衝去。

兩人在這時都沒有任何猶豫就用了大招，抬頭看著遠方那灰暗昏沉，布滿了暗紅色閃電的天空。風鳴背後的雙翅陡然張開，一道道橫向的雷霆閃電以他為中心擴散開來，擊中了所有瘋狂嚎叫著，從四面八方衝向他的那些惡魔們。

即便這個「地獄」充斥著腐朽靈氣，到處一片死寂蒼涼之景，但只要天空中還有閃電，區域內還有水源，甚至只要這片空間還存在，風鳴就有能一直和這些人打下去的實力和信心！

成片的惡魔被風鳴帶著聖光之力的閃電滅掉或者重傷，另一邊追著后熠跑的那些惡魔們也一個個都沒有討到好。

雖然后熠的弓箭非常適合遠端攻擊，不適合群攻，但也要看使用者的能力和使用方法——一支箭不適合群攻，那就十支箭、百支箭，一支箭還需要鎖定目標，但萬箭齊發的情況下誰還需要看目標啊？亂射不就行了嗎！

后熠和風鳴分開之後發動體內的人皇之力，體質到達了巔峰，淩空奔跑的速度幾乎不比風鳴飛翔的速度差多少，同時他雙手猛地向上一抬，無數密密麻麻的金色小箭懸浮在他的身體周圍，下一瞬，這些金色小箭疾射而出，不分方向和目標地無差別攻擊。反正圍追攔堵他的惡魔一片一片，就算勉強躲過了金箭的攻擊，後面總有自動送上門的。

而且，后熠本身至罡至陽的靈力就是所有邪魔之力的剋星，哪怕現在在西方惡魔的地盤，但邪惡的力量都是相似的，那些惡魔們甚至在被金色小箭觸碰到的瞬間就灰飛煙滅了。

只憑他們兩個人的力量，就讓在這裡準備出門的惡魔大軍亂了起來。十三位魔將口中再次發出尖銳的怒吼，並且一分為二，七人朝著風鳴，六人朝后熠攻擊。

這個時候，地獄之門的所在之處又傳來一陣震動，理查、歐利文等另外五十六個靈能者也相繼在地獄之門前出現。

原本以為只會有兩條漏網之魚偷偷進入他們地盤的惡魔們都有點傻了。不是啊，對面的人類什麼時候變得這麼大膽、厲害、無理取鬧了？這邊可是地獄！地獄啊！人類大多有多遠就跑多遠，怎麼還主動送上門啊！

理查和歐利文進來之後面色都一變，饒是他們心中已經有所準備，在看到這麼多，幾乎數不盡的惡魔等著從地獄之門出去的時候，也是震驚不已。

反應過來之後，理查一聲厲喝「散開！之後十點鐘方向集合！」便頭一個衝了出去。此時他手中的聖光之劍爆發出強烈的白色聖光，無比淩厲凶狠地向前一畫，聖光就像是巨大的白色鐮刀，直接收割掉一片上千的惡魔。

「神聖騎士！喔，該死的神聖騎士！！」

立刻就有魔將認出了理查使用的力量，並且憤怒地咒罵出聲。哪怕這些惡魔們的語言在風鳴他們耳裡就像完全聽不懂的鳥語，但那種憤怒和氣急敗壞卻被他們聽得明明白白。

這時候，實力弱小一點的惡魔已經在將領們的命令之下後撤，不再白白送人頭。魔將們的可怕攻擊也接連而來，比起幾乎不堪一擊的惡魔們，十三位魔將的攻擊帶著磅礴邪惡的力量，每一次的攻擊都無比可怕。

風鳴現在還被四個魔將追著打，原本追著他的魔將是七個，有三個調頭去打理查了。但顯然天使的仇恨在惡魔心中是天然滿值，就算後續又進來了那麼多靈能者，他還是最受「歡迎」

的那一個。

風鳴躲過了突然出現在他前後左右的四個黑色旋風，以意識力抵擋住女魔將忽高忽低、忽遠忽近，彷彿呢喃又像尖叫的聲音攻擊，還及時調動了雷霆之力，劈死了那迎面而來，密密麻麻的黑紫色魔蟲的攻擊。

然而即便是這樣，他還是中了第四個魔將從他身後憑空而來的黑色惡魔之叉的攻擊。如果不是他及時感應到空間中不尋常的力量波動，猛地瞬移向前，那黑色魔叉會直接從他的後背刺入，穿過心口，破胸而出。

那個時候，就算他再怎麼能飛能跑，也得涼了。

可他的瞬移還是慢了一步，他能感受到後背火辣辣地疼，有溫熱的液體順著脊背而下。哪怕他衣服裡還有極品的青蟒靈甲護著，竟然還是受傷了，可見那個用鋼叉的魔將有多厲害。

不過也到此為止了，理查和其他靈能者都穿過了地獄之門，沒有在第一時間受到狙擊，他和后熠為他們爭取到了喘息和逃離的時間，剩下的就該顧好自己了。畢竟憑他們六十個人想要把這數十萬，甚至更多的惡魔大軍消滅掉是不可能的事，那些惡魔就算耗也能耗死他們。

他們來到這邊世界的目標就是為了破壞掉「魔王的空間之劍」，只要把那個能破開空間的魔王劍毀掉，通向人間的地獄之門沒有了支撐的力量，自然也不復存在，從此人間便能平安，所以不要硬槓，苟到最後把敵人一擊斃命，就是勝利！

風鳴感受著後背的疼痛，轉頭看了一眼緊跟而來的四個魔將，嘴角勾出一抹森冷又記仇的笑，然後伸手對他們比了個中指，身形驟然一閃，只留下一道殘影就消失不見了！

「@#￥%&！！」

那四個魔將頓時咒罵出聲，就算是其中速度最快的魔將想要追擊，也再也找不到風鳴的身影。鬱悶震怒之下，四個魔將在原地發洩了一通，就把目光對準了其他來到這裡的靈能者們。

然而，能進入地獄之門的靈能者就算不是攻擊最厲害的，也是逃命和偷襲最厲害的，在明知道這邊很危險的情況下，他們怎麼可能不全力以赴，用盡方法逃跑？再加上魔將們原本就因為追擊風鳴而速度慢了一步，等他們再轉回去，想要攻擊其他靈能者時，發現那些靈能者們要不是跑得飛快，幾乎看不見身影，就是用了特殊的方法偽裝成普通的惡魔，融入了惡魔群中，短時間內很難被找出來。

就在魔將和惡魔們因此憤怒和驚疑的時候，整個地獄之門附近的空間內都響起了一道森然且充滿著力量的聲音。

「愚蠢又弱小的人類。」

隨著這一個聲音的出現，在惡魔大軍深處，某一輛由巨大魔獸拉著的小型宮殿中飛射出了幾十根黑色的羽毛，分別朝那些靈能者奔逃的隱祕方向而去。

風鳴在聽到那個聲音的瞬間，陡然停下了往遠處飛的動作。他猛地轉身，於空中緊緊地盯著傳出聲音的惡魔群深處的位置。

體內的靈力被他聚集在雙目處，距離在他眼中就成了擺設。他清晰地看到了被女魔將們重重圍著的華麗魔車宮殿，並在下一秒對上了一雙如深淵般的猩紅雙目。

和惡魔、魔獸們沒有多少情緒和理智的紅目不同，魔車宮殿中的那個存在，紅色雙眼裡有太多的邪惡、算計和負面情緒，就像是最可怕的地獄之火，能燒盡所有被他看到的一切。

幾乎在看到這雙眼睛的瞬間，風鳴的大腦就受到了來自那雙眼睛的精神攻擊，他彷彿一下就陷入了無休止的黑暗世界，被整個世界的惡意面對和攻擊。

在這個時候，有三個往這邊跑的靈能者看到在空中僵住的風鳴，同時還看到一根黑色的羽毛正刺向他的額心。

在那三個靈能者差點就要控制不住地尖叫起來的時候，風鳴體內的靈力自動流轉，三種原本互不干涉的血脈之力極速碰撞之後，再次分開。風鳴也因為那瞬間的碰撞，陡然恢復清明，原本的黑暗幻境被擊了個粉碎，他的右手在空中極為緩慢，卻遵循著某種規律地輕畫了一圈，抓住了如利箭一般刺向他額頭的黑色飛羽，就像只是輕鬆地抓取了一片飄在面前的落葉。

「咦？」

魔車宮殿裡的存在看著那個有翅膀的小傢伙掙脫了他的魔瞳，還接住了他的惡魔之羽，如火焰般的眼瞳中終於露出了幾分驚色。

風鳴感受著那一根黑色飛羽中蘊含著的可怕狂暴的力量，終於確定在那輛華麗、像是宮殿一樣的魔車中坐著的那個男人，就是他們這一行人要面對的最終目標……的所有者了。

也絕對是他們這一次行動中，要面對的最可怕敵人。

風鳴沒工夫在心中多想什麼，因為他看到下方的靈能者無論用什麼手段，都沒辦法擺脫掉追著他們的黑色飛羽。

風鳴把凍成一個冰塊的黑色飛羽扔進空間別墅裡，快速飛向那三個靈能者，在其中一個人已經支撐不住的時候伸手，看似緩慢，實則快速地抓住了那根黑色的飛羽，而後同樣凍成冰，扔進自己的空間。

如法炮製，那三個靈能者都化險為夷。

終於鬆了口氣的三個靈能者連連向風鳴道謝，其中一個性格耿直，體格和熊霸一樣壯碩的靈能者還忍不住多看了風鳴的右手好幾眼，似乎是想要看看這隻手到底和他們的有什麼不同，為什麼他們用盡辦法都沒辦法毀滅、控制的惡魔羽毛，風鳴用一隻手就能抓住？

他的眼神太過明顯，風鳴實在沒辦法視而不見：「應該是我的力量和他的力量是相剋的。還有，我能感應到它飛行的軌跡，只要破壞它飛行的『場』再用特殊的抓取手法，就能抓到它了。」

他剛剛用的是人參老爺子在玉簡裡示範的，類似於太極掌法的那套精妙的推掌手法。

結果這個壯漢靈能者連連點頭，一句話總結：「華國功夫！！」

風鳴：「……」

好，但凡這些外國友人們有什麼覺得驚奇的事情，都會整齊劃一地甩鍋給「華國功夫」。

不過這次，勉勉強強也不算錯？

反正風鳴對他露出一個禮貌的微笑。

四個人聚集在一起，就快速往十點鐘的方向去。

這是理查在分開之前用上靈力的指示，只要進門的靈能者還活著，就一定要去那個方向集合，商議接下來該如何尋找「魔王的空間之劍」並破壞它。

大約往十點鐘方向狂奔了四十分鐘，脫離地獄之門附近的無數惡魔之後，在一顆至少幾十層樓高的枯萎大樹之下，風鳴和另外三個靈能者停下了腳步。這棵枯死的巨樹就是最好的標的物，他們可以在這裡等待其他同伴的到來。

這個時候，風鳴終於可以仔細地觀察一下這個門後的「地獄世界」了。

看著目之所及，幾乎沒有任何生機和鮮豔之色的大地、巨樹旁邊那一池幾乎已經呈現出純黑之色的湖水，還有幾乎沒有陽光能照下的天空，和整個空間內無處不在，腐朽混亂的靈能之風，風鳴似乎聽到了這個世界的殘喘哀鳴。

毫無疑問，這裡是「地獄」。

是一切都沒有生機存在的「地獄」。

哪怕是最為凶惡的魔獸、最嗜血的妖邪，甚至是僅憑目光和飛羽就能殺人於無形的魔王，在這個世界都是渺小的，因為這整個世界都在走向死亡。

入者既知，結局無可更改。

等待同伴的過程有些漫長，風鳴坐在參天巨樹最頂端的一枝樹枝上，即便隔著極遠的距離也能看到地獄之門那邊正在一波一波往外衝的惡魔們。

牠們就像黑色的流水，一刻都沒有停歇。風鳴幾乎可以想像在暗黑森林那裡守衛的人類會面對多大的壓力和危險，那是在他們成功破壞掉魔王的空間之劍前，都不會停止的艱難戰鬥。

風鳴默默吸了口氣，所以他們無論如何都要儘快行動。三天的時間，估計就是歐洲那邊守衛的極限，而風鳴有種預感，魔王和那些厲害的魔將、魔獸們，最多只會在這個世界裡待上三天。

前三天由那些低等惡魔開道，一旦掃平了那邊的障礙或探查清楚了門另一邊的人類程度，魔王和魔將們就不會再有任何顧慮。這個祕境即將毀滅，即便是曾經在這裡稱王稱霸的魔王，想必也不願意在這裡多耗費不必要的時間。

在風鳴坐上樹的十分鐘後，他看到了渾身冒著金光，狂奔而來的后熠。

幾乎是在第一時間，他們的眼神就對上了，后熠什麼話都沒說，就像一個靈活的猴子，嗖嗖地上了樹，直接坐到風鳴的旁邊。

光是看他靈活的身形就知道他肯定沒有受傷，風鳴有些高興地笑了笑。結果他卻被后熠一下子拉到腿上趴著，然後換好的衣服就被掀了上去，「你受傷了？」

后熠的聲音有點沉，風鳴倒是沒怎麼在意：「受傷不是很正常的嗎？我又不是世界無敵，怎麼可能不會受傷。不過，他們四個打我一個，我也沒讓他們討到好就是了。」

那四個魔將被他的無差別雷劈劈得不輕，更別說其中一個還被他直接用水球包住腦袋然後爆掉，被他爆掉一半的腦袋看起來就很慘的樣子。

「而且我已經止了血，還把衣服換了，你是狗鼻子嗎？怎麼一下就知道我受傷了？」

后熠聽到這句話，哼了一聲：「別說你身上本身就還有血腥味了，就算你身上的血腥味散得乾乾淨淨，你掉了一根頭髮、一根羽毛我都知道。」后熠說到這裡，還帶著一點得意驕傲之色：「在這一點上，我有自信。好了，跟我說一下那四個魔將的長相，之後讓你男朋友幫你出氣，一箭爆了他們的腦袋。」

風鳴就笑了起來，難得乖巧地把那四個魔將的樣子描述了一下，這才算是安撫好情緒有點暴躁的男朋友。在他們對話的時候，陸陸續續又有其他在地獄之門散開的靈能者到達這顆巨樹下。

看到聚集在這裡的同伴時，大家都很高興，只是這種喜悅在兩個小時後漸漸變成了沉默。因為兩個小時的時間過後，就再沒有其他靈能者趕過來了，聚集在這棵枯死巨樹下的靈能者，加起來也只有四十九個人。

明明進來的時候還是六十個人，不過是短短不到三個小時的時間，他們就已經失去了十一名同伴。即便眾人心中已經對這次的行動有了最壞的打算，但真的直面這樣的結果，那種沉痛的心情卻無法壓抑。

最終，四十九人在這參天巨樹之下為同來的同伴們靜靜默哀片刻，收拾好情緒，開始商討此行最重要的目標要如何達成。

歐利文最先開口：

「大家應該都看到了聚集在地獄之門那裡的無數個惡魔，牠們的數量太過龐大，我大略看一眼就至少有數十萬，甚至百萬那麼多。光憑我們六……現在的人數是不可能殺光牠們的，而且我們也不是為了來殺牠們，是來破壞地獄之門的。所以大家不要因為那些惡魔的數量龐大就心生畏懼，不敢向前，我們只需要找到魔王，甚至不需要和魔王正面戰鬥，只要想辦法拿到魔王的空間之劍毀掉它就行了。

所以這次的行動並不是不可能的任務，現在最重要的就是找到魔王，然後我們就可以行動了。此時我們在地獄之門外的夥伴，一定正在和這些惡魔們戰鬥，我們一定要速度快，不要耽誤時間。」

來到這裡的人都不是優柔寡斷的人，聽歐利文這樣說，也開始思考。

身材和熊霸很像的大塊頭靈能者撓了撓頭：「可是這裡的惡魔那麼多，我們想要找到魔王在哪裡，應該非常困難吧？我們只有六十個人……現在是四十九個了，想在幾十萬個惡魔裡找到魔王，光是找就要找多久？」

另一個身材很瘦的女靈能者直接踢了一下大塊頭的腿：「魔王會和普通的小惡魔一樣嗎？他肯定是不同的，而且魔王所在的地方一定有非常多高階惡魔和魔將守衛著，我們只要順著這個點去尋找就可以了。」

大塊頭啊了一聲，覺得女朋友說得很有道理。

「妳說得對，那接下來就是去找高階惡魔聚集的地方了？」

眾人互相看了看，基本上默認了這個說法，但風鳴在這個時候清了清嗓子，在眾人都看向他時開口：「我想我應該知道魔王在哪裡，我剛剛看見他了。」

眾人都是一驚，后熠更是直接握住了風鳴的手，臉色有點沉。

畢竟剛剛他還說風鳴掉了一根羽毛他都知道，沒想到自家小鳥兒已經和魔王見過了。

「大家來的時候，應該都有被一根黑色的飛羽追擊吧？」風鳴想了想，直接開口，「想必那十一個沒辦法來和我們會合的同伴，都是被那根飛羽傷害的。那些羽毛非常難對付，我也是用了特殊的方法才把它們消滅。

當我在空中看到黑色飛羽的時候，順著黑色羽毛飛來的方向看了過去。或許是我運氣好，剛好看對了方向，又或許是魔王發現或盯上了我，故意看向這邊，反正當時我把靈力聚集在雙目上，就看到惡魔大軍中央，坐在一座非常華麗的魔車宮殿裡的魔王。我不過才和他對上一眼，就差點被他的魔瞳幻境攻擊到出不來了。」

風鳴說得十分清楚明白，但還是有靈能者脫口說出了質疑：「雖然你說的魔車宮殿和車裡的存在確實很厲害，但你怎麼能肯定那就是魔王？萬一那只不過是一個厲害的魔將呢？」

風鳴靜靜地和他對視，然後輕聲道：「如果那個人不是魔王，在這惡魔大軍中，就不會有人是魔王了。」

問出這句話的靈能者聽到，自己閉上了嘴。

惡魔從來都是實力為尊，如果這個僅僅憑著幾根飛羽，就殺了他們十一個夥伴的傢伙不是魔王，那其他力量比他還差的惡魔就更不可能是魔王了。

而且，當時他們逃離的時候都聽到了響徹地獄之門整片區域的聲音，那時候他們心中的想法就是，那聲音的主人必然就是魔王了。

靈能者們在這個時候陷入了沉默，他們很輕易地就找到了魔王，完成了重要的第一步，但接下來呢？他們要怎麼從那個只用一根飛羽就能殺掉他們，只需要看一眼就會讓他們陷入幻境的魔王身上得到空間之劍呢？

就算他們運用權利和僥倖得到了魔王的空間之劍，他們要怎麼樣才能破壞掉那把必然非常堅硬，甚至可能帶著巨大力量的魔劍？

接下來的每一個問題彷彿都是致命的難題。只要有一步做不好，等著他們的結局就是全軍覆沒，或者功虧一簣。

大家都在思考著，理查的聲音在這個時候響起。

「這是只許成功，不許失敗的一次行動，既然如此，那就不要再保留了。各位都說說自己的能力和可以用的靈器物品吧，等大家說完了自己的能力，我們再根據這一點做出計畫，分配任務。雖然任務艱難，但我們沒有退路。」

眾人聽到這番話，沉默半晌，有一個靈能者開口了：

「理查大哥說得對，反正都已經到了這時候，也沒有什麼好隱瞞和顧慮的了。完成任務，老子就是英雄，要是任務失敗，我也要拉上幾百個惡魔當墊背。總之這一趟我是自願的，來了就要做！老子不後悔！我的靈能技能是隱身和隱藏氣息，非常適合偷襲和探查用。如果兄弟們沒有其他人有更好更厲害的技能，那老子就要當那個去偷魔王劍的勇者了。」

說話的是一個染著一頭灰髮的年輕靈能者，大概二十五六歲的樣子，作為第一個說出自己能力的人，顯然也是內心夠強大，也有自信的人。

而且在他說完這番話之後，其他的靈能者們互相對視一眼，都沒再說話。

他們雖然也有很厲害的偽裝、速度、偷竊等技能，但和隱身及隱藏氣息的靈能技能相比，還是差了一些。

青年札克斯看到其他人都不說話，就嘆著氣，抹了把自己的臉：「我就知道，這次屠魔的勇士非我莫屬啊。」

他其實也有點怕，怕魔王能夠看透他的隱身，但在這個時候他不站出來，要什麼時候站出來呢？

就在青年苦中作樂地心想時，他忽然聽到了另一個清清亮亮的聲音。

那聲音屬於比他還年輕，比他好看一點，來自東方的半吊子天使。他聽到他說：

「我會瞬移。」

札克斯猛地瞪大了雙眼。

對於自己的三翅膀，風鳴是本著能藏多久就藏多久，儘量不暴露的打算。畢竟在關鍵的時候，「掌控空間」的能力可以成為他的殺手鐗，讓他完成絕地反擊，甚至是一擊必殺。

再加上三翅膀本身就能隱形，不會被別人看見，他的隱藏也十分順利。至今知道他三系能力的人不超過十個，哪怕研究所的那些研究者們知道他體內有三種不同的血脈力量，也不能確定他的力量到底是怎麼表現和使用的。

對歐洲國外的這些人來說，他們就更不可能知道風鳴還有第三種力量了，所以聽到風鳴說出他會瞬移這四個字的時候，幾乎所有人的臉上都是不可置信的表情。

只有理查臉上的表情還算鎮定，卻也帶著一些驚訝。

說自己會隱身、隱藏氣息的札克斯直接就跳了腳：「你這是什麼意思？你不是雷霆天使和華國水鳥的雙系混合靈能者嗎？為什麼還會瞬移？是因為你是神話系的鳥，所以飛得特別快？你該不會是想說你還有第三種覺醒血脈力量或者異變吧？」

札克斯的話說到最後，聲音都有點破音，他覺得自己隱身的能力已經是天賦卓絕的主角命了，但現在他看著眼前這個半吊子的東方天使，突然覺得可能走錯了劇本，這裡並不是他的天下。

風鳴用「我這麼厲害，我也沒辦法」的眼神淡淡地看了他一眼，然後在眾目睽睽之下抬起了腳。他的姿勢就像要上樓梯，但面前卻是空無一物的空氣。

正常情況下，他應該一腳踏空，顯得很難看，但事實卻是他就那麼一步一步地憑空而上，當著所有人的面，一步一步地「走」上了高空。

當風鳴背後空無一物地懸停在空中，低頭看著下方的時候，他清楚地看到了那個灰髮青年跪服主角的表情。

這時候，下方靈能者中終於有識貨的人脫口說出：「空間之力！我感受到了空間法則的力量！這已經是屬於神的力量了，你竟然能使用空間力量！」

風鳴眨了眨眼睛：「……你們歐洲好像也有空間系的魔法師和空間類的靈能者吧？」

怎麼能斷定他就是神的力量？

但那個身形精瘦的靈能者搖頭：「不一樣，我本人就是空間系的魔法師，可以短暫調動空間的力量攻擊，或者短距離快速移動，但我做不到像你這樣憑空而上。我是有『借用』空間力量的資格，但你已經是『掌控』了，這之間的差別距離，就像是天空和大地。」

說完，這個精瘦的空間魔法師就用一種十分狂熱、複雜的目光看著風鳴。那像是在看特別厲害、羨慕的偶像，又像在看非常難得的研究對象，總之不是在看正常人。

風鳴一下子被人拆穿，有點無語，不過誰又能想到這裡竟然有一個空間魔法師呢。

不過有了這個空間魔法師的話，大家也更加清楚地認識到了風鳴的力量。之前他們還有人擔心風鳴的瞬移之力不夠強大，怕他瞬移到魔王身邊，偷取了寶劍之後沒有足夠的力量防禦魔王的攻擊，平安回來。

但現在大家知道風鳴的力量不只是單純的瞬移，而是空間之力，雖然眾人對這種強大的力量多少有些忌憚，不過至少在這個時候隊友越強大，這次的行動就越有成功的可能。

於是，風鳴就成為了偷走魔王之劍計畫的核心執行人，毫無爭議。

雖然風鳴的力量在這個時候被暴露得徹底，但風鳴也不覺得遺憾或後悔。

他留著三翅膀一直不顯現，就是為了在關鍵時可以逆風翻盤，或者當殺手鐧來用。而現在在這個世界面對著魔王，難道不是生死存亡的關鍵時候嗎？而且，如果這個世界和他猜想的一樣，都是祕境裂縫背後的那個世界，那麼歐洲的事就不只是歐洲的事了。

現在就是要用到帝江之力的地方，他就該頂上。

甚至，風鳴想，他莫名其妙來到了這個世界，又覺醒了三種不同的血脈能力，還活過了三個月沒死，或許就是一種命運和緣分。

或許就是命運要他在這個地獄之門內，在這片必將走向死亡的世界內做一些他該做，也能做到的事情。

既然如此，那就去做吧。他也想要看一看，最終的結局到底是什麼。

最主要的執行者風鳴已經放出了他的底牌，其他靈能者也各自說出了自己的覺醒血脈和擁有的特殊技能。

在四十九人中，光是速度類的靈能者就有二十多個，剩下的靈能者也都是隱匿、偽裝、暗殺和幻覺精神攻擊等非正面攻擊的能力。或許在和敵人正面戰鬥的時候，這些靈能者並不能殺敵多少，但在吸引敵人的注意力和解救隊友的任務中，他們每一個都是在關鍵時候能救命的隊友。

大約又過了一個小時，初步的奪劍計畫終於成型。雖然大家商量了一個小時，但計畫其實非常簡單粗暴——概括就是風鳴運用他空間瞬移的能力，直接瞬移到魔王身邊，趁他不注意奪走空間之劍，再迅速逃離。

不過在這期間，后熠、理查和另外二十個靈能者負責在遠處製造混亂，吸引惡魔們攻擊。然後有十五人會在指定的地點接應風鳴，隱藏好自己的同時，萬一魔王緊追不捨就製造幻境或精神攻擊，幫風鳴拖著魔王，給他製造瞬移得更遠的機會。

最後剩下的札克斯等十幾個擅長逃跑和隱匿形跡的靈能者在另一個地方等，如果風鳴實在無法逃脫魔王的追擊，並且身受重傷，無法破壞魔王之劍，就要去那個地點把魔王之劍扔給札克斯他們，讓他們轉移或者直接用最快、最狠厲的方法毀掉魔王之劍，哪怕是跟魔王之劍同歸於盡也必須完成任務。

初期的計畫是這樣，大家都沒有異議。不過在確定這個計畫之後，理查等人的情緒都有些沉默和低落，連帶著看向風鳴的眼神都帶著鼓勵、欣賞、惋惜的複雜光芒。

顯然大家都知道這個任務不管後續的計畫和輔助做得多好，其實全都建立在風鳴行動的基礎上。最重要和最危險的任務由風鳴承擔，比起這個少年，他們的危險簡直不值一提。

明明這是歐洲的災難，和這個年輕、有著大好前途的華國少年沒有關係，他完全可以在自己的國家不管不顧地好好生活，成為最優秀的靈能者之一，享受一切，但現在他卻為了他們這個隔著寬闊海洋的國家承擔可能喪命的危險，怎麼能讓這些歐洲的大靈能者們不心懷歉疚呢？

這些眼神裡飽含的情緒實在太多，讓風鳴都有些受不了地往后熠旁邊坐。

后熠當然知道理查他們在想什麼，甚至他比這些歐洲人更了解風鳴到底為他們做了怎樣的選擇。作為想要無時無刻保護自家的小鳥兒，不讓他受一點傷害的人來說，這樣的計畫幾乎是在踩著他的底線挑釁。

可后熠最終還是什麼都沒說，即便他內心已經因此無比煎熬、恨不得直接把人拉走，遠離這個世界，回到華國，回到他們的家中。

因為他知道自己無法阻攔，從他見到那個炸著羽毛喊他「箭人」的小鳥兒時，后熠就知道風鳴是個怎樣的人。

他倔強又頑固，熱愛自由，不喜拘束。他和自己一樣，決定的事情就不會改變，決定後會用盡全力去做，所以他唯一能做的事，就是盡自己的努力為他護航，送他振翅於天。

風鳴被這沉默的氣氛弄得十分不自在，好像他成了什麼大聖母瑪麗亞一樣，他搖頭擺手：

「你們不要用這種眼神看著我，我也不完全是為了你們，真的。其實我本來就想來這個世界看一看，看看和我猜的一不一樣。之前我把我的猜想告訴了教皇陛下和理查，現在我們都進來了，那我也可以告訴你們這個猜想，讓你們幫我想想。不過在說我的猜想之前，還有一件更重要的事情——你們有沒有感覺到身體和靈力有什麼不同？」

風鳴坐直了身體，表情也變得嚴肅：

「我覺得我的力量從進來到現在，似乎恢復得非常緩慢。之前在地獄之門那邊，我用掉了大約三分之二的靈力，但在休息的這三四個小時裡，我的力量只恢復到一半。而且，雖然只是一點點，我覺得我恢復吸收的靈力，好像混雜了一些不純淨的東西。這讓我有點不太舒服，可又說不清哪裡不對，你們覺得呢？」

風鳴說出這番話之後，看到對面的靈能者有好幾個都變了臉色，札克斯更是直接跳起來開口：「這肯定不是你的錯覺！之前我也消耗了大量的靈力，覺得這幾個小時怎麼樣也該補回來了，但現在我體內的靈力也只緩緩補充到了原來的三分之一。我原本還僥倖地希望地獄世界能對我們這些外來者友好一些，但現在看來果然是地獄，只適合惡魔生存！

這裡的靈氣充斥著一股混亂和腐朽的味道，早就被惡魔們汙染了。我們絕對不能待在這裡太久，不然消耗掉的靈力很難恢復不說，時間久了，我們的血脈力量都有可能會被這裡的魔氣汙染！到時候，如果一不小心成了沒有理智和智慧，只知道殺戮的魔人，那才是比死亡更糟糕的事！」

風鳴聽到這裡，心中卻出現了一個念頭——是惡魔汙染了這個世界，還是這世界孕育出了加速自己滅亡的惡魔？

因為意識到地獄之門內的靈氣可能被魔化了，大家恢復靈力會變困難，還容易讓自身的靈力也被汙染，搶奪魔王之劍的事情就要加快速度，不能耽誤了。

而且這次行動務必要一次成功，不能久戰，否則在他們消耗了大量靈力，無法憑藉吸取空間內的靈氣，只能吃藥的情況下，他們一定會被魔王和惡魔們的圍攻拖死。

於是眾人就在這棵枯死的巨樹下休息了半個小時，吃靈果的吃靈果，喝聖水的喝聖水，有人拿出靈能卡往自己身上加各種狀態，也有人翻出自己壓箱寶的防禦背心和物品，一臉珍惜地使用，甚至還有人拿著十字架認真禱告。

儼然一副大戰前夕，嗑藥套 buff 一條龍。

風鳴作為主力攻擊手和引怪純坦，自然是重中之重。

不說后熠的各種寶貝都動上繳給自家小鳥兒了，現在正在念著讓他用哪個、用哪個，理查也走過來推薦聖光大教堂的聖水和防禦奇藥。就連札克斯等不少靈能者也走過來貢獻了自覺會對風鳴有用的各種寶貝，哪怕風鳴再三強調他自己的寶貝很多，真的不用大家破費，但他還是抵不過這些同伴的堅定和熱情。

好吧，反正他的空間夠大，大不了就開闢一片地方，放這些外國友人給的紀念品吧，也算是見證他們一同下過「地獄」的過命交情。

於是，等風鳴做好了一切準備的時候，他低頭看著自己的這一身行頭，覺得如果這時候有誰搶劫他，恐怕能一夜暴富。只不過，可能那些看見他的人第一眼不會想要打劫他，而是轉身就跑吧——

他身上穿著三層護甲，最裡面是綠色的靈蟒小短褲，最外面是海底皮皮蝦的五彩斑斕大蝦殼甲，中間是后熠提供的，來自池隊的防禦鮫紗。腳上則套著歐洲靈能者拿的加速靈靴，頭上戴著理查一定要他戴上的神聖騎士頭盔，連脖子上也被一位同行的女靈能者姊姊套了一條火紅火紅的圍脖，摸起來是滿軟的，但據說是用超級火蜥蜴的皮做的，防禦性特別強。

很顯然，這一身的防禦已經爆表了，但那銀白色的頭盔、火紅的脖套、五彩斑斕的大蝦殼和翠綠的小靴子配在一起，傷眼值也爆表。

風鳴站在那裡轉了一圈，就連最無腦吹捧的后熠都不知道該怎麼吹捧這樣的風鳴。其他人的表情也都一言難盡。

風鳴苦中作樂地說了一句：「說不定魔王看到我這一身打扮會被醜得大腦停頓了好幾秒，然後我就得手了呢？」

有幾個靈能者眼睛亮了亮，竟然還覺得風鳴說得有點道理，躍躍欲試，又掏出了幾個特別傷眼的裝飾品，但札克斯瘋狂搖頭：

「就這樣吧，萬一魔王的審美特別奇葩，就喜歡這樣的呢？那就更會追著人不放了！我們不能低估魔王的一切！」

風鳴翻了大白眼，深吸一口氣：

「好了，我們已經耽誤了不少時間，現在就開始行動吧。我剛剛在空中看了看，在四點方向有一片大湖，雖然湖水渾濁死寂，但那畢竟是水。我逃亡的路上會經過那裡，如果有機會，我就把寶劍扔下去。

如果在那片湖泊我沒有機會偷偷扔寶劍，我就會去前方的那片雷雲處。如果我過去那片雷雲，基本上就是打算拚了。在那裡我會借助雷電的力量，直接毀掉魔王的空間之劍，然後你們有遠端的攻擊者，到時候看情況幫我就好了。」

風鳴說到這裡，看向后熠，停頓了好一會兒才道：「我會努力讓自己安全，你也不要做作死的事。互相保證？」

后熠就露出了一絲微笑，「好，都不要作死，努力活著。」

風鳴點點頭，然後閉上了雙眼。

在他周圍的靈能者們知道他已經開始搜索、定位魔王的位置了，不過他們沒有感受到什麼特別之處，只有那個空間系的魔法師在使用了一個魔法之後，才微弱地看到了空中那一層層蕩漾波動的空間波動。

風鳴已經開始行動，理查、歐利文和空間魔法師分別帶著三組人往不同的方向去。

后熠是理查這一組的人。他們基本上都是遠端的攻擊技能者，負責幫風鳴引開魔王周圍的一些惡魔和魔將的注意力。

三分鐘之後，風鳴睜開雙眼，眼中有淡淡的光芒閃動。

「我找到魔王的那輛魔車了，不過不敢用意識力去掃描魔王，怕他發現。我幫你們指出大概的方位，準備行動吧。」

后熠、理查等十幾人點點頭，然後一起往魔王的大軍而去。每人都捏碎一張飛行靈能卡，手中拿著另一張，好在關鍵的時候飛行離開。

大約半小時後，風鳴他們已經再次到達了在地獄之門下面，等著衝出去的惡魔大軍附近。

近看那些惡魔們，除了一小部分高等級的惡魔，大部分的惡魔都很混亂，沒有半點組織和紀律性。風鳴還看到一些低等的惡魔魔獸們在互相攻擊，甚至是撕咬對方，那互相撕咬的血腥氣味又刺激了周圍的其他惡魔和魔獸，差點引發一場巨大的混亂內鬥。

不過在那之前，有一個高等級的魔將直接飛過來，一鞭抽在最先互鬥的兩頭惡魔身上。只用一鞭，那兩頭看起來身形巨大的有角惡魔就被抽成了兩灘碎肉爛泥，死到不能再死了。

這一鞭之威，讓風鳴都有些驚訝。

這一鞭也讓開始混亂的惡魔和魔獸們收斂了行為，老老實實地蹲在那裡不敢再動，卻時不時渴望地看向惡魔之門。顯然，惡魔們知道只要過了那道門，牠們就可以肆無忌憚地吞噬殺戮，不會受到任何限制和阻止了。

風鳴也注意到那些惡魔和魔獸互相攻擊的區域內，混亂腐朽的靈氣更加濃郁。在那兩頭惡魔身死的時候，混亂邪惡的靈氣達到了頂峰，又溢散開來。

風鳴握了握拳。

這果然是惡性循環，因為受到混亂邪惡的靈氣影響，惡魔們會喪失理智，忍不住互相殘殺吞噬。但一旦惡魔們因為互相殘殺死亡，屍體又會加劇混亂靈氣的形成。長此以往，這個世界裡的所有生物都會變成沒有理智，只知道殺戮的「惡魔」。

雖然在這個世界中的生物們很倒楣，但是作為地球世界的人，他們絕對不能允許這種沒有理智，只知道殺戮的惡魔肆虐地球，更不能讓那些可怕又混亂腐朽的靈氣充斥地球，否則地球的未來會是這個世界的現在。

這個想法在風鳴的腦海中閃了一瞬，他就收斂了所有的情緒，專注起來。

他輕輕點了點頭，下一秒，身影便消失在這片枯死的低矮灌木叢中。

后熠、理查、札克斯等人也在同一時間做出準備好的手勢，下一秒，后熠和理查凌空而起，金色箭矢和銀色長劍，沒有任何猶豫地攻向他們選定的方向內的惡魔，他們就像兩把利劍，所過之處，所有的低等和中等惡魔魔獸都灰飛煙滅，勢不可擋！

札克斯他們則是採用隱身的遠程攻擊，一下子就為還算平靜的東南角惡魔大軍造成了極大的混亂。

「可惡的人類！！你們找死！！」

東南角的四個高等魔將反應迅速，接連升空，朝后熠和理查而來。

其他區域的高等魔將只是看了一眼這邊，卻沒有過來，而是指揮著他們手下的惡魔們快速穿過地獄之門。

魔王的旨意是不要管那些微不足道的人類，穿過地獄之門、占領人類世界才是最重要的事情。

他們的惡魔這麼多，至少也要三天才能出去一半，可沒功夫管那些小蟲子。即便有天使和神聖騎士在又怎麼樣？加起來也只有兩個人，堆也能堆死他們，所以，高等魔將們沒有一個擔心的，甚至還有功夫看熱鬧。

這時，風鳴已經把自身的所有氣息和整個空間融為了一體，非常非常地小心「觀察」著魔王所在的魔車宮殿裡的情況。

他「看」到了魔車宮殿裡隱蔽在四個角落的高等魔將，「看」到了依偎在魔王左右的兩個美豔，但靈能波動非常強大的魔女，甚至還「看」到了魔王垂在身後的兩片巨大黑色羽翅，但風鳴努力控制自己，不去「看」魔王的頭部，只仔細地找魔王之劍的位置。

然後，他「看」到了在魔車宮殿裡，至少有十把不同的華麗寶劍。

在這個時候，風鳴非常慶幸來偷寶劍的是他，而不是會隱身的札克斯。札克斯來到這裡，一定會被那十把不同的寶劍迷惑，光是想要找到正確的魔王之劍就會耗費掉他所有可以逃生的時間和機會，甚至可能到被魔王發現、死亡的時候，他都找不到那把真正的「空間之劍」。

但這對風鳴來說並不是問題，他甚至有一種「命運」之感——他根本不需要尋找，只要在那個「空間世界」中掃上一眼，就看到了在魔王黑色羽翅的邊緣，一根在不斷吞噬周圍空間的黑色飛羽。

即便那不是一把寶劍應該有的模樣，但風鳴可以斷定，那就是他要找的「空間之劍」。

收斂起所有的氣息，靈氣緩慢地充斥全身，在那兩個魔女嬌笑說著風鳴聽不懂的話，並且拉著魔王的手臂往外面混亂的場景看去的時候，風鳴陡然出手了。

他如同最鬼魅的幽靈閃現在魔王身後，一把抓住那根吞噬著周圍空間的黑色飛羽。同時，身後巨大的白色羽翅陡然而出，帶起巨大的狂風和無數密密麻麻的銀紫色雷霆，一瞬間便碎掉了華麗宮殿中的所有物品。

在魔女的尖叫和魔將的怒喝聲中，風鳴感受到黑色飛羽的脫落，心中一喜便要閃身而出。但比他速度更快的是魔王。他伸出帶著尖銳指甲、蒼白過分的手，如閃電一般掐住了風鳴的脖頸。黑色狂暴的魔王之力瞬間爆發，無數黑色的鎖鏈層層纏繞在風鳴身上，彷彿禁錮了他的所有退路。

在黑與白之間，風鳴對上魔王那帶著一絲笑意，卻無比冰冷的赤紅雙眼。

「天使。」

風鳴生平頭一次被人掐著脖子，那種脆弱、彷彿生命都在別人手中的感覺讓他在一瞬間頭皮發麻。他是真的沒有想到魔王的反應會這麼快，明明他馬上就要成功了，卻在最後關頭被魔王輕易抓住。

看著魔王嘴角勾起的冰冷笑意，風鳴覺得自己可能早就已經暴露，魔王只不過是坐在蛛網中的蜘蛛，等待著獵物自動送上門來。再看看周圍的黑色鎖鏈，他不就是一個被控制住，不可動彈的蟲子嗎？

脖子上由烈火蜥蜴皮製成的防禦圍脖只堅持了三秒，就在魔王蒼白尖銳的手指下碎裂，完全沒有那位歐洲美女姊姊說的強大防禦力。不過，也是這三秒鐘的時間讓風鳴凝聚出靈力，護在自己的脖子上，給了他喘息之機。

他抬眼和魔王那雙赤紅的雙眼對上，明明魔王所說的話是他完全沒聽過的語言，但他卻清楚地明白了他剛剛所說的意思，彷彿是直接透過意識傳達過來的言語。

魔王在說「天使」。

風鳴在那一瞬間心想，他要是說他不是天使，就是個與眾不同、艱難求存的混血兒，魔王會不會放了他？

顯然不會，畢竟他手裡還抓著人家的那根黑色羽毛，還把他的座駕毀得亂七八糟。

此時反應過來的隱藏魔將和魔女尖叫咒罵著，想要衝上來殺死風鳴，卻在靠近魔王的時候齊齊停下了腳步。不是他們不想過來，而是魔王和風鳴所處的位置是一片吞噬一切的黑，那裡是屬於魔王的絕對領域，沒有他的允許，任何人都無法靠近。

也正是因為這一點，風鳴才沒能在第一時間逃離。他發現那些禁錮住他的黑色鎖鏈非常麻煩，彷彿是以最純粹的黑暗和混亂之力形成的，無法被雷電和冰錐破壞，他的空間之力也一時間沒有辦法破開這一片絕對的漆黑領域。

他找不到可以離開的空間點。風鳴的臉色沉了沉。

這時，魔王伸手捏住了他的下巴，彷彿對他頭上的頭盔非常嫌棄，只輕輕一撥，理查的神聖頭盔就出現裂痕，然後碎裂。細小的碎片劃過風鳴的眼角，帶出極細的一條血痕。

風鳴：「……」嘖。

魔王卻笑了起來。

「你想要我的空間之劍，破壞地獄之門。」

他的聲音低沉喑啞，語氣篤定。

風鳴皺眉，感受著纏繞在身上的黑色鎖鏈越來越緊，甚至開始腐蝕他穿著的護甲，心中卻更加沉靜。占據在他體內，互不相干的三種血脈開始緩緩流動，在他的力量之海中以緩慢又奇妙的軌跡相互接近。

「是。」

風鳴回答得乾脆。

「你們不屬於地球，我們不能讓你們去那個世界破壞和殺戮。」

魔王就像聽到了什麼好笑的笑話，纏繞在風鳴身上的黑色鎖鏈又緊了幾分。

「就算沒有我們，人類的世界什麼時候又少了破壞和殺戮？地球不屬於我們，也不屬於你們。既然你們可以在那裡生存、破壞，像寄生蟲一樣生活在那裡，我們又為什麼不能？不過是維護自己的利益而已。」

風鳴皺眉：「不一樣。至少我們不會改變地球原本的樣子，我們在順應著它的變化改變。無論我們再怎麼強大，只要地球一場突然的大災難，就能讓我們幾盡滅亡，它依然是它，但你們卻會為它帶來真正的死亡，就像這個世界一樣。」

魔王瞇起了眼睛。赤色的雙瞳和風鳴對上，風鳴又感受到了瞬間的眩暈。在眩暈中，他聽到了魔王深寒冰涼的話語：

「只要我活著，它死不死亡，和我又有什麼關係？終有一天它都是要死的。就像是你，不自量力，馬上就要死了。」

在魔王話音落下的時候，風鳴身上穿著的皮皮蝦鎧甲終於被那些黑色的鎖鏈全數絞碎。那一瞬間，風鳴即便早就用靈力護住了全身，也感受到了劇烈的疼痛。

魔王似乎沒有要從他手上拿走那根長長的黑色飛羽的打算，他只是在自己的黑暗領域內靜靜地看著，並等待風鳴的死亡。

這個天使讓他回想起久遠之前，一些不愉快的記憶。

回想起那個把他丟進這個地獄，然後用自己的神魂鎮壓地獄之門，讓他千萬年都無法離開這裡，只能永世孤寂的那個存在。那是一個可以對所有人都博愛無私的傢伙，卻也是一個對自己和敵人無比冷酷的殘忍傢伙。

容不得半點沙子，見不得半點黑暗。那麼潔白耀眼，實在讓人太不愉快了。

魔王的情緒變得更為冰冷，那些黑色的鎖鏈突然爆發出可怕又混亂邪惡的力量。

劇烈的疼痛讓風鳴忍不住悶哼出聲，但他緊咬著牙關，沒有讓自己喊出來。

不就是魔王的領域嗎！他在能將空間炸裂的靈能島爆炸中都撐下來了，一個領域而已，他就不信自己破不掉！！

血液中的力量開始沸騰，三種血脈終於透過奇怪的軌跡，在力量海中相接。原本被黑色的鎖鏈纏繞得幾乎窒息，毫無反抗之力的風鳴身上，驟然爆發出耀目的三色光芒，在光芒所及之處，黑色的鎖鏈盡數碎裂，而這片彷彿是牢房的黑色領域也在瞬間出現了空間裂紋。

就是現在！！

風鳴陡然睜開雙眼，右手伸開再握緊，就憑空多了一把雷霆冰霜之劍。他在魔王驚訝的目光中，反手劈開了出現在領域中的空間裂縫。

在魔王伸出手，又召喚了無數條黑色鎖鏈襲向他的時候，風鳴目光冰冷地伸手往前一劈，碎掉了所有的黑色鎖鏈。

於是，魔王看著那忽生長髮，額間、眼下都發生了變化的天使裂空而去。

在他轉身的時候，他看到了風鳴身後那三對明亮到刺目的羽翅。

陡然間，魔王的眼瞳變得猩紅殘忍至極。

「六翼！！」

熾天使。

而後在魔將和魔女們無比驚恐的目光中，魔王伸出雙手，釋放出黑色的魔王之力。那黑色的力量波紋所過之處，所有活物都變成了一灘黑色的粉末，牠們的生機和力量全都被魔王吸收光了。

下一瞬，魔王的身影也消失在這幾乎破碎，沒有原形了的魔車宮殿中。他沒有空間之力，但只要是他的領域所在，他就能出現在領域中的任何一個地方，殺死領域中的任何一個人。

喔，不，現在有一個同樣是六翼的熾天使，從他的領域中跑了出去。

這讓他無可避免地想到了失敗的曾經。

現在他改變主意了，他不會那麼輕易地殺死這個天使，他要一根一根拔掉他的羽毛，一點一點碎掉他的骨頭，然後用充斥在這世界中的黑色力量，讓他成為一個和他一樣的墮天使，讓他眼睜睜地看著自己的羽翅從潔白變成純黑，碎掉所有的信仰和心神。

他要讓這個熾天使成為他的同類，或者崩潰而亡。

風鳴在瞬移成功之後，直接往遠處雷雲密布的天空而去。即便他剛剛掙脫了魔王的領域控制，但他依然感受到了實力上的差距。在那數十萬，甚至是百萬的惡魔大軍中，他沒有任何把握能打贏魔王。

但到了那片雷雲之下，他或許有一搏之力。

他感受到體內血液的沸騰，感受到靈力在他體內奔騰、暴動的預兆，但他同樣也感受到了三種血脈緩緩排斥又逐漸融合的跡象。

墨嘯的玉簡中曾經說過，最後最好的結局就是融合體內的血脈之力。但想要徹底融合血脈之力，對他來說或許要用上幾百，甚至上千年的時間。他一直覺得其實維持平衡就很好，但或許每一次的生死之間，都是他可以融合的機遇。

這機遇無比凶險，卻通向一條無比強大的頂峰。

他要借助那片暗紅的雷雲和電閃暴雨，幹掉魔王！

風鳴感受到屬於魔王的黑暗力量在身後緊追不捨，更透過空間的波動察覺到了魔王所過之處，連混亂的生機都消失殆盡的恐怖。

他慶幸自己直接偏離了計畫的路線，不然此時躲在湖邊和搗亂的靈能者們，恐怕一個都不能活。他無比清晰地意識到在身後追擊的那個存在有多可怕和強大。

那種時時刻刻命懸一線的緊張感，讓他的心臟瘋狂地跳動著，但即便是這樣，他心中卻沒有半點懼意。反而瞬移的距離越來越遠，速度越來越快，最後他還露出了一個堪稱瘋狂肆意的笑容。

他一瞬間出現在黑暗中夾雜著深紅的雷雲之下，凜冽的風吹散了他漆黑的長髮，灰色的雨點在天空中落下，卻沒有一滴能沾染到那潔白的鮫紗之上。他的雙眼閃現出淡淡的銀色和金色光芒，額間的空間印記時隱時現。

風鳴伸展開三對羽翅，在這片黑暗又混亂的天空下，猶如烈陽一般光芒奪目。

「來戰啊！魔王！」

在這漆黑混亂的天地中，風鳴的存在就像是耀目的烈陽，所在之處，似乎整個天空都被他照亮了，帶著這方世界中絕對沒有的生機。

在他身後追擊的魔王看著這樣的少年，赤紅眼瞳之中的陰沉惡毒之意更加濃烈。

這個人不應該出現在這裡，而他出現在這裡，最後的結局就只能是墮落或者死亡。

魔王這樣想著，一步一步淩空往那雷雲之下的少年走去。他並不著急，就算那少年對他露出挑釁的目光、戰意十足，實力上的差距也不是靠意志力和挑釁就能彌補的。

更何況，那個少年手中還握著他的空間之劍，那是他耗費了千年的時光才煉化成的，只聽從於他的至寶。

那把寶劍在沒有被他煉製出來前，只要能破壞空間，就能破壞掉那把劍。但當他把那把寶劍和自己最強的飛羽煉製在一起後，那把寶劍就擁有了和他本源之力一樣的黑暗之力，還和他有著難以斬斷的聯繫。

除非他重傷瀕死，無法再對那支飛羽傳遞黑暗之力，不然任何人都無法破壞掉那把空間之劍，哪怕那個人背生六翼，並且具有空間和雷霆之力。

魔王走進了雷雲中，暗紅色的閃電接連向他劈去，卻都在他的領域中消失殆盡。

魔王不理解為什麼風鳴要選這裡當最後的戰場，即便這裡充斥著閃電雷霆、暴雨和風的力量，但這裡的靈氣也是最為混亂和黑暗的。

正常人在這裡待上半天，體內的靈力就會受到汙染，在這裡戰鬥更會加劇靈力的使用。這個天使顯然太過年輕，以至於他只關注了力量，沒有考慮到後果。

既然如此，他就幫他一把，讓他看看真實的地獄是什麼樣子的吧。

風鳴看到了朝他走來，猶如閒庭漫步一般的魔王，第一時間就注意到了魔王眼中流露出的惡意和嘲諷，彷彿他做了什麼極其愚蠢的事情一般。

事實上，風鳴確實意識到了很糟糕的一點——他剛剛用了體內三分之一的力量去破壞手中握著的那根黑色飛羽，但那看起來脆弱不堪的一根羽毛，卻像是這世間最堅固的東西一樣，沒有半點的變化。
然後他又分別用雷霆、冰、水和空間之力來破壞、攻擊手上的這根飛羽，除了最後的空間之力讓這根飛羽在一瞬間顯露出了裂紋，但很快，飛羽又自動吸收周圍的黑暗之力，用肉眼可見的速度修補了裂痕，完好如初。
看著手上這根無論怎樣都無法破壞的飛羽，風鳴總算知道為什麼魔王不急於搶回他手裡的飛羽，而是面帶嘲諷地追了上來。
但風鳴決定暫時先不管這根飛羽了，他要在這片雷雨中和魔王狠狠打一架。說不定借助這裡強大的雷雨之力，他就能把魔王幹掉。就算他幹不掉魔王，他也相信后熠一定會在一個地方搭好了弓、上好了箭，就等著在最後給魔王致命一擊。
風鳴已經做好了戰鬥的準備，卻發現手中的那根黑色飛羽忽然釋放出強大的力量。
那力量就像有自主的意識一般，驟然間往風鳴體內而去，彷彿要補足他剛剛用掉的力量。
風鳴一愣。他抬頭看向魔王，發現魔王正雙手聚力，在做著什麼。
他沒有感受到魔王的攻擊，那魔王的行為應該就是控制他手中這根飛羽，發生變化。但他完全想不通魔王想要幹什麼，在戰鬥期間忽然送靈力給敵人，魔王的腦子是壞掉了嗎？
此時，這片雷雲下的景象有些奇怪，並沒有風鳴一開始設想的雙方你來我往，狠辣炫目的攻擊，或是一不小心就會有生命危險的激烈戰鬥。取而代之的是他和魔王都在空中挨雷劈，魔王主動幫他補充靈力，而風鳴因為自家的三翅膀特別能吃，覺得占了便宜，一直沒動手攻擊。

風鳴感受著身體內的靈力越來越充沛。雖然這裡混亂的靈力讓他有些控制不住想要發狂和黑暗的想法，但不管怎麼說，這都是主動送上門來的靈力，雖然不是上等品，但是次等品也能將就著用啊。

風鳴真心覺得魔王的腦子有點不好，而他對面的魔王也是這樣想的。

魔王不相信風鳴感受不到他正在對他輸入黑暗墮落的惡魔力量，看他那驚訝的表情就知道他肯定接收了那些邪惡的力量。

但在力量都被汙染的情況下，這個六翼的熾天使是不是太過愚蠢了？他竟然不躲不避不反抗，就那樣接受他的力量？他難道不知道這樣會加速他的墮落和異變嗎？他那潔白的羽翅很快就會因為他的愚蠢漸漸墮落，失去純潔。

當風鳴的力量被補齊，甚至開始吞噬多餘力量的時候，他終於決定不能再這樣下去了。

雖然他覺得魔王的腦子壞掉了，主動送血藥給敵人的行為很蠢，但他不能像魔王一樣蠢，不如趁著這個機會直接提劍上掌。魔王在送血給他，不曉得要攻擊，說不定就會傻傻地被他刺破心臟，直接掛掉呢？

雖然這種想法有點白日夢了，但風鳴在被魔王輸了五分鐘的靈力後，還是忽然動了。

他沒有把那根黑色飛羽收入空間，而是把它放在身上白色鮫紗的貼身小口袋裡。下一秒就直接提劍出現在魔王背後，閃著雷光的冰劍驟然向前突刺，彷佛馬上就能穿透那背負著黑色羽翼的後背。

然而，魔王就像背後長了眼睛。

在他的領域中，哪怕風鳴掌握了空間之力可以瞬移，但他是這片領域的主宰，在他的領域中，任何人的行動都逃不過他的感知。

魔王被風鳴攻擊了，也不過是輕易地躲開，卻沒有還手攻擊，而是繼續控制手中黑色的能量球，不停透過風鳴口袋中的那根飛羽對風鳴傳輸黑暗混亂的靈力。

即便被風鳴可怕的速度和瞬移追得在這片雷雲閃電中到處躲閃，魔王嘴角上揚的弧度卻越揚越高。

就快了，就快了。

他甚至已經感受到對他攻擊的雷電和冰霜的力量有了變化，它們已經不再純粹，力量開始變得混亂和凶殘。

這，就是墮落的開始。

魔王無聲地咧開了嘴。

當風鳴感受到自己的力量越來越強大，魔王的黑暗領域對他的限制越來越小，他終於用爆炸的雷球和冰球傷到了魔王的時候，一直躲避他攻擊，不反擊的魔王突然停下了躲避的行為，驟然轉身，用最惡毒的笑容看向風鳴。

看著已經沾染上黑暗混亂之力的少年眼瞳、周身的灰暗靈氣，看著他背後的三對羽翅有兩對都變得不再潔白和璀璨，他終於收起了手中的黑色能量，停止了對風鳴輸血的「奉獻」。

「愚蠢的天使啊，停下攻擊，看看你背後的羽翅吧。」

風鳴召喚雷球和冰球的動作一頓，下意識擔心他的翅膀是不是突然掉毛了，結果他卻聽到魔王開口：

「你看看你的翅膀吧！你已經不再是純粹的熾天使了！你的心靈和身體都被汙染了！你竟然還愚不可及地要和我戰鬥。身體和心靈都不純潔的你……這麼容易就墮落的你……你還要怎麼侍奉神？怎麼得到主的認可！如此骯髒的你，還有資格對我舉起你手中的劍嗎？」

魔王聲音帶著蠱惑地說了如此多的話。他就站在那裡，等著對面最純潔的天使為此咆哮崩潰，他可以輕而易舉地取得勝利。

結果，讓魔王萬萬沒想到的是，他預想中的純潔天使並沒有露出任何祈禱、懺悔、生不如死的表情，甚至只是站在那裡，摸了一下後背的三對翅膀，然後對羽尖因為充斥著黑暗混亂的靈力，變成了灰金色和灰白色的翅膀特別輕柔地摸了摸，最後抬頭看魔王，說了一句讓魔王直接裂開的話：

「抱歉啊，我的身體和靈魂從上小學開始不交作業之後，就變得不純潔了。但是這和我要打你有什麼衝突嗎？」

魔王：「……」

這反應不對啊！！！

——下集待續

高寶書版集團
gobooks.com.tw

FH 025
靈能覺醒 —傻了吧，爺會飛— 04

作　　者　打殭屍
插　　畫　HIBIKI-響
責任編輯　陳凱筠
設　　計　林　檎
內頁排版　賴姵均
企　　劃　方慧娟

發 行 人　朱凱蕾
出　　版　朧月書版股份有限公司
　　　　　Hazy Moon Publishing Co., Ltd
地　　址　台北市內湖區洲子街88號3樓
網　　址　gobooks.com.tw
電　　話　(02) 27992788
電　　郵　readers@gobooks.com.tw（讀者服務部）
傳　　真　出版部(02) 27990909　行銷部 (02) 27993088
郵政劃撥　19394552
戶　　名　朧月書版股份有限公司
發　　行　朧月書版股份有限公司
初　　版　2022年3月

本著作物《傻了吧,爺會飛!》，作者：打僵尸，由北京晉江原創網絡科技有限公司授權出版。

國家圖書館出版品預行編目(CIP)資料

靈能覺醒：傻了吧,爺會飛/打殭屍著. -- 初版. --
臺北市：朧月書版股份有限公司, 2022.03
冊；　公分

ISBN 978-626-95424-6-8(第2冊：平裝). --
ISBN 978-626-95424-7-5(第3冊：平裝)
ISBN 978-626-95553-7-6(第4冊：平裝)

857.7　　　110019097